沖縄。人、海、多面体のストーリー

森本浩平 編

JN031049

集英社文庫

目次

沖縄。人、海、多面体のストーリー

ハアーイーヤア

川上健一

真紀恵《まきえ》は小走りに駆けていた。

夕暮れの中、めざす公園が薄暗い裏道の遠くで明るく輝いている。エイサーの演舞が行なわれている公園に近づくにつれ、熱気が次第に高まってきた。

〽みぐらち　みぐらち……

スピーカーから流れ出る、男たちが唄う沖縄民謡。

♪ティンク、ティンク……

唄を支えるように旋律を刻む三味線。

　ドン！　ドン！　タン！　タン！

弾むような一定のリズムを繰り返す太鼓と締《しめ》太鼓と呼ばれる小太鼓。

　イーヤーサッサア！

　ハアーイーヤア！

生きている喜びを声高に叫んでいるような大きなかけ声、指笛――。

真紀恵はふっと苦笑を洩《も》らした。いつも笑顔を絶やさない真紀恵だけれど、苦笑いは珍しい。

早く走りたいのに息が上がってままならなかった。走り始めは勢いがあったのにすぐに息が上がってしまった。いまでは早足で歩くように走っている。二十歳代の時はこんなことはなかった。我が子と駆けっこをしても息が上がるということはなかった。どこまでもどこまでも、子供と一緒に走り続けることができた。三十二歳はまだまだ若いと思っていたけれど、ちょっと走っただけでこんなに息が上がってしまうのではもう若いとはいえない。立派なおばさんだ。

真紀恵は苦笑しながら右手に持ったビデオカメラを左手に持ち替えた。気分が変わって少しは身体《からだ》が楽になると思ったのだが、苦しい胸は少しもよくならなかった。それでも足を止めずに走り続けた。

路地から公園のある街角に出ると、見物の群衆を巻き込んだエイサーの熱気に包まれた。群衆はぐるりと公園を取り囲んで大きな円を描き、その真ん中は広い舞台となっている。幾重にも取り巻く群衆は、素焼きのタイルが敷きつめられた地べタに座り、後ろの方で立ち見をする人々のために視界を開けている。

群衆に囲まれた舞台では、四人の地謡《じうたい》衆が三味線を弾いて唄う沖縄民謡に合わせ、勇壮で威厳のあるバチさばきの大太鼓、数十人が手足を伸びやかに振り上げて叩《たた》く小太鼓、いずれもが空手の動きにも似た一糸乱れぬ勇ましい演舞を披露している。

若い女の踊り手衆は揃《そろ》いの紺絣《こんがすり》で、太鼓衆とは対照的に優美ななまめかしい動きで後に続いている。

顔におかしな白塗りの化粧をほどこした道化役のチョンダラーが数人、何とも愉快な動きで舞台中を気ままにひらりひらりと舞い泳ぎ、演舞にやわらかな潤いをもたらしている。

イーヤーサッサア！

ハアーイーヤア！

スイ！　スイ！

演舞も一糸乱れぬなら、演舞者たちのかけ声も一糸乱れぬ完璧な揃いようで、これには沖縄人の血が騒ぐのだろう、たまらずに群衆が一緒になって声を張り上げる。

イヤアサッサア！

太鼓の演舞者が声を揃えると、
ハアーイーヤア！

群衆は踊り手の娘たちとともに声を張り上げて応える。声援代わりの抑揚をつけた指笛の音が湧き上がり、嵐のように渦巻く。

が、浮かれているのではない。演舞者も、見守る群衆も、高揚して真剣な表情だ。その目は輝いていた。エイサーは地域の心意気であり、誇りなのである。夕闇が迫る南国の空に、強く大きな熱気が突き上げていた。

やっぱり間に合わなかった――。真紀恵は口を開けた荒い息づかいのまま苦笑した。公園まで車でやってきたのはいいのだけれど、公園周辺の駐車場はどこも満杯で路上駐車もままならなかった。遠くの路地裏にやっと駐車スペースを見つけ、長い距離を走って戻ってきたのである。

車を飛び出した時にはすでに演舞開始の七時半になろうとしていた。走ったのはプログラムの最初からビデオに撮りたかったからだ。エイサー隊の入場からビデオに撮ってあげると約束していた。開始時刻になったけど、演舞が始まるのはもろもろの前口上行事の後かもしれなかった。そうだとすると公園まで走っていけば間に合うかもしれない。そう思って走り出してから、走るなんて久し振りだ、前に走ったのはいつだったろうと考えたが、すぐに息が切れて苦しくなり、考える余裕などなくなってしまった。

やっと公園にたどり着き、真紀恵はエイサーを見守る群衆の輪の中に入っていこうとして、群衆から離れてポツンと一人で立っている女に目を留めた。後ろ姿のシルエットが薄明るい逆光の中にぼうっと浮いている。

息せき切ってやってきた真紀恵は何気なく見やったのだが、女の後ろ姿を目にしたとたん、笑顔が消えてどきりとして立ちすくんだ。

美和《みわ》さんだ――。

真紀恵は即座に確信する。

黒いシルエットになっているだけで顔が見えた訳ではない。それでもほんの少しの疑いもはさまなかった。

美和とは十数年前に会ったきりだ。それも二度だけ。一度目は憧れだった武史《たけし》が、美和と一緒に歩いているところにばったり出くわした。ずっと歳上《としうえ》の大人の女の人で、笑顔が素敵な本当にきれいな人だと思った。二度目は武史のエイサーの演舞を応援にいった時に、会場の傍らでじっと見学するのをチラッと見かけただけだった。薄暗い中でも本当にきれいな人だと思った。それだけの記憶なのに真紀恵はピンときた。絶対にそうだと確信してしまった。

その瞬間にエイサーの音がかき消えた。呆然《ぼうぜん》と立ち尽くした。感傷にふけることもなかった。少しして我に返った時、全ての音が何倍にも大きく聞こえてぶるっと身震いした。

とっさにシルエットの足元を見やる。スカートからスラリとのびている足が地面に立っている。そのことを見届けると笑いが込み上げて笑顔に戻った。幽霊ではないかと思った自分がおかしくなってしまったのだ。笑った拍子にこの時を待っていたはずだといいきかせる。

武史が死んでしばらくは、彼と美和のことを考えるのもいやだった。それから少しずつ忘れていった。きれいさっぱり忘れることはできるはずもなかったが、いつしか武史の笑顔を思い出しても心が重くなることはなくなった。最近では武史の笑顔がふっと脳裏をかすめると、あの事故の本当のことを知りたいと思うようになった。長い年月がショックを癒してくれたが、それでももやもやとしたわだかまりが小さな霧のように心を漂っている。かなわぬことと知りながら、できることならば武史か美和に会って真相を聞いてみたいと思う。十年経《た》ったいまならば、どんな真実があったとしても取り乱すことなく受け止めることができる。あの事故で武史は即死だった。美和は助かったけれど、会いたいとは思わなかった。その後の風の噂《うわさ》で、美和はガンに冒されていて余命いくばくもないと耳にした。だからもう死んでしまったのだろうと思っていたのである。

それでも、声をかけたら美和さんは迷惑だろうかと、真紀恵はためらう。あの事故のことは思い出したくないに決まっている。武史のこともそうだろう。でも声をかけて話を聞いてみたい……。

〽スリーサーサー　スリ……

♪ティンク、ティンク、ティンク……

ドン！　ドン！　ドン！

タン！　タン！　タン！　タンッ！

イヤーサッサア！

ハアーイーヤア！

スイ！　スイ！　スイ！　スイ！

エイサーの圧倒的な音が真紀恵の心を激しく揺さぶる。真紀恵は騒ぐ心を静めようと目を閉じた。

ハアーイーヤア！

ハアーイーヤア！

ハアーイーヤア！

♪ティンク、ティンク、ティンク、ティンク、ドン！　ドン！　タン！　タン！　タン！

タン！　タタン！

イヤーサッサア！

ハアーイーヤア！

大丈夫、なんくるないさあ！　そう聞こえる元気のいいかけ声に励まされて、真紀恵はきっぱりと目を開ける。

美和が武史のことを思い出したくなければ、こうしてエイサーを見ているはずがないのだ。武史は締太鼓の時も、長じてからの大太鼓の時も演舞の名手だった。機敏で大きな動きには華があった。見ている者の心をとらえてはなさなかった。武史の演舞を見たくて沖縄中から見物にやってくるほどだったのだ。美和さんは武史の面影を探しにやってきたのかもしれない。きっと心の傷も消えているに違いない。次のエイサーのかけ声で思い切れたら、きっと声をかけられる。真紀恵はやわらかな笑みを湛《たた》えてかすかにうなずく。

♪ティンク、ティンク、ドン！　ドン！　ドン！　ドン！　タン！　タン！　タンタンタンタン！

イヤーサッサア！

「ハアーイーヤア……」

真紀恵はつぶやくようにひと声上げると、決心してためらうことなく歩を進めた。

「美和さん」

真紀恵が声をかけると、シルエットの細い肩が驚いてピクンと動いた。それからもう一度、吐息をつくように小さく動いた。

シルエットがゆらめくように動いて真紀恵を振り向く。うっすらと笑みを湛えた細面の白い顔が、逆光の中にぼうっと浮かぶ。昔と変わらぬ目鼻立ちの整った美しい笑顔だった。きれいに梳《と》かれた長い黒髪が後ろで束ねられ、首筋のやわらかなカーブがなまめかしい。

「真紀恵といいます」

笑顔のままで真紀恵は会釈する。

「武史さんとつき合っていました」

シルエットの女は真紀恵に笑みを向けるだけで、微動だにしない。

「ごめんなさい。驚かしちゃいましたか?」

真紀恵は悪びれずに明るい声を出した。

「ええ。驚いたあ……。私のことがよく分かったわねえ」

美和は笑みを浮かべたまま、落ち着いた声でいう。

少し痩せたように見えるだけで、五十半ばを過ぎている歳のはずなのに、初めて出会った時とちっとも変わっていないと真紀恵は目を見張る。

「絶対に美和さんだと思いました。声をかけようかどうか、迷ったんですけど」

「真紀恵さんに声をかけられて驚いたこともあるけど、予感が現実になったことの驚きが大きいの。こういうことってあるもんなのねえ」

美和はそういうと、ゆっくりとエイサーの演舞に視線を戻した。

真紀恵は美和に並んで立ち、やはりエイサーの演舞に顔を向けていう。

「予感て、私のことですか?」

「ええ。久し振りにエイサーを見たいなあと思った時、なぜかあなたに会いそうな予感がしたの。でもまさか本当に会えるとは思っていなかった。だから驚いてしまったの」

「私のことを知ってたんですか?」

「もちろん。武史さんから聞いていたわ。それに国際通りで一度会ったわよね」

「はい。エイサー会場でも美和さんを一度見かけました」

「そうだったの。気がつかなかった」

「どうして私に会うって予感がしたんですか」

「さあ、どうしてかしら。でもなぜかあなたに会うんじゃないかと思ってしまったわ」

「そうですか。私も最近、美和さんのことをふっと思い出すことがあったんです」

「そうなの。それなら予感がしたのは運命だったのかもね、真紀恵さんとここで再会するという」

美和は静かに笑って真紀恵を見た。濁りのない澄んだ笑顔だった。

「でも、私は本当に驚きました。まさか美和さんに会うとは思ってもみませんでしたから」

真紀恵の瞳をじっと見ていた美和が、面白そうにクスリと笑った。

「無理もないわよね。私がガンだというのは知っていた?」

「はい。あの事故の後に噂で知りました」

「そう。だったら、もう死んだと思ってたでしょうからね」

「すみません。もしかしたらと思っていました」

「謝らなくていいのよ。誰が考えてもとっくに死んでいていいはずだもの。あの事故で助かったのも不思議だったし、そのあとでガンの手術をして、それからまた何度も再発して手術して、治療して、ずっとその繰り返し。いつ死んでもおかしくないのに、なぜかそうならずに生きているの。でもね、この前テレビでエイサーの映像が流れた時、太鼓の音に鳥肌が立った……。最後にもう一度エイサーを見たい。その望みがかなえば、もう思い残すことはないと思ったの。そんなことを思ったのは初めてだった。今度病気が再発したら最後だという気がすごくするの。いままで生きてこられたのが不思議だったから、ちっとも怖くはないのよ。それに、武史さんが死んだ時、本当は私も死ななくてはいけなかったんだから」

「美和さんは東京に住んでいるんですか」

「ええ」

「やっぱり。何となくそう思いました。美和さん、ひとつだけ聞いてもいいですか」

「ええ。何？」

「あれは、あの事故は、ただの事故だったんでしょうか……」

真紀恵が笑みを消さずに淡々という。

笑みを浮かべて会話を交わす二人を誰かが見たら、仲のいい女友達が一緒にエイサーを見て楽しんでいるとしか見えないだろう。好奇心の強い誰かがしげしげと観察したとしても、歳の離れた友達か母子が楽しげに会話しているとしか見えないに違いない。

　イヤーサッサア！

　ハアーイーヤア！

　スイ！　スイ！

　かけ声に乗せるように真紀恵が続ける。

「いまさらと思うでしょうけど、時々思い出しては気になるんです。武史さんが死んだショックはもう消えてしまいました。けれどもそのことだけがずっと気になって残ってるんです。普通の事故じゃないような気がしてしょうがないんです」

「そう……」

　美和がうなずいた。

「話してくれますか？」

「あなたに会うという予感は、こういうことになるのじゃないかという予感だったの。だからここにこようかどうか、ずいぶん迷ったわ。だけどきてしまった。もしもあなたに会って、あなたが聞きたいといったら話そうと覚悟を決めてきたの。でもショックを受けるかもしれないわ」

「ええ。でも、もうおばさんになったから、何を聞いても大丈夫です」

「そう。武史さんと私のことは、どういうつき合いをしていたか分かっているのね」

美和が男女の仲のことをいっているのだと真紀恵はうなずいた。

「はい。恋人だったんですね。あの事故の前は気づかなかったんですけど、だんだんとそうなんだと分かってきたんです。私、そういうことには鈍いんです」

真紀恵が武史と知り合ったのは、武史が二十歳、真紀恵は高校一年生の時だった。武史のエイサーの演舞を見て一目惚《ひとめぼ》れしてしまい、武史の親戚の同級生の女子に頼み込んで会わせてもらった。それでもすぐに親密になるということはなかった。デートしてと頼んでも笑ってあしらわれた。子供と思われていて相手にしてくれないのだと思った。武史に会えるのはエイサーの練習を見物にいったり、演舞の応援にいった時だけだった。同級生の女友達を誘って会いにいくことが多かった。だからガキだと思われるんだと承知していたけれど、好きになった男を友達に自慢したい気持ちが強かった。デートはしてくれなかったが、エイサーにいくと武史はいつも笑顔で迎えて話をしてくれた。友達が武史を見て「かっこいい！」とキャーキャー騒いで囃《はや》し立ててくれるのがうれしかった。

真紀恵が武史と知り合った夏、高校の女友達数人と那覇《なは》市の国際通りを歩いている時に美和と会っている。武史が美和と楽しげに笑いながらやってきて鉢合わせしてしまったのだ。きれいな人だなと真紀恵は思った。

「美和さんだよ。お茶とお花の先生」

武史がうれしそうに紹介した。

二言三言、みんなと言葉を交わして武史と美和は人ごみに消えた。

「あの二人、まあさか恋人？　じゃないよねえ？」

二人が消えた人ごみを見やって真紀恵がおどけた調子でいう。絶対に違うと確信があったからだ。高校生が思い描くことのできる歳の差カップルの枠からはみ出していた。

「あったりまえじゃない！」

「すてきな人だけどおばさんだよ！」

「ありえなあい！」

友達もあっさり否定して、みんなで一緒になってコロコロ笑い転げた。

けれどもその時はもう二人は恋人だったのだと、真紀恵はあの事故の後にいろいろ考えて納得していた。

「私が武史さんと出会ったのは、武史さんが十八歳の時だった……」

美和がエイサーの演舞を見やって話し始める。真紀恵には美和がその先のはるかな過去を見ているのが分かる。真紀恵もそうだったからだ。

「私が沖縄市に住み始めて三年経った頃だったわ。東京で暮らしていたんだけど、夫の暴力に耐えられなくて離婚してきたの。子供はいなかった。東京で知り合った仲のいい沖縄の女の人がいて、その人がこっちに帰ってきてからちょくちょく遊びにきていたの。

離婚した私を、しばらく沖縄でゆっくりしたらと誘ってくれて、それがきっかけで沖縄に住むようになった。東京にいた時に生け花と茶道を教えていたので、沖縄の友達の知り合いの人が教えてほしいとやってくるようになって、それで小さな教室を開いたの。真夏のある日、いきなり武史さんが一人で家にやってきたわ。初対面だった。玄関先に立っている武史さん真っ赤だった。真剣な表情でエイサーを見にきてくれませんかといったの。自分の締太鼓の演舞を私に見てほしいといって。どうして私に？　と聞くと、ずっと前から私を見ていて、自分の演舞を見てほしいと思い続けていたというの。思い余った末に勇気を振り絞ってやってきたんだと分かったわ。武史さんの真剣な気持ちに打たれてエイサーを見にいってしまった。演舞はとてもすてきだった。武史さん一人しか目に入らなかった。恋してしまったのね……」

イヤーサッサア！

ハアーイーヤア！　ハアーイーヤア！

「ええ、分かります。私も同じでした」

真紀恵が口をはさんだ。美和が口を閉じてしまったので、何かいわずにはいられなかったのだ。美和は真紀恵の言葉に促されたようにうなずき、また話し始める。

「武史さんが二十三歳になった時、結婚しようといわれたの。びっくりしたわ。私はそんなことはひとつも考えたことがなかった。二十二歳も年上のおばさんだもの、まさか結婚を申し込まれるなんて考えたこともなかった。武史さんは若いし、いずれは結婚したいと思う若い恋人ができて私から離れていくとばかり思っていたの。それが自然の成り行きなんだって覚悟していた。でも武史さんは真剣だった。ずっと考えて出した結論だというの。それはできないことだと諭したわ。私が五十歳になっても武史さんはまだ二十代の若者だもの。武史さんがいろいろとわずらわしい思いをするのは目に見えている。そんな思いをさせることは私にはできなかった。それに私は怖かったのね。二十二歳も年下の人と結婚して、結婚生活をずっとうまくやっていく自信がなかった。恋人でいて別れるのはあきらめもつくけれど、結婚してもしも別れることになったら耐えられないと思ったの。それで私の方から身を引くことにしたわ。那覇でのお花やお茶の仕事が増えていたし、武史さんのことも考えて那覇に移り住むことにしたの。辛《つら》かったけど、もう会わないと武史さんにいった。私にはやりたいことがあるといってね。誰のせいでもなくて別れる時がやってきたといったの……」

美和の言葉が途切れると、再びエイサーの唄と三味線、太鼓と指笛が真紀恵を包み込んだ。

イヤーサッサア！

ハアーイーヤア！　ハアーイーヤア！

スイ！　スイ！

やっとはっきりしたと真紀恵はうなずく。武史とつき合い始めたのがその頃だ。心がどこかに飛んでいるようなふと寂しげな表情を見せることがあった。美和さんのことを忘れられなかったのだ。それでも会うたびに明るくなっていった。いっぱいデートした。毎日のように愛し合った。結婚しようねというと、うんと笑ってくれた。幸せだった。そう思ってすぐ、武史と美和のことを思うと不憫《ふびん》でたまらなくなる。

「でも、武史さんとは時々会っていたんですね」

やさしい言葉が真紀恵の口から出た。

微笑《ほほえ》んでいた美和は小さく首を振る。

「いいえ。それっきりだったわ。私がかたくなな態度だったものだから、武史さんもあきらめたの。大人になったんだと思う。別れる時がきたんだと悟ったのね。でも、しばらくして私が病気になったのがいけなかったの。ガンが発見されて、手術して、退院して自宅で療養していた時に、武史さんがいきなり現れたの。真っ赤に泣きはらした目をしていた。私を哀れに思ったのね。私のことが人の口から口に伝えられて、それで武史さんの耳に入ったの。一人で暮らしていることもね。私の教室にいって、見舞いにいきたいからと自宅の住所を聞いたみたい。それから毎日やってきて世話をしてくれた。朝早くやってきて出勤前までいて、夜は遅くまでいてくれた。真紀恵さんと結婚の約束をしたということを聞いたから、こんなことをしてはいけないといったの」

「武史さん、私のことをいったんですか？」

真紀恵は信じられないという顔を美和に向けた。

「ええ。いろいろ話をしていて、好きな人ができたとうれしそうだったわ。どんな人なのとたずねたら、国際通りで会った女の子の一人だというから、きっとあの人だと真紀恵さんのことをいったの。どうして分かるんだと武史さん驚いていた。私には分かったの。きっと真紀恵さんだって。真紀恵さんが心配するからもうここにきてはいけないのよというと、武史さん、真紀恵さんのことは愛しているけれど、だからといって私を見捨てておくことなんかできないって泣きじゃくって。泊まって面倒をみたいというのだけは拒んだわ。それだけはしてはいけないことだと分かってもらったの。それから二週間後に、あの事故が起きたの」

やっぱりそうだったんだと真紀恵は納得する。あの事故の二週間前は、武史と一回だけしか会えなかった。はっきりと覚えている。疲れた顔で仕事が忙しいとだけしかいわなかった。あの時はその言葉を信じていたけれど、事故の後は、きっと美和さんと会っていたんだという思いがつのっていたのだ。

「休日で天気のいい日だった。どこかにいこうと武史さんが誘ってくれたの。死んだような顔で寝ている私を、気晴らしに連れていってあげたいと思ったのね。海が見たいといったの。水平線までコバルトブルーに輝く海を見たかった。そんな海を見ていると、なぜか命が永遠に続くんだと思えるの。走り出してしばらくして、クスリのせいで眠くなった。うとうとしかけると、武史さんのすすり泣きが聞こえてきたわ。武史さんが泣きながらハンドルを握っていた。助手席にぐったり横たわっている私を見てかわいそうになったのね。

『泣かないで。楽しいことも幸せなこともいっぱいあったから、このまま死んでも悔いはないし怖くもないわ。だから私のことで悲しまないで。あなたは真紀恵さんと幸せに暮らすことが大事なのよ』

といったの。

武史さんは何もいわずにすすり泣きながらうなずいていたわ。そのあと意識がなくなって何も覚えていないの。気がついたら病院のベッドだった。何日も経ってからのことだったわ。右腕が吊《つ》り下げられて、頭が動かなかった。頸椎《けいつい》が損傷していて、動かないように頭の両脇にボルトが差し込まれて固定されていたの。警察の人がきて事情を聞かれたけど、何も覚えていないといった。心中事件じゃないかと疑っていたわ」

あの時、真紀恵は事故の一報を聞いたとたん、ショックに気分が悪くなって激しく吐いた。それから気を失った。葬式がすんでからも武史の死が信じられなかった。茫然自《ぼうぜんじ》失《しつ》と悲嘆の日々が長く続いた。

新聞は、二人が乗った車がカーブを真《ま》っ直《す》ぐに突っ切って、断崖の先の海に消えたという目撃者談を掲載していた。道路にブレーキ痕はなかったという。事故原因は警察が捜査中と結んであった。

「そうじゃないかと噂する人も大勢いました。二人で心中をしたんじゃないかと。もしくは武史さんが発作的に無理心中をしようとしたのかもしれないと。本当はどうだったんでしょう……」

「私には分からないわ。無責任だと思うかもしれないけど、本当に分からないの。武史さんが何らかの原因で運転を誤ったのか、それとも覚悟を決めて海に向かって真っ直ぐ突っ込んだのか、本当に分からないの。これが武史さんと私の全てのことよ。隠し立てしていることはひとつもないわ」

エイサーのずっと先の遠い過去を見ていた美和の目が、現実に焦点を合わせたように真紀恵に向く。

「そうですね。本当のことは、武史さんに聞いてみないと分かりませんよね」

真紀恵は微笑んで小さく吐息をつく。美和はまたエイサーに視線を戻していう。

「真紀恵さん、私のことを恨んでいるわよね。当然ね。事故であれ何であれ、私が原因で武史さんを死なせてしまったんだから…」

「もう昔のことです。あの時のことは小さな霧になっているだけで、ほとんど意識することがないんです。その霧も、美和さんの話を聞いて晴れました」

「そう。あまり真紀恵さんを満足させてあげることはなかったかもね」

「いいえ。十分です」

何が十分なのかははっきりしなかったけれど、真紀恵はそういいたかった。

「真紀恵さんに会えたし、武史さんのお墓参りもできたし、エイサーも見ることができたし、本当によかった」

美和は大きく息を吸い込んだ。

「武史さんのお墓にいってきたんですか？」

「ええ。事故の後、退院して、お墓参りをさせてほしいと武史さんのご両親に電話したの。いきなりいっては失礼だと思って、でもきてほしくないって断られたわ。ご両親の複雑な気持ちを考えれば当然のことよね。真紀恵さんにも会って話をした方がいいかと思ったけど、ショックを受けると思ってやめたの。すぐに東京に引っ越してしまったから、ずっとそのふたつのことが気がかりだった。これでもう思い残すことはないわ。フフフ、お酒でも飲みたい気分。飲めないのにね」

美和が声に出して笑う。視線の先に、締太鼓《くぃづ》を凛々《りり》しく叩き舞う小さな男の子の演舞者がいて、美和がずっと前からその子に釘付けになっているのを真紀恵は感づいていた。

「あの男の子、上手でしょう？」

「本当。小学生みたいね。何年生かしら」

「四年生です。誰かの踊りに似ていると思いませんか」

美和が怪訝《けげん》そうに真紀恵を振り向き、真紀恵の微笑みを見てハッと目を見張る。

「武史さんの……」

美和の半開きの口からこぼれた言葉に、真紀恵は大きくうなずく。

美和は呆然と男の子を見やった。

ドン！　ドン！

タン！　タン！　タンタン！　タン！

男の子が切れのあるバチさばきを披露してから空中に飛ぶ。回転しながら、タンタン！　と締太鼓をまた叩く。着地すると間髪を容《い》れずに締太鼓を振り上げ、叩き舞う。

武史の華やかな演舞を彷彿《ほうふつ》とさせる見事な締太鼓だった。

イーヤーサッサア！

ハアーイーヤア！　ハアーイーヤア！

スイ！　スイ！

ハアーイーヤア！

口に手を当てた美和の身体が震えた。武史の面影を見たのだろう、小さく何度もうなずく。

「名前は武晴《たけはる》です。武史さんの一字をもらいました。父親はいないけれど、元気に育っています」

「真紀恵さん、結婚はしていないの……」

涙声で美和がいう。

「子連れの未婚の母と結婚してくれる太っ腹な男が、なかなか見つからないんですよ。でも仕方がないですよねえ」

真紀恵はまた珍しく苦笑する。

演舞が終了した。盛大な拍手と指笛が湧き起こる。

少しして、エイサーの衣装に身を包んだまま、武晴が母親のもとに駆けてきた。納得のできる演舞をしたのだろう、誇らしげな笑顔がキラキラ輝いている。

「ちゃんと撮った⁉」

開口一番、気になっている言葉を浴びせる。

「ゴメン、忘れた」

真紀恵はおどけた笑顔でペロリと舌を出す。

「なんだよ、バカヤロウ！　せっかく一生懸命張り切って踊ったのに！」

「武晴。言葉悪い」

母親に負けじと息子がにらみ返す。

「武晴君、ごめんね」

笑顔の美和が母子のにらみ合いに割って入った。

「この人誰？」

武晴は美和を見上げて母の袖を引く。

「美和さんよ。お母さんのお友達」

「武晴君のお母さん、おばさんのせいでビデオ撮れなかったの。踊り、かっこよかったわ。おばさん、武晴君の演舞見て幸せだった。とってもうれしい。ありがとう」

いっている美和の笑顔からポロポロと涙がこぼれ落ちる。

「真紀恵さん。ここにきて本当によかった」

「私こそ美和さんに会えてよかった」

美和の涙が伝染して真紀恵の笑顔から涙が落ちた。

武晴は母親と知らないおばさんを交互に見て少し首を傾《かし》げる。どうして大人は笑いながら泣くのだろう？　悲しいのだろうか。それとも楽しいのだろうか。この世に悲しくて楽しいことなんかひとつもありはしないというのに。でも大人はよく笑いながら泣いたり、泣きながら笑う。大人になるということは不思議な人間になるということなのだろうか？

武晴は、キョトンとしながら、真紀恵と美和をじっと見続けるのだった。

小さな恋のメロディ

吉田修一

彼女が星野辰也に再会したのは、ネットのサイトがきっかけだった。彼女はフリーのライターで、主にレストランの紹介などフードものを得意としていた。

ある日、何度か仕事をしたことのあるカルチャー誌の新人編集者から電話がかかってきた。

時期的に鰻《うなぎ》料理屋の特集を頼まれるのだろうと彼女が思っていると、短い挨拶のあと「実は、再来月号でシングルモルトの特集考えてるんですよ」と言われた。

「え？　シングルモルト？　私でいいんですか？」

一瞬、かける相手を間違えたのかとも思ったが、彼はさっきから確かに自分の名前を呼んでいる。

であれば、根本的に誰かと間違えているのかもしれない。誤解なら早目に気づいてもらうほうがいい。しかし、彼が本当に間違えているのかどうかが分からない。

「お酒と言えば、この前は、遅くまでお疲れさまでした」

かまをかけるつもりで彼女がそう言うと、しばらく沈黙が続いた。やはり何か勘違いしているのかと思ったが……。

「ああ、この前！　最後、西麻布《にしあざぶ》の占い師がいる飲み屋に流れたときですよね？　いやいや、ほんとにお疲れさまでした。中尾さんがあんなに飲む方とは……」

場所も、メンバーも間違えていなかった。ちなみに中尾さんというのは、最近、独立して店を持った寿司《すし》職人で、取材の打ち上げをかねた飲み会だった。

「あの、私は大丈夫ですけど……、私でいいんですか？」

中尾さんの印象から、話が占い結果のほうへ広がりそうだったので、彼女は改めて尋ねた。

「モルト好きの俳優さんなんかに、インタビューしてもらう感じですから」

電話を受けてから、すぐに情報収集を始めた。物語を伝えるには、まずは情報収集、そして集めた情報を微塵《みじん》も出さないのがコツだ。

手始めにネットでいろんな店や記事を集めた。シングルモルトは人気の酒で、ファンサイトのようなものだけでもかなりの数がある。

結果、彼女が行き当たったのは、シングルモルトを多数揃《そろ》えたバーの店主たちが情報交換の場所として立ち上げているサイトだった。北海道は旭川《あさひかわ》から、沖縄の宮古島《みやこじま》まで全国のバーが網羅され、それぞれの店が紹介されている。

都内のバーも数軒あって、中に以前行ったことのある店もあった。誰と行ったのかは思い出せないが、アップされた店内の写真が、なぜかせつない気持ちにさせる。

隣に誰がいたのかも分からないのに、そこでせつない思いをしたことだけは覚えているなんて、私も年を取ったもんだ、と彼女は思った。

店のラインナップに郷里の店が一軒だけあった。

五年前に母、その一年後に父が亡くなり、姉夫婦だけが残る実家には、最近ほとんど帰っていない。

姉妹仲が悪いわけではなく、逆に仲が良いからだと思うのだが、片や三人の男の子の母親、片や未《いま》だ独身のフリーランスとなれば、一時間も話していると互いの生活に何かしら文句をつけたくなる。

一軒だけあった郷里のバーをクリックすると、田舎のイメージからほど遠い重厚なバーの店内が現れた。磨き上げられたカウンター、深紅のベルベットが張られた壁などは、銀座の一流バーに負けていない。

興味が湧いた彼女は、店主のプロフィールを見て驚かされた。写真には面影がなかったが、星野辰也という名前にピンときた。

彼女は改めて写真を見た。じっと見ていると、そこに写った男の顔が、二十年の時間を徐々に遡っていく。

高校時代、彼女は水泳部に所属していた。中学時代はそこそこのタイムを出していたのだが、高校に入るといくら練習してもタイムは伸びず、半分嫌気が差し、半分そんな自分に自分で言い訳するように、気がつけば選手というよりもマネージャー業を優先させていた。

星野辰也はこの水泳部の一年下の後輩だった。中学のころは野球部だったのだが、なぜか高校に入ってとつぜん水泳部に入ってきた。

新入生の記録会では全種目惨憺《さんたん》たる結果で、バタフライと背泳ぎに関しては百メートル完泳できなかった。

わりと名門の部だったので、泳げない彼は目立った。一番タイムの遅い女子選手が泳ぎ終わってプールを出て、タオルで髪を拭き始めても、まだ最後のターンが残っているような有様だったのだ。

それでも彼は毎日楽しそうに練習にやってきた。みんなについていけない彼のために、特別に作られた練習メニューを、一番端のコースでひとり淡々とこなしていた。一ヶ月が過ぎ、二ヶ月が過ぎ、いよいよ夏になり、屋外プールでの練習が始まった。

息苦しい室内プールでは、みんな自分のことに精一杯で、端のコースで泳ぐ彼のことなど見ていなかったのだが、いよいよ青い空の下、きらきらと日に輝くプールでの練習が始まると、その解放感から余裕が出たのか、端のコースで泳ぐ彼のフォームやスピードが別人のようになっていることに気がついた。

そんなとき、ひと月後に迫っていた新人戦の記録会が行われた。一番、自己タイムを縮めたのは、もちろん彼で、元々得意だったフリーでは、なんと七人いた一年生の中、堂々の三位入賞だった。

ほとんど彼のことを見ていなかった顧問の先生も、彼の躍進に驚いた。とても無口で全く感情を出さない先生だったが、泳ぎ終わった彼に近づき、「よく頑張ったな」と、いつのまにか筋肉のついたその肩を叩《たた》いた。

その後も彼はものすごい勢いで自己タイムを更新していった。元々、素質があったのだろうが、泳げば泳ぐほど、いや、ひと掻《か》き、ひと蹴りするごとに、面白いようにタイムが伸びたのだ。

一年後、二年生になった彼は、同級生はもちろん、三年生を含めた全部員の中でも、フリースタイルでは三番目に速い選手になっていた。

その年の夏、彼は高校総体のリレーメンバーに選ばれた。リレーメンバーに選ばれたのは、二年生では彼一人だけだった。

そしてこの大会で、彼らはライバル校をコンマ数秒でかわして優勝し、一ヶ月後に沖縄で開かれる全国大会への出場権を手に入れたのだ。

全国大会には、このリレーメンバーの他、背泳ぎで優勝した女子部員が一人、それに顧問の先生からマネージャーとして参加を求められた彼女の六人編成だった。

六人とも初めての沖縄だった。二年生で一人参加する星野にとっては、初めての飛行機でもあり、先輩の鞄《かばん》を持たされながらも空港に着いたときから興奮していた。

リレーも、女子の背泳ぎも、残念ながら全国大会で決勝に進めるタイムではなかった。そんなこともあり、四泊五日の沖縄旅行はどこかのんびりとしたムードが漂っていた。

幸い、リレーも背泳ぎも、後半二日のスケジュールだったので、沖縄に到着したその日に、みんなでムーンビーチへ行った。

顧問の先生も特に咎《とが》めることもなかった。競泳用の水着で、白い砂浜を駆け回り、海に入ればスイスイと沖合まで泳いでいく彼女たちは、ビーチでもとても目立っていたはずだ。

その夜、安ホテルでの量の少ない夕食を済ませると、一時間後には空腹になり、彼女と星野が少し離れたところにあるマクドナルドへ買い出しに行くことになった。

那覇《なは》市内の郊外で、椰子《やし》の原生林が残っているような場所だった。青い月に照らされた椰子の葉が、南国の夜風に揺れていた。

「私たちが引退したら、星野くんがキャプテンだよ」

「先輩は卒業したら東京に出るんですよね」

そんな会話をしながらの、心地よい夜の散歩だった。

マクドナルドは暗い県道の一本道にぽつんとあった。広い駐車場に椰子の木が並び、青い照明でライトアップされていた。

明るい店内に入ると、二人でレジに並び、メモ帳に書いてきたみんなの分を注文した。応対してくれた店員の女の子は、紅茶色の肌をしたどこかエキゾチックな少女だった。一つにまとめられた黒髪が店の照明にきらきらしていた。

大量のハンバーガーを二人で抱え、また夜道をホテルへ向かって歩き出した。来るときには明るく喋《しゃべ》っていた彼が、なぜか黙り込んでいた。そして、何度も何度も、遠ざかるマクドナルドを振り返っていた。


翌日、午前中に会場のプールで少し泳いだ。飛び込み台やタッチ板の具合、そして何よりも水の感触を身体《からだ》に馴染《なじ》ませた。短い練習を終え、午後は顧問の先生に連れられての那覇観光だった。

途中、立ち寄った雑貨店で、かわいい小物入れを熱心に見ている星野辰也の姿があった。妹へのお土産でも買うのだろうかと尋ねると、彼は「いや、違います」と生真面目に首をふった。

と、そこへ別の男の子が寄ってきて「あ、星野、マジかよ。お前、ほんとにそんなもん、その子に渡すつもりかよ」と冷やかす。

「その子って？」

「いや、昨日、マクドナルドで一目惚《ひとめぼ》れしたんだって」

一瞬呆気《あっけ》にとられたが、帰り道、話しかけても生返事ばかりを繰り返していた彼の姿が目に浮かんだ。

結局、彼はその夜、もう一度マクドナルドへ行ったらしい。男の子たちが面白がってついて行ったようだが、さすがに中までは入らず、外から彼の様子を窺《うかが》った。

幸い、彼女はレジにいた。数組、客が並んでおり、彼はじっとレジがあくのを待っていたという。

やっとレジがあいて、彼は真っ直《ます》ぐに彼女の元へ進み出た。雑貨店できれいにラッピングしてもらったプレゼントと、短い手紙を彼女に渡す。手紙には、その夜、仕事が終わるころ、外で待っていると書かれてあった。

彼女はとても驚いていたらしい。普通に注文を聞こうとしたところ、突然そんなものを渡されれば、誰だって目を丸くするに違いない。

プレゼントと手紙を渡すと、彼は何も買わずに店を出てきた。男の子たちに冷やかされながら、彼は暗い夜道を足早に歩いた。何度も何度も、フーッと大きく息を吐きながら。

その夜、彼は一人でホテルを抜け出した。男の子たちも、もう面白がってついては行かなかった。戻ってきた彼の手には、渡したはずのプレゼントがあったらしい。

ネットで偶然彼の名前を見つけ、すぐにメールを出した。彼から返信があったのは翌日で、とても懐かしがってくれている文面だった。彼女が書いた雑誌の記事などを読んだこともあると書かれてあった。

最後に、翌週、東京へ行くから時間があれば会いましょうとある。彼女は、喜んで、とメールを送った。

ほぼ二十年ぶりに再会したのは、彼の友人がやっている代々木のバーだった。なんでも若いころ、同じバーで修業していたことがあるらしく、一緒にシングルモルトの聖地アイラ島へも行ったことがあるという。

二十年ぶりの再会は、思い出話と仲間たちの近況報告であっという間に時間が過ぎた。彼の薬指に結婚指輪があるのは、最初から分かっていたが、敢《あ》えて尋ねないままでいた。

お互いに楽しく飲んで、そろそろ店も閉店となったころ、彼女は沖縄での一件を口にした。彼は照れ臭そうに「やだな。よくそんなこと覚えてますね」と笑った。

そんな彼の様子を眺めながら、薬指の結婚指輪に目が行った。もしも彼の奥さんが、いや、そんなことはあり得ないのだが、もしもあのときのあの子だったらと、なぜか期待している自分がいた。

金城米子さん

花村萬月

ユタときいて、その語感からなんとなく八重山《やえやま》民謡の安里屋《あさどや》ユンタを漠然と連想してしまう程度の知識しかなかったのだ、というのはこの小説を書くにあたって導入部をどうしようか数分ばかり思案したあげくのつくりごとであるが、しかしヤマトの人間にしてみればどことなく人身売買を想像させて物騒なユタ買いという言葉や、学術めいた解説書にある憑霊《ひょうれい》型シャーマンといったユタに対する解説から、やはり私はどこかおどろおどろしい何ものかを連想していたのであって、そのような書誌から得た知識よりもたらされた印象からユタは陰というニュアンスを抱いていたのだが、那覇《なは》の容赦ない陽《ひ》射《ざ》しを浴びているうちに陰も陽もへったくれもないという気分になってしまい、それにしても十月中旬、しかも早朝だというのに那覇の陽の光は尋常ではなく、金色にきらきら眩《まばゆ》いばかりか畳針にも似た微妙な太さと鋭さをもって毛穴を刺し貫いてくるので、私は自分の禿頭《とくとう》を覆う帽子、あるいはタオルの類を用意してこなかったことを内心嘆きかけていて、それというのも以前沖縄に取材にやってきたとき、ユーノスロードスターという屋根のとれるふたり乗りの自動車の屋根をはずして得意がって助手席でふんぞりかえっていたら、ブラウンの電気カミソリで丁寧に剃《む》りあげた私の頭は十一月だったというのに見事に日焼けしたあげくに、皮が剝けてしまうという状態に相成ってしまい、薄汚い泥水じみた褐色に焼けた禿頭からほぼ菱形《ひしがた》状に、しかも不規則かつ斑《まだら》に頭皮が剝けていくという惨状は、どう贔屓目《ひいきめ》にみても悪い性病かなにかに罹《かか》ったあげくの末期的皮膚疾患といった不気味さ、そして無様《ぶざま》さと異様さ、無惨さで、仕方なしに新しい頭皮が再生するまでは頑《かたく》なに毛糸の帽子をかぶってそれを脱ぐことをせずに誤魔化すという涙ぐましい努力を重ねたわけだが、今回も私は常人とちがって陽光を真っ向から受けとめざるをえない頭皮に対する最低限の防護手段さえ講じることをまたもや失念してしまったのであったが、思い返せば、昨日、嘉手川《かでかわ》さんは徹底した道路交通法遵守の運転をしながら、進行方向をテーゲーに見やりつつ首に巻き付けたタオルを弄《もてあそ》んで沖縄ではなにをさておいてもタオルが必需品ですよと誰ともなしに呟《つぶや》いて、なるほどタオルはいいなあ、汗は拭けるし、いざとなったら頭を覆うこともできる、というわけで宿泊しているホテルのバスルームからタオルを一枚失敬してくるつもりだったが、いざ出発のときにはみんなを待たせてどんなときにも便秘をすることのない私の面目躍如で艶やかな黄土色をきっちり産みおとしたのに、早起きの慌ただしさがたたったのか、その傍《かたわ》らに下がる純白のタオルのことはきれいに失念していて、私は頭皮日焼けずる剝けの不安にリアシートで亜熱帯の憂鬱に囚《とら》われていたのだが、さらに私の泊まっている某航空会社が経営するホテルときたらその建物は高台の急斜面に異様な高さで屹立《きつりつ》し、たいそう立派なのだが、肝心のベッドのマットが柔らかすぎ、就寝時にあまり具合がよろしくないので私は頭皮の心配と同時に鈍くうずく腰痛に顔を顰《しか》めてもいたが、取材というよりは遊びですから気楽に気楽にお気楽になどと私に今回の沖縄行きをそそのかした張本人である小説すばる誌編集部落合勝人が借りてきたレンタカーはシートが三列あるワンボックスカーで、こういったエコノミーな車というものは往々にしてお世辞にもシートの具合がよろしいわけではないので、私は自分が座っている二列めのシートで姿勢を正し、軽く上体を反《そ》り気味にして、手をうしろにまわして拳骨をつくり、それを中山式快癒器のぐりぐりのように腰の痛む部分にあてがって軽く圧迫など加えて整体を試みるという地道な努力、あるいは顔を顰めるほどの痛みでもないのだが、とりあえず周囲に腰痛のデモンストレーションをしてみたのだが、三列めの、つまり最後尾に座っている竹内真が怪訝《けげん》そうにどうしたんですかと尋ねてきて、私は急に羞恥《しゅうち》を覚えて意味もなく笑い声をあげてその場を誤魔化したのだが、おそらくは私が拳骨をぐりぐりと動かすことによってエコノミーなシートの背もたれ部分が突出したり、平たくなったりを繰り返したのだろう、それを目の当たりにした竹内がいったい花村はなにをやっているんだろうと軽度の疑心暗鬼に駆られたのではないかと推察するのだが、いかになんでも疑心暗鬼は大げさだよなと唐突に意味もなく嘘《うそ》のあくびなどを洩《も》らしてみたが、もちろん気分はすぐれるはずもなく、ますます亜熱帯の憂鬱にとらわれて、傍らに座っている集英社における私の単行本担当の江口馬券師洋にまで怪訝そうな眼差《まなざ》しをむけられてしまい、ふたたび意味もなく頭をかいていい加減な愛想笑いを泛《うか》べ、なんで私が愛想で笑わなければならないのかと考えこんでしまったのだが、車はぐいぐいと沖縄のいかにもグリップの悪そうな上り勾配を駆けあがっていき、上っているなと思ったらこんどは鍋底のような土地に引きずりこまれるように下っていくので、ますます気分は落ち着かないのだが、もうどうにでもなれという心境でこんどこそ本物のあくびをして、どうせならエアコンの効きはじめた車中で一眠りしてしまおうと眼《め》を閉じたら、とたんに花村さん花村さん花村さん、江口に揺すられて、どうやら金城《きんじょう》さんちに着いたみたいですよつきましたよと嬉《うれ》しそうに耳許《みみもと》で囁《ささや》かれて、私はようやく冷えてきた車内から外にでるのは嫌なので知らん顔をしていたが、三列めの席に座った竹内君や森崎さんが早く降りましょうよ金城さんちだ金城さんちとはしゃいだ声をあげてきて、私が降りなければ三列めの竹内と森崎は車から降りられないので仕方なしに横にスライドするドアに手をかけたが、内心は面白くないわけで、しかもドアをがらがらと開いたら案の定、尋常でない熱気が襲ってきたのだからますます私は機嫌が悪くなってしまい、口を尖《とが》らせ気味に車から降り、珊《さん》瑚礁《ごしょう》のなれの果てであろうか、沖縄独特の奇妙に白茶けた地面に足を着いたのだが、金城さんの家を一瞥《いちべつ》したとたんに驚愕《きょうがく》し、眠気が失せ、相前後して降りてきた江口や落合と思わず顔を見合わせたのだが、それというのも金城さんの家の外観は無数の亜熱帯植物で覆われ、それは赤と緑の補色の取りあわせ、強烈な色彩のコントラストにクラクラとさせられるが、まあガーデニングですか、そんなもんであろう、しかし植物にもまして最近テレビのニュースなどで見かける病的なゴミ収集癖のある迷惑老人宅によく似て、なぜか雑多な、しかも原色系の得体の知れないゴミが山をなして家全体を覆ってい て、暑さからすると腕など組みたくもないのだが思わず腕組みをしてうーんと唸《うな》りつつ、いったいこんな人物の家を訪れてしまって大丈夫なのだろうかという不安と、これはいいや、ぶっ飛んでるぜ、愉《たの》しみだという臍《へそ》曲《ま》がりな期待感が綯《な》いまぜになって原色のゴミ屋敷を見あげつつ、おいおいこれからどうするんだじんじょーじゃないっすよこりゃすげえぜ対処できますかねこれとにかくよろしくね、などと嘉手川さんに声をかけて下《げ》駄《た》をあずけてしまったのだが、沖縄県民である嘉手川さんもユタの実態を侮《あなど》っていたのか呆気《あっけ》にとられた顔をしてゴミ屋敷を見あげるばかりで、ただ若い森崎と竹内は原色のゴミに神経をやられたのか姦《かしま》しく騒ぎたててやたらと機嫌がいいのだが、落合がいくらぴんぽんぴんぽんドアホンのボタンを押しても肝心の金城さん宅はうんともすんともいわず、熱気の澱《よど》む谷底の路地にぼんやりと突っ立っているのも虚《むな》しい状況であるが、睡眠不足がたたったのか、遮るものとてない頭頂部を直撃する太陽にやられてムルソーが取《と》り憑《つ》いたのか、それとも金城さん宅を覆いつくす原色が放つ失笑オーラに幻惑されたのか、私はこの住宅地がなんとなく気にいって、それどころか気分が和んできたので紅一点森崎に、おいちょっと散歩してみようぜと誘いをかけて呼べど応えぬ金城さん宅から離れてみたのだが、それは取材の鉄則で、ちょっと離れたところからじわじわと核心に迫る、外堀から埋めるということなのだが、やはり思惑どおり金城さん宅からさらに裏路地に入りこむと駐車場の脇には茶色く腐ったどぶ川が流れ、いや澱み、植物の緑だけが猛々《たけだけ》しく、ところがアカバナは無様にしおたれて、しかし森崎は女優の性《さが》か腐りかけた巨大なアカバナの花瓣《はなびら》に顔を寄せて私に写真を撮れと迫るので、私はポーズをつける森崎を愛用のコニカの名機ビッグミニでおざなりに撮影し、ついでに私の股間のビッグミニというつまらぬギャグを口ばしってオヤジと軽蔑され、噎《む》せかえる植物の青臭い熱気を真っ向から受けぬように顔をそむけて人ひとり抜けるのがやっとの裏路地をいいかげんに歩きはじめたのだが、いまや車中の不機嫌な私はどこへやら、亜熱帯の旅情に取りこまれて不思議に高揚しはじめていたわけだが、それにもまして森崎嬢はなにやら取り憑かれたかのごとくその伸びやかな肢体をくるくる回転させてバレエのポーズ、雑草生い茂る空き地に飛びこんでいき、トタン板、トタン板と連呼するのだが、どうやら廃棄されたトタン板を踏みつけてしまい、その軋《きし》む音までもが愉しいらしい、処置なしであるが、私は路地からのぞける琉球《りゅうきゅう》独特の瓦屋根、それが気取ったものではなくて生活に密着したどちらかというと荒れはじめた民家の屋根であるものだから嬉しくて仕方がなく、しかも自家製ラードを煮るその匂いさえ感知してしまい、おそらくこの家には老人が暮らしているのだろうと推察してうっとり顔がほころぶのをとめられないし、しかもその瓦屋根の民家の背後には四階建ての薄黄色に塗られたビルがのそっと聳《そび》えたち、その天辺《てっぺん》に八百善アパートと大書されていて、そのビルはいかにも沖縄的テーゲーさに支配され、おそらく三角定規を当ててその建物の角を調べれば、絶対に直角ではないと思われるいい加減さを私の眼にも露呈してしまい、コンクリで固められているくせに、その傍らに生えているひょろ長い蘇鉄《そてつ》の木と大差ない柔軟さがあるのだからなんだか可笑《おか》しくなってしまうが、路地を抜けてそれなりの道幅のある通りにでたとたんに現場工事の土建業の人々が日陰で休んでいるのに出くわして、いっせいに注目を集め、いや私の禿頭も目立つが、女優である森崎の愛嬌《あいきょう》が過剰に男どもの気を惹《ひ》くわけで、男六人計十二の瞳から放たれるどこか棘々《とげとげ》しい視線に私は慌てて冷やし物一切のマーケットに逃げこんだのだが、あとからゆっくり店内に入ってきた森崎嬢が飲料のブースを覗《のぞ》いて、ねえねえチェリオがあるよチェリオだよ珍しいよね凄《すご》いよね、と歓声をあげ、じゃあ、手ぶらで訪れてしまったことだし金城さんにお土産だとばかりチェリオをはじめとする清涼飲料のボトルを無作為に買いあさり、こんなにいっぱい誰が飲むのだろうと、それらを買った自分のことを棚にあげて掌《てのひら》に食い込む買い物袋を提げ、土木作業員たちの怪訝そうな視線を背に、ふたたびあの裏路地にもぐりこんだのだが、金城さん宅にもどったら、なんだ、玄関が開いているではないか、しかも中からは御一同様の昂《たか》ぶりを含んだ声が聴こえる、私は森崎を促して原色ゴミ屋敷に一歩踏みいれたのだったが、いやはやまたまた驚かされてしまい、あいた口がふさがらなくなってしまった、それは森崎も同様で、玄関先から廊下を覆いつくした廃物の山に圧倒されつつ、おそらくは金城さん御本人にとってはこれらは廃物ではないのだな、なんらかの価値がある物なのだ、宗教的なものなのかもしれない、ああ、そうだ、人皆神の境地じゃないか、よくわからないけど、と注釈をつけつつも、とりあえず全てのものに神が宿るという単純にしてリアルな真理にいきなり到達してしまうお調子者の私であったが、それにしても南国沖縄の極めつけ、先ほどの節操遠慮のないどぎつい青空を背景に、琉球瓦のラードを煮る家々の総体的に熱に溶かされ沈み気味といった按排《あんばい》の灰茶色が主調色である侘《わ》び寂《さび》の風景とは正反対な、室内における家庭内核融合とでもいうべき眼を覆いたくなる原色の羅列に息が苦しい、眼が痛い、いや冗談抜きで眼球の芯になにやら刺さるのであるが、ひょっとしてこの家は室内に本物の太陽を飼っているのではないかと思わせる雑多なおおらかさに充《み》ちあふれていて、侘び寂ではユタはやれん、と、いつのまにやらまだ見ぬ金城さんの気持ちを昂然《こうぜん》と代弁している始末、そんな自分にいささかまいってしまうが、小説家を放棄しないために少々描写をしてみようということで、玄関を入ってすぐ右手にはなんと池があり、いや、中庭といったものではなくてだな、室内に池があるのだよ、しかもその池の左端には笠《かさ》が黒い石で明かりが灯《とも》る部分は乳白色のプラスチックでつくられた灯籠《とうろう》が据えられていて、なぜかそこから池の水が巡回して滝流れ、その泡だつ池の底をよく見ると体裁を整えるために御影石《みかげいし》らしきものを貼りつけて安手の露天風呂ふうに装ってはいるが、じつはコンクリブロックをテーゲーに固めてつくられた池であることがわかるのだが、淡い緑色の苔《こけ》の生えた水の中を判で押したように体長二十センチほどの大きさに統一された緋鯉《ひごい》に錦鯉が泳いでいて、それは当然だな、魚が泳ぐのは当然だと納得したものの、なぜきちっと体長が揃《そろ》っているのか、なぜ鯉なのかといった根元的な疑問は疑問のままで、その池の周囲には陶磁器小物が散乱、いや安置してあって、たとえば番《つがい》のまったくおなじ顔をした白ウサギ二羽、藍色《あいいろ》を用いて羽の描かれたマガモがざっと六、七羽、常滑《とこなめ》焼きじみた地肌を曝《さら》すひしゃげた茶色い鰐《わに》、すらりと脚の長い白鷺《しらさぎ》、畏れ多くも稚児を抱いた純白の観音様らしき立像、緋色の火焔《かえん》を背後に屹立《きつりつ》する真っ黒けの金剛様、睾丸《こうがん》程度の大きさのやや曇り気味な水晶玉、さらに白文字で霊がどうたら子育てどうたらと彫り込まれている御影石の碑が立っているのだが、池に貼られた御影石と一体化して見えてしまい、なんだか池から生えているようにもみえるが、あくまでも置かれたものであり、その脇には黒曜石の大形痩せ蛙《がえる》が二匹並んで鎮座していて、さらに彼らを覆いつくすように観葉植物の鉢が所狭しと並べられ、巨大な葉っぱや赤系統の毒々しい花々が咲き乱れ、その合間から中国のものだろうか制作中のマーライオンが地べたに投げつけられて遠近が狂ったかのような造形の竜が目を剥いているし、室内だからまあ風も吹かないだろうに無数の風鈴コレクションが下がり、なぜか鳥の入っていない四角い鳥籠も下がっているのだが、中の水入れにはちゃんと水が入っていて、すると放し飼いになってるのかと周囲を見わたしたが、鳥の影もかたちもないので気を取り直して池の前面に視線を据えれば香炉が三つ、真ん中が銅製と思われる金属の日本の仏教めいたもの、左が極彩色の陶製中国風、右が白磁の朝鮮風と極東アジア大集合といった趣であるが、それぞれに燃えつきた大量の線香らしきものがよれて固まって身悶《みもだ》えしていて、その奥には朱塗りの三宝と書きあらわす場合がままみられるが正確には三方が三つ、その上にはなんの脈絡もなく戌年《いぬどし》と大書されてなぜか横綱の闘犬がプリントされた湯呑《ゆの》み茶碗《ぢやわん》、赤や黄色の浮き彫りのある中国の茶碗、そして私がアル中のときにはお世話になりましたカップ酒の空き容器と、ひとつの三方のうえに五つほどのコップや茶碗が載っていて、極めつけはちょっと視線を上右側にやると眼にも鮮やかな真っ黄色、房をなして本物のモンキーバナナがたわわに実っているのだからほとんど熱川《あたがわ》はかのバナナワニ園、熱帯植物園風の室内池なので、いやあ、こんな家に住んだら愉しいかもしれないと、もはやなかば自棄気味《やけぎみ》に現状に染まりつつある私であり、皆《みな》の衆であるが、こんなのはまだ序の口であって、さらに数歩進んで左手の部屋であるが、ユタ金城米子《よねこ》さん手作りの大祭壇が私の眼を苦しめ、いや烈《はげ》しい衝撃とともに眠気の最後のかけらを追いやってくれたのだが、いま私はここで細部の描写を続けるべきか否か悩んでいるのだが、やはり続けざるを得ないだろう、これが仕事であるから私は勇を鼓して祭壇の様子を描写するが、読者諸兄におかれましては間違っても読み飛ばすことなどないように、なぜならばここは神のおわす場所であり、神の座の描写であるのだからくれぐれも疎《おろそ》かにしないようにと脅しておいて、じつは私が祭壇で真っ先に眼を惹かれたのはごく小物、左側の達磨《だるま》像の前に屹立する得体の知れないラワン材と思われる木製の人魚像、高さ三十センチほどの人魚が差しあげる腕に貼りつけられたかに道楽の宣伝で配られたと推察できる深紅のタラバガニシールであるが、それが何を意味するかなんてことはわからないし、わかりたくもないし、眼を反対側、右手に転ずれば無理やり口にビー玉を押しこまれた、いや咥《くわ》えさせられた赤と黄色の合成樹脂製鸚鵡《おうむ》が止まり木で間抜けな瞳を見ひらいて羽を休め、天井からさがる蛍光灯のスイッチの紐《ひも》には漫画ポケットモンスター、俗に言うポケモンですか、俗に言わなくてもポケモンだが、その人気キャラクター、真っ黄色な生き物ピカチュウのごくちいさな人形が首を吊られるかのように括《くく》りつけられていて、私は意味もなくピカチュウを指先で弾《はじ》いて意味もなく苦笑いなどを泛べてみたのだが、なぜ周辺ばかり書くのかというと、いざ祭壇の光景を描写すると収拾がつかなくなるのではないかという恐怖をいまさらながらに覚えているからであるが、ここは蛮勇一直線、俺も男だ、やらではおくか、いいか、まず祭壇の中央最上段におわすのは純白の陶製に金の光背を背負った観音様であるが、その背後の額には天母子育観音と小学生じみた味のある字で書かれていて、せめて上から下に真《ま》っ直《す》ぐ字を書けないのかなどという感慨を抱いてはいけない、総じてこの祭壇周辺に書かれた文字というものは斜めに迷走し、左右の揺れ動くことをよしとしているようでもあり、おそらくはこの聖なる地に生じる地軸の歪《ゆが》み、重力場のテーゲーが文字にも影響しているのであろうと学術的にも推定できるのだが、その隣におっ立っているのが金城さん曰《いわ》く、せんて観音、ふつうは千手観音《せんじゆかんのん》と言い習わすが、もちろんここでは誰がなんと言おうとせんて観音であるのだが、これは控えめな金色のお体に八本ずつのお手、計十六手観音でございますが、あくまでもせんて観音、その隣にはなぜか額装されているオカメの仮面、ああ、いいな、語呂がいい、おかめのかめんときたもんだ、が、さらにその隣にはなぜか同じく仮面だがヒョットコじゃない、これは恵比寿《えびす》様であろうか、よくわからないがオレンジ色の帽子をかぶったふくよかなお爺《じい》さんのお面が一段高いところに飾られていて、周辺にはかなり巨大な水晶玉が幾つかこともなげに転がされて天井の蛍光灯をてんでんばらばらに映し、その下方に眼を転ずればなぜか団扇《うちわ》ばかりが十ほども立てかけられているが、主立ったものは真っ赤で巨大な火の用心の団扇、これも真っ赤な八重山観光団扇、絵柄は素敵な観光名所ナントカ岩に最南端に棲《す》むという蛾《が》であるが、観光土産の団扇に蛾を描くというセンスには扇子《せんす》だけに、いや、扇子じゃなくて団扇であるが、ともかく棄《す》てがたいものがあるが、こうした異色団扇群の中でもいちばん目立つのが蛍光灯の紐でも首を吊られていたピカチュウ、そのジャンプ場面を活写したイラストが印刷された飛びピカチュウ団扇であり、その下段に至るとそろそろ描写が難しくなってくるのだが、というのもあまりに膨大大量な小物の連続に、いちいち記憶を振りしぼりつつ書き込んでいくと、原稿用紙が幾枚あっても足りないという状況に陥ってしまうのであり、主立ったものだけを描いていくが、いいですか、私の描写したものの隙間にはそれに倍する、いやそれどころじゃねえ、常軌を逸した密度で物物物物物物物物物が詰まっていることをお忘れなくと釘《くぎ》をさして、七福神の乗った宝船、茶碗の載った朱塗りの三方、梵字《ぼんじ》の刻まれた飾り皿、爬虫類《はちゅうるい》の肌触りそっくりのぬめっとした合成樹脂製の玩具の巨大な蛙、偽物の葡萄《ぶどう》の房、造花の数々、これらは本物の観葉植物と一緒くたであるが、金の極小の仏様、ハート形のフォトスタンドにおさまった賞状を貰《もら》う得体の知れない男の写真、扇子状の羽を広げた純白のかなり大きな孔雀《くじゃく》の置物、これは浪速《なにわ》渡来であろう商売繁盛の熊手、さらに畳のうえにまで散乱する無数の額縁のたぐい、しかも私は見逃さなかったが、大概の人にはこのモノ地獄においては地味で眼にも入らないであろう鳴子《なるこ》のこけし数体、アバンギャルドな生け花の中になぜかさりげなく安置されている白い円形のクオーツの置き時計、色彩が地味なので奥に引っ込んでみえる鍾馗《しょうき》様、神社の御札の数々、陶器の土鳩《どばと》、そしてあまりふれたくないのだが、祭壇の中心でもっとも悪目立ちをしているのが蛍光灯の紐や団扇の項で登場したピカチュウであり、またもやピカチュウなのだが、これは鮮やかな黄色いプラスチック製の高さ二十センチほどのピカチュウ人形、よく見るとこれも腹にクオーツ時計が仕込まれているが、さらにその前に同じ体勢で行儀よく座るちいさなピカチュウが鎮座し、大小ピカチュウ、それと対をなすように安置されているのがアルミの大きなお釜《かま》で、これには灰が充たされていて、当然ながら御飯を炊くのではなく線香立ての役目を果たしているらしいのだが、幾らなんでも大きすぎるような気がするというのは素人考えで、突き刺さって半分灰になっている線香の量が半端ではないのだ、さらにその前にはお供えの数々、林檎《りんご》に蜜柑《みかん》、柿が山盛りの大皿、なぜか名古屋名物ういろう、いいいい、ういろうにない、さんぴん茶のペットボトル、沖縄ならではの黄色や赤、青のパッケージの米国製スナック菓子が雑然と積まれ、その左脇に隠れるように日本酒の一升瓶、いや泡盛かもしれない名護《なご》のナントカという銘柄であるが、とにかく茶色い一升瓶が隠されていて、一升瓶の隠されたボックスの上にはタオルケットが畳まれておかれ、しかも表面が黒、底は青のいかにもありふれたビーチサンダルが祭壇方向に向いて揃えてあるのが奇妙であるが、やはりなによりも気になるのは電球の紐にさがるピカチュウをはじめとするピカチュウ群であって、おいおい団扇のもいれるとこれで四匹めだぞ、ということで金城さんはよほどピカチュウのマスコットがお気に入りなのだろう、ピカチュウのプラスチッキーな黄色い軀《からだ》を見つめているうちに、もう私は憑霊型シャーマンとしてのユタ云々《うんぬん》といった学術的な能書きの大仰さ、いい加減さにインテリジェンス嫌悪さえ抱きつつあったのだが、唐突に二階から階段を踏みならして眉間に縦皺《たてじわ》を刻んだ妖怪じみた頭の大きな三頭身のおばさんがあらわれて私に密着しそうな距離でなにやら彼方を睨《にら》みつけ、口の中でぶつぶつ呟きはじめたので私は思わず後ずさってしまったのだが、この方が金城さんであると嘉手川さんに囁かれ、それでは挨拶しようと真正面に向き直ろうとしたら、その瞬間に嘉手川さんがたぶん、と付け加えられたので様子を見ようと引いていると、金城さんは一切合切気にしないというか、私など眼中にないのだろう、相変わらずなにやら呟いているのだが、とうに還暦をすぎていらっしゃるはずなのに腰の下あたりまで伸び放題の髪黒々と、右手の甲に二千ガウスかな、ピップエレキバンを貼りつけて、その手で丸い鼻の下に生えている髭《ひげ》じみた産《うぶ》毛《げ》を掻《か》いて、顔の上下のど真ん中に眼があるという典型的な童顔をわずかに傾《かし》がせて、秀でた額がぽこんと飛びだした愛嬌たっぷりの丸顔を引き締め、いきなり口調を変えて、なぜか自分の足指、深紅に銀のラメ入りペディキュアで塗りたくった御自慢らしい足指爪にちらちらと視線をやりながら、普段は夜三時に寝て朝七時に起きるのだが、あなた方と約束した八時半という時間に起きてこなかったのは神に攻撃されていて、しかも対話していて起きれなかった、つまり足になにかが取り憑いていたのだと強弁なさったのだが、その痛みも十五分たったら治ったので起きてきたと私の顔を見据えておっしゃって、私はああそうですかそうでしょうなどと迎合しながら、飲んでください冷たいものですとチェリオなどが入ったマーケットの汗をたっぷりとかいた白いポリ袋を差しだすのみで、皆も複雑な表情で少々臆してしまいながら遠巻きにしてニヤニヤしているばかりであるが、金城さんは下半身を覆う黒いスカートの地味さと裏腹に、青緑地に蛍光色じみたピンクの花を散らしたとんでもない色のふんわりとしたムームーじみた上着を着ていて、昂然と立っていらっしゃるのだが、じつは当面、私たちのいちばん気になっていることは、やはり大量に展示ではない、祀《まつ》られているピカチュウで、何故神を祀る祭壇に漫画キャラクターのピカチュウが祀られているのかがずっと疑問だったので、恐るおそる控えめに挨拶代わりにそのことを尋ねると、金城さんはいきなり電球スイッチの紐に首を吊られているピカチュウに顔を寄せ、なんでおまえはこんなところにぶらさがっているんだと理不尽な問いかけをし、私が小声であんたが括りつけたんだろなどと呟くのをよそに、ひたすら金城さんはピカチュウに語り続け、するとなんとピカチュウが金城さんの口をとおして黄色い声で応えたではないか、いやだよ、いやだよ、こんなところにぶらさがっているのはつらいよいやだよ自分はこんなふうにされるのはいやだよ、なんとかしてほしいと訴えられたので、金城さんは眼を剝いて驚かれ、まあそうだったのと手を打って得心の表情をなされてなにやら室内を物色しだしたのだが、私たちがなにをさがしているんですかと問いかけても徹底的に無視されて、なにしろ物の散乱状態が常軌を逸した家であるからそう簡単に捜し物があらわれるはずもないが、それでも数分の修羅場の後に西洋鋏《ばさみ》が金城さんの手に握られ、電球の紐にぶらさがるちいさなピカチュウはぷちんと切り離されたのだが、するとピカチュウは金城さんの声で、とても喜んでいるいままでつらかった大層つらかった、と切々と訴えられて、金城さんも心底から嬉しそうに自分の声とピカチュウの声色で交互に会話を愉しまれたのだが、いきなり我々に向き直り、このピカチュウがそんな思いをしているとは思いもしなかった、気づいたのは皆さんのおかげです皆さんありがとうと丁寧にお礼を述べられたので、私たちは戸惑いながらもいえいえどういたしましてよかったですねなどといささか距離をおいた返答をしたのだが、金城さんはさらにピカチュウを耳に押しあてて対話を愉しまれ、さらには呆気にとられている私たちの前で黄色いマスコットを口の中に放り込み、まるでガム嚙《か》み状態でくちゃくちゃ愛撫《あいぶ》なされ、挙げ句の果てに、入れてくれ入れてくれ乳バンドの中に入れてくれと騒いでいるとピカチュウがおっしゃって、ブラジャーの中にピカチュウをおさめてしまったのだが、啞然《あぜん》とする私たちを睨《ね》めまわし、物というものは素直に耳をあてると応じて声が聴こえるのだと厳《おごそ》かに宣せられ、しかし乳バンドの中のピカチュウが隙間から落っこちて腹のほうにいってしまったらしい、金城さんは大袈《おおげ》裟《さ》に驚愕した顔をつくっていやがってるいやがってるピカチュウがいやがってると大騒ぎ、身悶えし、しかし結局は着衣の上からいやがるピカチュウを摑《つか》まえ、じりじりと上昇させていきふたたび乳バンドに挟みこんだのであったが、我々は毒気を抜かれてしまったというのだろうか、呆然《ぼうぜん》と静観傍観するのみで感想らしい感想もなく、自分自身でもよくわからない意味のない笑いを泛べてピカチュウと対話するユタを遠巻きにしていたのであったが、そのとき金城さんのお弟子さんと称する女性がふたりやってきて、しかし金城さんにたいしてとりわけ礼節をつくすでもなく勝手知ったる他人の家といったふうで、若いふくよかな体型のジーパンを穿《は》いた女の子は台所に行ってなにやらごそごそしはじめて、三十歳なかばといった風情の顎の尖った銀縁メガネをかけた女性はまるで母親に対するように金城さんにあれこれ申し伝え、ときに諭すような口調さえまざって、しかし我々に向き直るときは、きっと見据えて金城さんはあくまでも神の使いであると念を押し、我々もへへーっと三拝九拝したのであったが、金城さんは我々を指し示して学生はいい、と言い、おいおい俺は四十五になるんだぜ禿げてるんだぜそれでも学生に見えるのかよと内心呆《あき》れつつ、じゃあ、まあ、学生の振りでもしていようかという無難な選択をし、ところが金城さんは真っ黄色をしたカジュアルな財布を取りだすと、手伝いにきたおばさんにノートとボールペンを買ってこいと命じられ、学生は勉学が本分、ちゃんとあたしの言うことをメモしろとおっしゃったので、小説すばる新人賞を受賞したばかりでやる気満々の竹内君がずれたメガネを中指でひょいと持ちあげ、自分はこうしてちゃんと取材ノートを用意しております、金城さんのおっしゃることを書きとめるのに抜かりはありませんと抜け駆けしたのだが、金城さんはまったく聴いちゃいない、五千円札を渡されたおばさんは外にノートを買いにでていって、それをぼんやり見送った私たちはいきなり金城さんに、ピカチュウとは黄色いネズミでまちがいなく神であると断言されて、しかも金城さんの干支であるネズミなのだから偉大であるとおっしゃられ、だったらブースカが神様だっていいよねなどと嘯く不届きな森崎嬢を無視して、そうかピカチュウは黄色ネズミの神だったのかとなんとなく納得すると、なんの脈絡もなく、いただき物には必ずなにか宿っているからいったん神にお供えしろと命じられて、それから金城さんはいきなり表情を変えられて、太陽は一分、月も一分、ところが地球は入ってくるまでに二分かかるとおっしゃり、曖昧に頷《うなず》いていたら、どうやら一分ないし二分程度の時間で金城さんの内部に太陽や月地球といった天体が入りこむらしいので、さすがにそれは凄《すげ》えやと舐《な》めた顔をしていたら、さらに金城さんは続けて、蔣介石《しょうかいせき》の悪政が諸悪の根元であり、台湾大地震は蔣介石のせいだとおっしゃったのだが、まてよ、たしか蔣介石総統は一九七〇年代に亡くなっているのではないか、いまは李登輝《りとうき》総統だっけ、すると台湾の地震は蔣介石とは無関係なのではと喉許《のどもと》まで出かかったが、金城さんは私の顔色など見てはいない、平然と続けて、じつは蔣介石の悪政のせいで沖縄にも大地震がやってくるのだが、それをあたしがこうして押さえているのだと断言されて、私のちんけな反抗心をも完全に押さえきってしまったのであり、さらに金城さんはお告げによって中国大陸へ参拝しなければならない宿命にあるらしく、ところがその場所が判明しないので行きたくても行けないと嘆かれて、お告げを受けたくせに場所がわからないのかよと私は残されたちっぽけな知性理性で、しかも声にはださずに胸の裡《うち》でお粗末な反抗を試みたのであるが、白装束で水に浸かって中国の川と称する流れのなかで拝んでいる写真を突きつけられて、だらしなく迎合の笑いを泛べてしまい、そこへノートを買いにいったおばさんが戻り、我々ひとりひとりにノートとボールペンが手わたされ、金城さんはそのノートの表紙に、〇〇寺、金城米子、那覇市××××の×、TEL××の××××と記された横書きのスタンプを押してくれて、仕方がないから私たちはそのA6判チビノートをひらいてメモを取る振りをしたのだが、私のノートには最終的にピカチュウ、ゴッホのひまわり、そのふたつの言葉だけしか書かれておらず、しかもその字は達筆を誇る私の字とは思えぬ金釘流、それはともかくゴッホのひまわりとは私が座った壁の横に貼りつけられていた複製画で、金城さんは財布をはじめとする身の回りの小物は全て真っ黄色、ピカチュウも真っ黄色、ゴッホのひまわりも然《しか》り、というわけで、なぜか黄色という色彩に固執しているようで、私は正直なところゴッホの狂気と金城さんを重ねあわせて考えていたのだが、そこを狙い澄ましたように金城さんが立ちあがり、ユタになってからいちども切ったことがないという黒髪を両手で握って捧《ささ》げもち、神様の声が聴こえるのだとおっしゃり、神様の大事な囁きは電話のようにかかってきて自然に聴こえるというのだが、なによりもこの髪がアンテナである、これが神様の声を受けるアンテナである、そう言いながら毛先を天にむけ、爪先立って瞳を大きく見ひらき、大声をあげられたのだ、きた、きた、電波がきた、きたぞ、電波だ、電波がきた、これにはさすがにみんな失笑をこらえるのがやっとという有様で、私はこういった人を揶揄《やゆ》する電波系という言葉を脳裏に泛べ、そのままじゃねえかと胸の裡で悪態をついたのだが、じつは、このとき、もう私は完璧に押しまくられてうっちゃられていたのであって、心のどこかでは髪の毛の先が電波を受信してもまあいいではないかと思いつつ、私には髪がないから神の声も届かないのかな、などと密《ひそ》かに俯《うつむ》く始末、しかし金城さんのおっしゃることは一貫性のなさが特徴で、急に天皇陛下は沖縄某島の生まれであると言いだし、その証拠にその小島に木を植えにきたと真顔で言うのだが、それは植樹祭でしょうと、いまさらあえて指摘する気にもなれず、家の池に泳いでいる鯉は伊勢神宮とまったく同じものであると断言し、自分は二月の十八日生まれなのでなによりも十八というのは大切な数で、だから線香も必ず十八を基本にその倍数、倍々数を焚《た》くのだというのだが、それで氷解した、お釜の線香立てをはじめとする香炉に残された膨大な量の線香の燃えのこり、ところが金城さんは我々に線香を数えさせて、家中にある香炉という香炉に十八の倍数、倍々数の線香を立て、さらに、あたしは米子だから八十八本、と無茶なことを吐《ぬ》かして私に八十八本の線香を数えさせ、それらに一斉に火をつけられたのだが、当然ながらその放たれる煙と熱気は尋常ではない、なにしろ線香もこれだけひとまとまりのひとかたまりになれば松明《たいまつ》のようなもの、しかも煙幕でもあるので、みんな汗をだらだらと垂れ流し、噎《む》せ、咳《せ》き込み、これでは酸欠になってしまうと危惧し、しかし逃げだすわけにもいかずに、それら常軌を逸した大量の線香が燃えつきるのを眼に涙をためてじっと待ったのだが、せめてもの救いは沖縄の線香は燃えるのが速いらしい、金城さんもその眼を赤く充血させておられたわけで、それでもどうにか発煙筒イッキじみた線香騒ぎが一段落すると、金城さんはちょっと前に取材にきたという地元のタウン誌らしきものを拡《ひろ》げ、するとそれは鍾乳石だろうか、勃起したズル剝け陰茎そのものといった形状をいたした巨大な魔羅魔羅石に接吻《せっぷん》をして滴《しずく》を受ける金城さんの写真が掲載されていて、それを我々に突きつけ、ちんちんの神様、行ってこいさ拝んでこいさ、と真顔でおっしゃり、そこは後に言われたとおりに訪れたのだが、観光地化した玉泉洞の向かい側に人知れず、しかし教育委員会のこの鍾乳洞は自然崇拝の考えに基づいた信仰を集めているという看板とともに珍珍洞《ちんちんどう》、そしてすぐ近くには地面にぽっかり裂けた菱形をした穴、満満洞《まんまんどう》があって、さんざんヤブ蚊に刺されながらも天然自然の悪戯《いたずら》、いや神宿る超巨大鍾乳石男根にお参りをし、森崎嬢など金城さんに倣ってやはり滴したたる巨大鈴口先端に接吻、うっふんしたのであるが、我々が陰茎先端に口づけしている金城さんの写真をはしゃいで見ていると、そこに女性がふたり、まだうら若い姉妹とのことでお告げをしてもらいにみえたらしい、ところが金城さんはお金を払って視《み》てもらおうという大切なお客様である彼女らを無視、放っておいて、我々にアロエの梅酢和えなる得体の知れないにゅるにゅるを食わせ、さらにマスカット、蜜柑、誰のどのような息子なのだか判然としないが、とにかく息子が外国から送ってきたという胡桃《くるみ》、お茶と際限なく飲み食いさせ、そして森崎嬢にお婿さんを見つけなさいと言って金色洋菓子マドレーヌ、竹内君には彼女にあげろと同じくマドレーヌを差しだし、ところが私と落合と江口にはマドレーヌをくれないので、なんとなく面白くないとふてくされていたら、いきなりあなた方内地のあんちゃんたちからは一人十万円貰いたいと言いだし、さらに判断は五千円、水子供養は八千円、家の方角も八千円、出張費は一万円で、姪《めい》っ子《こ》の名前は森崎嬢と同じくめぐみであるとまったく脈絡なく言いたい放題で、お告げをしてもらいにきた姉妹は相変わらず放っておかれて部屋の隅でふたり並んで畏《かしこ》まって座っているばかり、これは引き際か、そろそろお暇《いとま》しようかとそれとなく声をかけると、金城さんは深々と頷いて内地のあんちゃんたちはなかなか帰らないからとぼやかれてしまい、それではと立ちあがると、ピカチュウは黄色い猫である、しかし我々六人がこれから神に護《まも》られるかどうかはわからない、約束できないが、信じる者は救われるので、東京に帰ったら三百五十円だしてピカチュウを買い、枕許において、常に声をかければ黄色い猫があなた方を護ってくれるというのだが、あれ、おかしいな、ピカチュウは黄色いネズミではなかったのか、いつのまにやら黄色い猫になっているのだが、まあ、いいか、追及する気にもなれず、お暇お暇と立ちあがったら、金城さんが、みんな眼を瞑《つむ》って手を合わせて祈りましょうとおっしゃって、ええ、まだやんのかよ、しかし逆らいきれずにみんな手を繋《つな》いで輪になって眼を閉じたのだが、じっとしているといきなり金城さんが歌いだしたのでその輪がぎくっと緊張して、しかし金城さんは独特の節回しで意外な美声に小刻みなビブラートをかけて歌い続け、なにはなくとも親だけは大切しなさい心がけ、といったふうなところどころ助詞を省いた御教訓まじりの詞を即興でつくりあげて延々と歌い続けていき、果てることがなく、しかもその哀感を帯びたメロディーはどこかで聴いたことのあるもので、つまり金城さんの歌は替え歌といった類のものであり、私はその曲がなんであったか、きつく眼を閉じたまま記憶を手繰《たぐ》ったのだが、ふと周囲の雰囲気が変わっていて顔をあげ、眼をひらき、息を呑《の》んでしまった。

＊

金城さんは哀感を帯びたメロディーに、降りてきました神様が、と詞をつけて歌われて、左目から一筋、涙を流したのだった。

*

その瞬間だ。私は金城米子の信者になっていた。金城米子に帰依していた。その場にいた全員が、金城米子の信者となっていた。金城米子さんは我々の教祖であった。理屈ではないのだ。論理ではない。こういうふうに情動にはたらきかけて直截《ちょくせつ》に人の心を摑むのが宗教者の本質なのだ。

私は幸福を感じていた。その幸福には、得体の知れないという注釈をつけなければならないのかもしれないが、私は幸福だった。蔣介石のせいで地震が起きるといった類の愚にもつかないあれこれを聴かされながら、それなのに、私は深々と侵蝕されていた。その侵蝕は、信仰と名付けてなんら差し支えないものであった。

私は、私たちは、普段の日常生活であくまでもその時々において常識的とされる理性知性を用いて言葉を発する。どういうことかというと、自明の理とされている事柄はともかく、少しでもあやふやな部分があると、知性理性にまさる者ほど断言や明言を避け、いざというときの逃げ道を用意するのだ。

政治家などがこれにもっとも象徴的に当てはまるかもしれないが、政治家の場合は逆にわかりやすいともいえる。もっとたちが悪いのはインテリと呼ばれる人種だ。つまり小悧巧《こりこう》な者ほどいざというときに自分の言葉に責任をとりたくないから言い逃れできる逃げ道をつくっておき、微妙に断言を避ける。

ところが金城米子は、全ての事柄を断言する。

曖昧さは一切ない。

どんな荒唐無稽なことであってもきっちりと断言してみせる。

この断言を目の当たりにすると、烈しく感情を揺すぶられる。そして知性理性の脆《ぜい》弱《じゃく》な鎧《よろい》をかぶった我々の心は微妙に揺らぎはじめるのだ。

言語には力がある。

それを用いる者が、自身の言葉に一切の疑念をもたなければ、つまり言葉を信じていれば、そこには途轍《とてつ》もない力が宿るのだ。

喩《たと》えが悪いが、詐欺師の言葉がこれに当たる。よく言われることであるが、詐欺師は自分が嘘をついているとは思っていない。詐欺師の脳裏で彼の虚構は真実であり、事実であり、現実である。だから、だまされる。だまされてしまう。

はじめに言葉ありき。

これが言葉の持つ根元的な力だ。

先にあげた政治家といった者のなかにもじつは詐欺師的な虚構構築能力を持った者が散見できる。

おそらくは、これが、芸能人やヒトラーをも含んだカリスマと呼ばれる者のひきおこす事象の本質なのだろう。

あえて繰り返すが――。

抽《ぬき》んでた人々がいる。

カリスマと呼ばれる超人間的、非日常的資質をもった人々だ。

詐欺師の詐欺行為はその反社会的かつ低レベルな能力的発散であり、それに類する能力程度にほんのわずかに色を付けたあたりに、虚構構築を生業《なりわい》とする者、つまり小説家であるとかの表現者が存在するわけであるが、もちろんその表現者のなかにも神懸かり的なカリスマがあらわれる。

恥をこらえて告白すれば、私も願望としては神懸かり的カリスマでありたい。しかし、残念ながら締め切りに追われているという言い訳はあるものの、小説の途中で、こうして脆弱な論理に逃げこんで小説自体を踏み外している。金城米子の域にはどう足掻《あが》いても達することができないわけである。

ともあれカリスマがヒトラー化することもあれば、単なる小物的犯罪者で終わることもあり、うまくすると表現者として超越した能力を発揮する場合もあるということだ。

しかし、なによりもカリスマがその能力を発揮するのは、超人間的、非日常的資質と規定されているように宗教の現場においてである。

私は金城米子さんを前にして、教祖麻原に帰依してしまった者たちの気持ちを実感として理解した。離れたところからみれば麻原はじつに胡散臭《うさんくさ》い人物である。ところが渦中にある者は帰依してしまう。信じてしまう。信仰してしまう。

彼らは麻原を信じてサリンまで撒《ま》いてしまったし、私も金城さんの用いる断言を主体とした常軌を逸した言葉と全身から発散されるカリスマ的オーラに侵蝕されて、那覇の谷底のような集落で、不思議な陶酔を味わった。

正直な気持ちを開陳すれば、私は金城さんの熱烈なる信者、かつブレーンとして沖縄に残り、彼女の教えの体系化をはかって、金城米子の宗教を沖縄規模ではなく全国規模で広めたいという欲求と妄想さえ抱いた。

どのような荒唐無稽な言葉も、その者がその言葉を信じているかぎり、絶大な力を持ちうるというごく当然のことを金城米子は教えてくれた。しかも小説を書くことを生業としている私自身が微妙に言葉を信じていないようなところがあることを直截に思い知らされ、考えさせられたのであった。

私は現代における宗教の発生を描く〈王国記〉という長篇小説を書くにあたって、カトリックの洗礼を受けている者として、もっとも身近であるキリスト教を自分なりに吟味してみた。

ミレニアムのお祭り騒ぎが起きるとおり、キリスト教には二千年もの歴史がある。そしてキリスト教は強引な布教と国家権力に都合のいい奴隷根性をその教義に内包しているおかげで、現在においては勝者の宗教として世界に君臨している。

権力に嘉《よみ》された宗教、しかも二千年という歴史をもつ宗教。現在に伝わるその教祖キリストの姿は、ほんとうに二千年前のありのままのキリストであるのだろうか。追従者という名の勝者たちは二千年もの時間を与えられたのだ。その間にいちどもキリストの実像を歪《ゆが》ませることがなかったか。あるいは二千年もの時間のあいだに、無数の御用神学者たちがその時代時代に都合のいいように教義を解釈し、書き換えをおこなわなかったか。新約聖書におさめられている、キリストと行動をともにしていた使徒ペトロが残したとされる手紙などは、じつは二世紀中葉に書かれたというではないか。こういうでっちあげが二千年のうちにどれだけおこなわれたか。開祖キリストの姿と教えを自分たちの都合のいいように、時代に即したかたちに作り替えることが全くなかったか。なかったとはいわせない。プロテスタントとは単なる異端ではないということだ。

さらなる疑問を提示すれば、現在信じられ、常識化しているようにキリストはほんとうに偉人だったのだろうかということである。現在の尺度および常識における偉人という括りに合致する人物なのか、ということだ。

そのスタンス、あるいはカリスマ性には差があるかもしれない。おそらく、大差があるだろう。だが、それであっても、キリストと金城米子は同様の種類に分類されるべき人間的特質をもっていなかったか。

はっきり言おう。整合性のある言葉に宿るのは論理だけである。我々が日常に供する伝達としての言語には、宗教は、正確には宗教的感情は、宿らないのだ。そこに詩の意味と秘密があるのだが、煩瑣《はんさ》になるので、ここで風呂敷を拡げることは避けておこう。

繰り返す。キリストが抽んでたカリスマであったことはまちがいない。しかし、現在の倫理道徳的尺度で規定するいわゆる知識人的な偉人とは違う存在であったのではないかという疑念が私にはあった（いちいち断るのも面倒だが、知慧《ちえ》と知識は別物だ）。

人々がキリストに付き従い、十字架にかけられて殺されてもなおキリストに対する宗教的感情を棄て去らず、その復活を信じ、それどころか殉教までしてみせたのは、なぜか。決してキリストの知性や論理性に説得感化されたせいではなかろう。右の頰を打たれたら左の頰を出せという理不尽さに左右の頰どころか心の奥底を打たれたのだ。

キリストは、その教えのせいで時の権力に煙たがられ、嫌悪され、挙げ句の果てに十字架にかけられて殺されてしまった。金城さんも懐深き社会システムが存在する沖縄に生まれ育ったからユタでいられる。だが、たとえば東京で生まれ育って同様の言辞を吐き、家を廃物で飾ったとしたら、いったいどのような扱いを受けるのか。

麻原をはじめとして宗教を興すような者の言辞は、それを信じていない者にはとうてい受けいれがたいものである。だが、預言者の言葉が荒唐無稽でなかったことがあるか。預言は成就されるのが目的ではない。言葉が発せられること自体が目的なのだ。

＊

金城さんの歌が終わった。

なんだか動けなかった。ずいぶんと長居をしているのだ。判断お告げをしてもらいにきたふたりの姉妹もいることだし、我々は引きあげるのが妥当だろう。しかし、お暇する機会を失してしまい、森崎嬢など真剣な眼差しで金城さんの一挙手一投足に注目し、その瞳には帰依した者独特の法悦が滲《にじ》んでいるではないか、落合の頬も微妙に色づいて昂ぶりを示しているし、江口は私に目配せして万感の思いを込めた吐息を洩らし、竹内だけは小説家の眼を全うして胡座《あぐら》をかいたまま取材ノートになにやら記しているのだが、そういったふうに、なんとなく帰りそびれて漠然と佇《たたず》んでいると、金城さんはカセットテープを取りだして、それをミニコンポに挿入しようとしてうまく果たせず、なかなか再生できなかったのだが、手伝いにきていた若いふくよかな女の子があっさりと挿入し、もうひとりの年嵩《としかさ》の女性のほうが桐《きり》の箪笥《たんす》から踊りの衣装を取りだして恭《うやうや》しく金城さんに捧げ、金城さんは鷹揚《おうよう》に頷くと色刺繍《ししゆう》柄全て神の声に指導されてつくりあげた衣装でありとかなんとか呟いて、まずは年嵩の銀縁メガネをかけた尖った顎のおばさんが琉球独特のあの黄色、そして襟が赤い衣装を纏《まと》って、ミニコンポから流れる琉球舞踊の楽曲にあわせてざっと舞ってみせ、金城さんはそれに合わせて雑に手拍子を打たれ、しかし銀縁メガネおばさんの衣装の下から覗けるのは惑星直列模様といったプリントのあるTシャツに薄桃色のジーンズというでたちであり、きんぴかの扇子をはらはらと得意げな表情をして踊るわりにはその足捌《あしさば》き覚束《おぼつか》なく、当人もそれを自覚しているのか執着をみせずに曲の途中で金城さんに衣装をわたしたのだが、すると同じ黄色赤色の衣装なのにいきなり大地に根が生えたごとく屹立し、色彩の強烈さも五割増し、しかし金城さんは背が低いので裾をずるずると引きずって、まるでジョージ秋山の漫画アシュラではないか、それでも空色地に赤い花瓣を模した琉球舞踊独特のかぶりものを捧げもち、踊る、踊る、踊る、するとのばし放題の黒髪が触手じみて揺れる、揺れる、揺れる、私は黒髪の描く精緻な楕円軌道を眼で追って、なんだか究極の物理学、原子核の内部でも目の当たりにしたかのような気分に陥り、しかも髪は神に通じ、神を絡めとる触手となってあくまでも円の動きをとって天にのびていき、その触手だが天然微妙なウエーブがかかっていて、その波打つ様は気高ささえ帯びて美しく、しかも催眠作用があるかのようで私は魅入られた、眼を離すことができないのだが、眠気を覚えた、欠伸《あくび》して、しかし瞳は釘付けというまったく奇妙な状態に陥って、戸惑いつつも、もうなにも考えられない、考えたくない、存在したくない、金城さんもなにかに取り憑かれているのだ、とりあえず肉体はこの世にあるだろう、しかし精神はもう存在しない、彼方彼岸で踊る、踊る、踊る、ところがメガネおばさんが膝でにじりより、写真を撮ってくださいと囁いてきて、催眠状態の私は言われるがままに愛機ビッグミニを構えたのだが、すると彼岸で踊りまくっていたはずの金城さんなのに、自慢の波打つ黒髪を左手に捧げもち、カメラのレンズを睨みつけ、はい、と、一瞬静止なされ、きっちりポーズをとるではないか、それを撮る私はなんだか腹の底から可笑しくなってきて、ひたすらシャッターを切りまくったのだが、金城さんはあっちの世界に行かれてしまったと思わせておいて、いきなり私の虚を突いて決めのポーズをとるのだから油断できない、ううむ、侮れぬぞ金城米子、その踊り踊る手の動き、なんかおくれと子供が差しだす手のようで、なんとも頬笑ましいが、なにもあげない、私はあなたから貰うだけである、しかし、それにしても金城さんは踊り続ける、男踊り、女踊り、どちらも足許しっかり、スタイロ畳を踏みしめて、とても老齢とは思えない神懸かりのエネルギー、これがトランス状態かと納得したいのだが、金城さんは恍惚《こうこつ》に没入していると見せかけて、いきなりシャッター押せと瞳で合図、きっちりポーズをとるので、それが五回も六回も繰り返されると、もう、私にはなにがなんだかわからず、半催眠状態、半覚醒状態にある精神のバランスを欠いたにわかカメラマンはファインダー越しに金城米子の舞いを観察するしかない、すると男踊りでは外股、女踊りでは内股、巧みに足捌きを違《たが》え、なおかつ踵《かかと》、爪先と順繰りに足をおろしていくのだが、踊りに対する素養のかけらもない私にはこれが正しい踊り方なのかどうかはわからないが、きっちり踊りわけていることが素人の私にもわかるし、なによりも祈りのための舞いであることがひしひしと伝わってくるのだが、ところがあの決めのポーズのときには、金城さんは完全にこっちの世界に帰ってきていて芸能人気取り、その俗物ぶりに苦笑していると舞い踊るその円運動にのって髪を揺らして神を摑まえ、彼方に飛び去って神懸かってしまうという按排、まったく徹底して摑み所なく、やがて合成樹脂を編んだ偽の畳にぼたぼたと汗が滴り落ち、自慢の黒髪もぐっしょりと濡《ぬ》れはじめてきたではないか、恐るべき体力、エネルギー、やはり取り憑かれている、なにかが憑いている、年齢を考えると尋常ではない、踊っているのではない、踊らされているのだ、ところが呆気にとられている私にむけて汗まみれの顔を据え、手に持った世界の心と書かれたちいさな額縁を示し、どこか嘘臭い柔和な顔をつくって頰笑みかけ、さあ撮りなさいと眼で合図されて、はいはい撮ります撮りますよはいチーズ、と、私は自動機械のようにシャッターを切り、ビッグミニのフラッシュが祭壇を白く染めあげるのと同時に金城さんの突出したおでこも銀色に輝くのだが、いかになんでもこの大舞踏会もそろそろ終わりであろう、なにしろ六十分テープの片面が終わってしまったぞ、最初の数分はメガネおばさんが踊ったとはいえ、結局は金城さんが三十分弱を踊りつくしたのだ、しかし若いふくよかな女の子は跪《ひざまず》いた姿勢で平然とカセットを裏返し挿入し、すると金城さんは素早く衣装替えをなさり、こんどは白地に銀の鳳凰《ほうおう》、蓮《はす》の花の刺繡、縁取りは少々鮮やかすぎる蛍光色じみた紫と、先ほどの黄色と赤の衣装とはまたまったくニュアンスの違ったどこか踏み外した高貴といった雰囲気を漂わせ、しかしなにを考えているのか、しばらく首をぐりぐりと前後左右に動かしてウオームアップ、おもむろに自分の背丈よりも高い木の杖《つえ》を捧げもち、どんと床を踏みならして踊りはじめたのだが、その杖のごつごつさ加減がどうも勃起しきったやたらと長細い陰茎を想《おも》わせて、それを舞踊のかたちはとっているものの、これ見よがしに突きだして、こすり、弄《いじ》くりまわすものだから、なんだか腐った深みに墜《お》ちこんでいくような歪んだ奇妙な味わいが漂いだしてしまい、しかも取り憑かれた金城さんの眼差しは奇妙に性的に濡れ、半開きの口からは思いのほか白く粒だった前歯が覗き、私はこんどこそ正視をためらうほどの色香を感じ、もう戸惑うこともなく圧倒されて、こうして自分の美意識というものが転換、破壊されたのだなあと他人事《ひとごと》のように得心し、ところが金城さんは途中で陰茎杖を棄て、ふたたび世界の心と書かれた額を手にとり、さあ写しなさいと構えられたのだが、なんなんだ世界の心、勘弁しておくれ、私は世界の心ではなくて金城米子さん、あなたの心の仕組みを知りたい、作動原理、作動エネルギーはなんですか、しかし、眼前にあるのはあくまでもガラスに入った稚拙な世界の心という文字のみで、なんだか物足りなさを覚え、しかしその背後ではピカチュウがジャンプしている団扇が悪目立ち、さらに金城さんは私が溜息《ためいき》まじりにシャッターを切ると腰をかがめて世界の心を床におき、銀色の舞扇を用いて、ひらひらゆらゆら、ついに完全完璧に自らに没入され、舞い踊り、舞い踊る、いいぞ、踏め、踏んでしまえ、世界の心を踏みつけてくれ、そう希《ねが》う半分魂を抜かれた私を前に、その究極の嫋《たお》やかな女性的円運動を見せつけて、神が肉体に宿る瞬間を垣間《かいま》見せつつ、汗で額に頭髪を貼りつかせて充血した眼を剝いて、際限なく、ひたすら踊り狂われたのであった。

＊

金城さん宅から解放されたのは、いやお暇したのは昼であった。午前中のほとんどを金城さんの熱気にやられて、我々は疲弊しきっていた。太陽が黄色いというやつである。それなのに得も言われぬ爽快感に顔は頰笑みっぱなしなのである。

私たちは金城さんのところで常に精神の分裂を味わった。味わわされた。それにしても最後の舞いで金城さんがひたすら提示した世界の心とはいったい何だったのだろう。おそらくは、意味なんてない、意味は無意味だ。ねえ嘉手川さん、ソバでも食いたいね、ソーキの軟骨嚙《かじ》りたい。ああ腹減った。

それにしても――。

私にはどうしても気にかかっていることがあるのだ。いや、大したことではない。どうでもいいことなのだが、金城さんが涙を流しながら歌った替え歌のことである。

あの替え歌のオリジナルは、なんという曲だったっけ、聞き覚えのあるメロディーなんだよね、知っている曲なのだが、うーん、琵琶湖周航の歌だっけ、いや、違うな、似てるけど違うね、琵琶湖周航の歌じゃない、ちょっと違う、というわけで私はひたすらそのことばかりが気にかかり、悩むというには大袈裟だが、奥歯にものが引っかかったような、幽《かす》かではあるがなんともいいようのない苛立《いらだ》ちをひたすら感じて日々を送ったのだが、東京にもどってきて物書きの日常を再開したある日、唐突に辿り着いたのだ、わかってしまった、わかったよ、あの歌は、なんと練馬鑑別所の歌ではないか、そう、金城米子さんが替え歌に使ったのは練鑑《ねりかん》ブルースであった、驚いた、いったいどこで、身から出ました錆《さび》ゆえにという詞ではじまるあの練鑑ブルースを知ったのか、ねえ、金城米子さん、あなたは最後の最後まで不思議な、不思議な、不思議な、

珊瑚礁の女

椎名　誠

ラジオは、例年より一週間近く遅れていた沖縄地方の梅雨明けがいよいよ間ぢかである、と告げていた。

正午すこし前に石垣島《いしがきじま》を出る予定だった飛行機は結局一時間遅れで漸《ようや》く那覇《なは》に着き、私はなんだかそれですっかり疲れたような気分になっていた。

那覇空港近くの二階建てのレストランは旅行客でごったがえしていた。

私のまわりにいる客は、殆《ほとん》どが数人ずつの仲間連れで、それぞれ自分たちの話で夢中になっていた。

私は、茹《ゆ》ですぎて歯ごたえも何もない駅の立ち食いうどんのようなスパゲティを、沖縄のオリオンビールで流しこみながら、頭の上から聞こえてくるラジオのニュースを聞いていた。

はじめのうち私は、頭の上から聞こえてくるその声がテレビからのものだろう、と考えていた。そうして積極的に耳を傾ける、ということもなく、ぼんやりあたりの喧噪《けんそう》に身をまかせていたのだが、すこし前に、ふいに頭の上を見上げ、それがテレビではなく、小さなラジオである、ということを知ったのだった。そしておかしなことに私はそのままラジオを見上げてすこし感動していたのだ。

こういうレストランに入ったとき聞こえてくる音というのは、大抵《たいてい》の場合天井のあちこちにしつらえてある円型スピーカーからのバックグラウンドミュージックか、あるいは安易なテレビからのものだ、という先入観があったからなのだろう。

花柄の合板を貼った壁から小さなテラスのようにひょこんと突き出た板の上に、そのラジオはうやうやしく載せられていた。

店の中でこのラジオを聞いているのは目下のところ私しかいないようだ、ということが妙なことに私をすこし緊張させていた。ラジオはローカルニュースになっていて、沖縄県地方の小学生に季節はずれの風疹《ふうしん》が流行《はや》っている、ということをすこし鼻にかかったような声で女のアナウンサーが告げていた。

オリオンビールが空《から》になり、スパゲティも食べおわってしまったが、私はなんだかそのままもうすこしラジオの、その閉ざされたような小さな世界に、身をひたしていたいような気分になっていた。

どうしてそうなってしまったのか、私はそのこともよくわかっていた。

石垣島の、あの女の家で、小さくひくくラジオが鳴っていたのだ。ラジオからは八重《やえ》山《やま》地方のすこし切ない民謡がながれていた。ラジオの音の中で、その女の赤ん坊は額や首のまわりに汗の粒を光らせて、すこし苦しげな表情をしてねむっていた。

あつい風が網戸のない素通しの窓を通りぬけ、外で遠く、旋盤の回転しているような音が聞こえていた。

「もうこちらは本当にすっかり夏なんですね」

と、私はその女と赤ん坊の顔を交互に眺めながら言ったのだった。

「いいえ、まだ梅雨は残っとよ」

と、女は言った。

「こっちの梅雨は陽性だからわっと雨が降ってわっと晴れて、そのくりかえしです」

女は二十代の後半。漁師のように地肌まで陽《ひ》にやけていた。よく光る白い眼《め》と挑戦的に突きでた胸の隆起が、必要以上に勝気にみせているようだった。

女は「バンドウクミコです。この子はわたしの子供です」と、最初ホテルまで私を迎えにきたときに、腕の中の赤ん坊をすこしゆさぶるようにして言った。それから、

「ものすごく強引ですいません。けれどもう最後の手段なんです」

と、おこったような口調で言った。

そして私はその女が「ものすごく強引ですいません」というように、本当に強引にホテルからライトバンに乗せられて、その女の家の前にひろがる白保《しらほ》の浜に行き、蒼《あお》くあ

つい南の海を眺めたのだった。

私の石垣島での仕事は、島に着いて一息いれるまであまりよくわかっていなかった。

「六月に五日間ほど石垣島に行かないか。一応仕事だけど、まあたいしたことじゃないんだ。梅雨明けの島の海ですこし早い夏を楽しむ、というような気分で来てくれればいい」

と、水中カメラマンをやっている友人の有馬宇一に誘われ、そんないい話を放っておく手はない、と即座に頷《うなず》いたのだ。

そうして有馬からその仕事の内容をあまりはっきり聞く時間もないまま、潜水道具と一週間分の旅仕度をして、あたふたとその島にやってきた、というわけなのだった。

有馬が出発前の数週間、インドネシアに行っていて、聞きたくとも聞けなかった、ということもあったが、ひと足早い夏の島に仕事がらみで行けるのなら、その仕事の内容はどんなものだっていい、という気分が私の中にあった。

一日早く島に来ていた有馬が空港で私を迎えた。彼は空港のレストランで私の目の前になにやらあわただしく分厚いパンフレットを広げてみせた。

「来年この八重山一帯の海と自然をテーマにした国際級のシンポジウムが開かれる。その時のために海の映画をつくることになっている」

有馬の隣にずんぐりした丸顔の男がすこし遅れてやってきて黙って座った。男は「八重山海洋フェスティバル事務局長」と肩書きの書いてある名刺を私の前に差しだし、ひょこん、というかんじで頭を下げた。

「事務局長の金城《かなしろ》さん。こっちが例の潜れるモノカキ」

「お名前はよく存じあげております」

事務局長の声はナニワブシ語りのように渋くしわがれていた。

「で、おれたちはどんな映画づくりが可能なのか、要所要所を潜ってみて眺め、考えをのべてみる、というのが今度のおれたちの役目さ。おれは映像から、あんたはストーリーづくりの観点から……」

想像していたような仕事とは随分違っていた。私は海洋雑誌の水中ルポぐらいの仕事だろうと漠然と考えていたのだ。

「単に水中の風景見せるだけの映画じゃもう駄目なんだ。それから陸《おか》のやつが水の中の本などを見て考えるストーリーでも駄目だということで、事務局がダイビングのできる作家を捜していた、という訳さ」

有馬の喋《しゃべ》り方は何時《いつ》ものように自信に満ちてテキパキしていた。

「仕事は明日から。最初はまずぐるっとひと回りして潜るポイントを決めちまう、ということですね」

有馬は事務局長の顔を眺めた。

事務局長は口もとまで持っていったコーヒーをあわててテーブルの上に置き、コキザミに何度も頷いてみせた。


潜るポイントを見つけるのは有馬が海に入るだけで充分、というので、島にやってきた初日からとりあえず私のやる仕事というのはなかった。

自分は六時に起きて港に向い、事務局の用意したボートで勝手に一日走ってくるから、あんたも好きなことしていていいよ、とその日の晩に有馬は館内電話で言ってきた。

そこで私は久しぶりに夜更けまで本を読むことにした。『考える以上に緑』という古めかしいSF(サイエンス・フィクション)で、もう十年も昔に買った早川書房のポケットブック版の本だった。買った当初に一度読んでいるのだが、内容はすっかり忘れていた。

三カ月ほど前から私はある小説雑誌にちょっとSFがかった小説の連載をはじめていた。かつて自分が熱の充満した読者として、SFをむさぼるようにして読んでいた時期があり、自分がそういうものをこんなに時代をへだてた頃に書くようになったのを驚きながら、改めてその頃の息吹きを本の世界から味わってみたいと思いはじめていたのだ。『考える以上に緑』という小説は、生物の生態系が破壊されて地球上が植物だらけになり、徐々に人間が植物によって滅ぼされていく、という実にわかりやすいストーリーで、話自体は退屈だったが、巨大モンスター化した植物のイメージが奔放で面白かった。

三時すぎに読みおわり、そのまま六時間眠った。

私を起こしたのはベッドの横の電話だった。はじめホテルの電話交換手が乾いた声で「ガイセンからです」と言っている意味がよくわからなかった。自宅のベッドで電話をとったのと勘違いしていたらしく、なんてこの女は冷たい口ぶりで話すのだろうか……ということをしばらく不快な睡《ねむ》りをまだそっくりひきずりながら考えていた。

「よろしいですか？」

と、冷たい口調の女は言った。そこで漸く私は何時《いつ》もの寝場所とは違う大きな窓が目の前にあることに気づき、急速に目下の状況を理解していった。

「あー、もしもし」

と、電話の中の女は言っていた。知らない声の女だった。

私は受話器を握ったまま上半身をベッドから起こし、頭のうしろ側をガリガリと掻《か》きむしった。

「あー、もしもし」

と、女はもう一度言った。さっきよりもすこしいらだっているかんじだった。

「はい」と私はこたえた。深くてすこし汗っぽい睡りからさめたばかりなので、私の声はおそろしくかすれていた。

次に女は私の名を聞き、本人であるかどうかをたしかめた。それから自分はバンドウクミコという名前である、ということを告げた。

女は見知らぬ者が直接こうしてホテルにまで電話をかけている失礼をどうぞ理解の上許してほしい、ということをなんだかやはりすこしいらだっているような口調で言った。いらだつのはこっちの方なのにな、と思いながら私はさらに女の話すことを聞いていた。

「八重山日報の記者に知りあいがいて、この島の海の映画をつくるために東京から写真家と作家が来ている、ということを昨夜知った。ついてはこの島のために、その映画のために、そして自分たち島の住民のためにぜひ見てほしいものがある……」という内容のことを、女は沖縄ではないどこかよその地方の訛《なま》りのある喋り方で早口に説明した。

「見せたいものというのは何ですか?」

と、私はまた頭のうしろ側を掻きながら聞いた。

「珊瑚《さんご》です。でもこの珊瑚は普通の珊瑚ではないんです。見ればわかります。重要な問題なんです」

話している内容の緊迫度とは逆に女の口調はさっきよりもずっと落ちついてきていた。

大きな広い窓のむこうに、よく晴れた南の島の空が見える。渦をまいたような薄い雲が蒼い高みに静止していた。

「ほんのちょっと見ていただけたらいいんです。手間はとらせません。車でお迎えに行って、それでまたお送りします」

「わかりました」

私は強引に女にあびせ倒されるようなかんじで答えた。

「何時頃ですか」

「いま九時です。二時間後というのはどうでしょう。その頃が満潮なので……」

「わかりました」

私は受話器を置き、それ以上あまり深くモノゴトを考えないようにして、ゆっくり立ち上った。


ホテルのフロントの前に女は立っていた。

両腕の中に、上着だけつけておしめもパンツもはいていない赤ちゃんを抱いていた。袖を無理やりひきちぎったような、薄い黄色のノースリーブのシャツをつけ、丈《たけ》のいくらか長めの、南国風のスカートを巻きつけている。白く大きなよく光る眼で私を見つめ、夏の果実がはじけるようなかんじでいきなり笑顔を見せた。陽にやけた黒い顔から白くて大きい歯が見えたのだ。

「本当に申しわけありません」

女は赤ん坊を抱いたまま腰をかがめた。受付カウンターの中にいる男があからさまな興味を示し、私とその女を素早く交互に眺めているのがわかった。

あつい陽ざしがホテルの前庭の、白いコンクリートの広場をまぶしく照らしていた。女の車は赤塗りの箱型バンで、助手席に赤ん坊用のプラスチック製の椅子がへこ帯のようなもので厳重に座席に固定されていた。

クーラーの入っていない車の中はおそろしく蒸し暑かった。女はしばらく黙ったままハンドルを握っていた。窓から街の風がすばらしい勢いで入ってきた。これは南の島のはじまったばかりのまだ若い夏の風なんだろうなあ、と私は車の中でいくらか所在をなくし、そんなことを考えていた。

「強引ですいませんが、どうかおこらんといて下さい」

女は熱心に前方を見つめたまま、いままでよりもすこし大きな声で言った。

島の道路はすいていた。紅色の孔雀《くじゃく》の冠のような花をつけた、南の国でよく見かける名前のわからない木が沢山並んでいるのが見えた。十年ほど前にはじめてミクロネシアの島に行ったとき、島の老人が「あんたはあの木の名を知っているかい」といって私に話しかけてきた。昔この島にいた日本兵が故郷をなつかしがってこの木を「南洋桜」と呼んでいたのだよ、とその老人は説明してくれた。

それから老人はなぜか自慢そうに「桜に似ているだろう」と言った。しかし私にはそれはとても桜には見えなかった。桜よりももっとずっと毒々しく赤い悲しい花のように見える、とそのとき私は思った。

二十分ほど砂糖キビ畑の道を走ったあと、女の運転する車はふいに狭い路地に入った。コンクリート造りの高い塀が威圧的に左右から路地を圧倒し、照りかえしが急にきつくなった。さらにまたいくつかの路地を曲がり、長い坂を下ったところで女の車は漸く止まった。道の横に木造の家があった。屋根の上に赤い小さなシーサー(獅子《しし》)が載っている。

そこが女の家のようであった。

「いまこの子をちょっと頼んできますから……」

そう言うと女は家の裏手に消えた。あけはなたれた廊下とその奥にやや薄暗い板敷きの部屋が見える。天井から梁《はり》に洗濯干し用のロープが渡され、赤ん坊のものらしい衣料がぶら下がっていた。

女はさっき消えていったところからふいにあらわれた。頭に海人《うみんちゅ》の使う小さな水中眼鏡をかけていた。左手にプラスチック製のポット。右手にロープ。ビーチサンダルを履いている両足の爪に真赤なペディキュアがほどこされている。

「海はこのすぐ先なんです」

女は私の顔を見ずに言った。低いケンチャ椰子《やし》の林をくぐり抜けると、私の眼の前にいきなり南の蒼い海がひろがった。珊瑚が砕けてできた白い砂浜の先に海があった。海はあまりにもあられもなく正午近くの太陽に隅々まで照らされて、なんだかすこしはにかんでいるようなたたずまいで、私の視野一面にひろがっていた。

数百メートル先のリーフのむこうで波が踊るようにして白い背をひるがえしていた。そのリーフに砕ける波の音は、女と私の立っている砂浜にまでは聞こえてこないようだった。つよい風が吹いていた。

浜の先まで出てみると、なだらかに湾曲した砂浜のむこうに小さな船留りが見えた。まわりを海の岩で四角く囲った、小学校のプールほどもないようなおそろしく小さな船留りで、三隻《せき》の平底のサバニが繋留《けいりゅう》されていた。

女は私をそこに連れていった。船留りからそのまままっすぐ陸に上っていったあたりに、葉を沢山繁《しげ》らせたガジュマルの木が一本生えていて、そこに男が一人立っていた。日除《ひよ》け用の麦藁《むぎわら》帽子をかぶった漁師のようで、私たちが船留りに向って歩いていくと、男も木陰から出てきた。

漁師は痩せた眼の鋭い男だった。一見老人のように見えるが眼の輝きや身のこなしからまだ五十歳そこそこぐらいかもしれないな、と私は思った。

「タミさんです。フネ動かしてくれる」

女がその漁師をひきあわせた。タミさんと呼ばれた男はちょっと面倒そうに頷き、すぐに私から眼をそらすと、沖のリーフのあたりを眺めた。

なんだか依然としてよくは事情のわからないまま、私はタミさんの船らしいエンジン付きのサバニの真ん中のあたりに腰をおろした。エンジンがうなり、私たちの船はゆっくりリーフの内側を沖に向って進んだ。

「あそこのあたりに黒いブイが見えるでしょう？　あそこが滑走路の最南端で、あとは二千メートルばかりずっとその先に工事がすすめられるわけですよ」

女は沖の黒いブイと私の顔へ交互に視線をうつし、おそろしく大きな声で言った。女の白い眼が正午近くの太陽の下であざといほどによく光る。

「それでもうこのあたりずっと青珊瑚が並んでるんですよ。タミさんとめて」

女は自分の頭の上にかけていた水中眼鏡をきっちりとはめ、素早く巻きスカートをはぎ取ると、船端をころげるようにして海の中に入った。

女は玄人の海人のような達者な身のこなしでサバニのかたわらに潜っていった。

エンジンが止まり、ふいに女のいなくなった海面上にひどく間もちの悪い沈黙が残った。リーフの外に押しよせている波の音がさっきよりもはっきり聞こえているのが、なんとはなしの救いになっているような気がした。

黙りこんでいるだけの長い数秒間がすぎ、ザバッという音がして、女がサバニの横に顔を出した。

「ここでよいわ。それじゃあちょっと海ん中に入ってみて下さい」

海面から女は私を見つめて言った。

ここでいきなり海に潜るとは思っていなかったので、私はすこしあわてた。立ち泳ぎをしている女の体が透き通ったみどりの水の中で顔とは別の生きもののようにゆったりと揺れている。サバニの底に別の水中眼鏡がころがっているのはさっきから知っていた。ほんのすこし迷ったが、私はシャツを脱ぎ、眼鏡をかけるとジーンズのまま私もなんとなく船端をころげ出るようにして海の中に入った。

リーフの中にさまざまな花が咲いていた。私が水に飛びこんだときにつくった沢山の気泡の中で、おびただしいリュウキュウスズメの群れが一瞬その全体の動きを乱し、それから素早く体勢をたてなおし、何事もなかったように自分たちの群れを再編成しているところだった。小さなアカヒメジがつんつんと水中ダンスをしているように岩のふちを回りこみ、オウド色のウミシダが水流の中でだまって「おいでおいで」をしていた。

青珊瑚は海の中で沈黙する石の花のようだった。

女が長い髪の毛を複雑な角度へたがいちがいになびかせながらその石の花の上を静かに反転していた。ショートパンツから突き出た二本の長い足がいかにも豊かな力を内包しているように、ゆっくりしたドルフィンキックで海流全体をゆさぶっていた。

女は振りかえり、水中で私の視線をとらえると三メートルほど下にひろがっている青い珊瑚の折り重なりを大きく右手を振りながら指さしてみせた。女が右手を振りまわすと、袖なしのシャツが水を含んでふくれあがり、その拍子に張りつめた乳房がそっくり見えた。

女は水の中で、この綺麗《きれい》な珊瑚の群落をじっくりと見てほしい、と言っているようだった。

私は息をつめ、体を弓なりにして海中の小さな高層住宅都市のように見えるハナ珊瑚のすぐ上二十センチぐらいのところまで潜っていった。イトベラが「なんだなんだ」というように目を見張り、ウメイロモドキの群れが遠くで一斉に方向を変えた。

息つぎのために水面に上っていた女が再び戻ってくると、膝を丸め、またスローなモーションで水中反転した。そして私に「ついてこい」という合図をした。

女の潜っていった先は白と灰色の海底だった。透明度が急に悪くなり、水流にかき回されて白い堆積物の上におびただしい埃《ほこり》のようなものが舞い上った。夜このあたりを潜ったら、水中ライトに反射するマリンスノーで何も見えなくなってしまうかもしれない、と思った。

私は息を吸うために浮上した。リーフに寄せる波の音と、私の体のまわりではじけるこまかい泡の音が、私の気分をすこしやわらかくした。私から二メートルほど離れたところに女が浮上した。

ピューーッと口笛を吹くように体の中に充満した炭酸ガスを吐きだし、女は水の上の私の顔を見た。

「ね、ひどいでしょう。こうやってどんどん死んでいるんです。ここからあのブイまで、もうほとんど死んだ珊瑚だらけです」

女は水の中で体に上下の反動をつけ、いったん大きく伸びあがってからその場でくるりと回転した。

水に濡《ぬ》れた女の両足の筋肉が一瞬黒く激しく躍動した。素足の一撃が下からぽこりと水面を蹴り、女はまた水の中に消えた。

あわてて私も息をととのえ、反転して水の中に戻った。水面下二メートルほどのところを、黒いブイのある方向をめざして鋭い早さですすんでいく女のうしろ姿が見えた。

女が私に見せようとしていたのは、この島で急速に死滅しつつある珊瑚群の不気味な水の中の風景であった。いくつかの複雑にからんだ政治家や実業家たちの利権行動によって強引にすすめられようとしている新しい空港建設は、一方で確実に海の中を変えようとしていた。

浜に着くと、女は水から上った犬のように激しく頭を振って、髪の毛についた海の水を砂の上にまき散らした。それから両手を大きく頭のうしろ側にあてがい、タオルでもしぼるように自分の髪の毛をぐいぐいと丸めてしごいてみせた。

女のまき散らした水滴が正午近い太陽の下で、白すぎる砂の上に黒い花火のように広がった。しかし燃えるようにあつくなっている砂の上で水滴の黒いしみはたちまち蒸発し、消えていった。

漁師のタミさんがサバニを水の中の太いロープに繫《つな》ぐと、激しく飛沫《しぶき》をあげながらなんとなく不機嫌そうなそぶりで船留りから上ってきた。

女はタミさんにプラスチックのポットを渡し、私にはよく聞きとれない島の言葉で何か早口で話をした。それから女はタミさんの腕のあたりを両手で握り、何かまた別のことを早口で頼みこんでいるようだった。なんとなくそういうやりとりを見ていない方がいいのだろうと思い、私はあわてて沖の波や黒いブイなどを眺めた。

女との話が終ったらしくタミさんは間もなくさっき立っていたガジュマルの木の方へ向い、私と女は濡れた服を体のあっちこっちに貼りつかせながら再びケンチャ椰子の小さな林の中を通り、女の家まで戻った。

板敷きの部屋の隅に赤ん坊が眠っていた。よく風が通る部屋のようだったが、汗かきの体質なのか、赤ん坊は額や首のまわりに沢山の汗の粒を噴き出させていた。さっき女と出るときにはそこに赤ん坊は寝かされていなかったから、世話を頼まれた誰かが、眠ってしまった赤ん坊をそこに寝かせておいたものらしかった。

女は軒の下で立ち止り、それから振りかえって「すこし待ってて下さいね」と言った。

女が家の裏に行っている間、私は板敷きの部屋から聞こえてくるラジオの民謡を、なにかひどくなつかしいものに触れるような気分でしばらく聞いていた。家のむこうの畑の道を灰色をした痩せた猫が、こきざみに走ってきてはすこし立ち止ってこちらを見つめ、またこきざみに走っては立ち止る、というやり方でおそろしく卑屈に通り過ぎていった。

　この集落のどこかに小さな工場でもあるのか、遠くで旋盤の回転しているような音が聞こえた。

「どうも忙しいところ有難うございました」

　と、女がいきなり板敷きの部屋の中から言ったので、私はそのときかなり驚いてしまった。

　女がさっき家の裏へ回っていったので、赤ん坊の世話をしてもらった隣の家にでも挨拶に行っているのだろう、とばかり思っていたからだ。

　バンドウクミコは、何時《いつ》の間にか青いさっぱりした色のワンピースに着替えていた。

「いま、ホテルまで送っていきますから、ちょっと待っていて下さい。オタクはズボンが濡れたままで気持わるいでしょうけど……」

　と、女は言った。

　翌日島はすさまじい豪雨に見舞われた。朝から稲妻が走り、七階のホテルの窓から見ていると黒い雨雲はほとんど海面すれすれに走っているように見えた。

八時をすこしすぎたあたりで有馬宇一から「めし、もう終ったか?」という電話があり、私はいま起きたばかりだ、ということを話した。

「じゃあ九時までに食っておいてくれ。すんだら町の観光協会で打ち合わせだ。雨で今日は何もできないだろうから一日中話し合い、ということになるだろうな。金の話などもそこで決めるつもりなので、面倒だろうが今日は一日つきあってもらうことになるよ」

疲れているのか有馬の声は紋切り型であまり張りがなかった。

私は前日のあのコメカミのあたりがツーンとくるような乾いてあつい太陽の下の、白い砂浜と蒼すぎる海を思いうかべ、すこし呆然《ぼうぜん》としていた。そして私が「もう夏になってしまったようだ」と言ったとき、女がまだそうではない、とえらく断定的に言っていたのを思いだし、朝から稲妻の走る外を眺めながら、一人で頷いた。

ホテルまで送ってくれた車の中で私は女が沖縄地方の生まれであるのか、ということを聞いた。すると女は笑い、そうではない、と言った。それからいきなり今までとは別の口調になって、

「博多《はかた》やけんね。博多からこっちへ騙《だま》されて来たとよ」

と、よく通る声で言った。

「騙されて……?」

「うん。まあ言葉のアヤですけどね」

　女はまっすぐ前をむいたままやはり一人で笑いながら言った。やがてホテルに着き、私は相変らず足にうるさくからみつく濡れたジーンズを両手でむなしくひっぱりながら車の外に出た。女は全体に白くよく光る眼をまっすぐ私にむけ、

「明日でもあさってでもまたきて下さい。博多と八重山の両方がいろいろまざったような料理ごちそうしますから」

　と、ひどく明るい声で言った。それから、

「こっちの料理は夜ですからね。夜の方が涼しくていいですからね。かならずですよ」

　と、つけ加えた。

　私はその申し出にどういうふうにこたえたらいいのかわからなくて、なんとなく曖昧に笑った。なんだかよく意味がわからないままに急速に高まってきた未練の残る気分に戸惑いながら、私はそれでも仕方なく、車のスライド式のドアを閉めた。

　ぐおん、と軽いエンジンのうなりをたてて、女の赤い車はホテルの前庭を半周して出ていった。出ていくとき女が軽く片手をあげたので私もあわてて片手をあげた。

　翌日が南の国の激しい梅雨明け前の雷雨になって、それは続いてやってきた低気圧につながり、島の天気はその日からしばらく荒れ模様となってしまった。

日程がとれないので、雨の中で二日ほど私たちは海に潜り、なんとなくその仕事の中に形だけは入りこむ、というような具合になった。

そして私は結局、その女のところに再び行くことはなかった。女が必死になって私におしえた死滅しつつある珊瑚のことを有馬に話して映画づくりの中に組み込ませる、という働きかけもしなかった。歯がみする思いではあったけれど、有馬が頼まれた映画づくりの発注先がこの地方の観光業界で、青珊瑚の保護を楯《たて》に空港建設の反対運動をしている人々とは完全に対立の関係にある、ということが間もなくはっきりとわかってきたからだった。

けれど私たちの加わった映画づくりの予備作業は、梅雨明け間ぢかのこのすさまじい荒れた天候の中で予定通りにはすすまず、私は有馬よりもひと足先に東京に戻る、ということになってしまった。

私の頭の上で、古ぼけたラジオはまだ私だけのために鳴っていた。

私は東京行きの飛行機に乗るまであと三十分ほど時間が残っている、ということを頭の隅で確認しながら、ビールをもう一本注文した。

ハイビスカスらしい大きな紅色の花をプリントしたエプロンを、大相撲の化粧回しのように腹の正面にどでんとくくりつけたウエイトレスが、黙って伝票を持っていった。

雨が降っていても、夜遅くなってしまっても、一度だけバンドウクミコの家へ行ってみるべきではなかったのか、ということを、その日私は那覇まで戻ってくる飛行機の中でずっと考えていたのだった。

迷いながら、すんなり行けなかったのは何故《なぜ》だったのだろう、と私はいくらか鬱屈した気分で考えていた。

あの女には亭主がいるのだろうか、ということもなんとはなしに気になるところだった。わずかな時間の触れあいだったが、女は亭主と別れてしまって、あの浜で暮らしているような気がした。その気配が濃厚だったな、と思った。

そうだとしたらいったい何がどうだというのだ、と、私はそのつぎに思った。

それから私はふいにあの無愛想なタミさんという名の漁師の顔を思いうかべた。けれどあまりにも白い砂と蒼すぎる海の気配が大きすぎて、私はタミさんの顔をうまく思いだすことができなかった。

「まあ、いいやどうだって……」

と、私はラジオの音を聞きながら思った。ラジオは早口の男と女のかけあいのディスクジョッキーのような番組になっていて、もう私はそこで言っていることの意味をあまりきちんと聞く気にはなれなかった。

スーパースター・瀬長亀次郎

佐野眞一

〈沖縄人《うちなーんちゅ》、独特の風貌《ふうぼう》を有する。

……浅黒い肌、濃い眉、つぶらな目、とりわけ女の髪、ゆたかで粗く剛《かた》い。〽海ぬさし草や、あん美《ちゅ》らさ靡《なび》く、あかがね色に熟《う》れた美童《みやらび》の体臭、潮の香りがする。

（中略）

沖縄ニッポンではない。すくなくとも第一尚氏《しょうし》時代まで、琉球《りゅうきゅう》はヤマトの政治圏にも、経済圏にも、文化圏にも属さぬ、一個の海洋独立国家だった〉（「沖縄、ニッポンではない」『琉球共和国　汝、花を武器とせよ！』三一書房、一九七二年所収）

沖縄をめぐる言説で、すっかり色褪《いろあ》せてしまったのは、〝沖縄独立論〟である。左派沖縄耽溺者《ウチナージャンキー》のパイオニアともいうべき竹中労《たけなかろう》が、政府なき国家と党派なき議会と官僚なき行政を、すなわち幻の人民共和国を琉球弧の上に夢想して、冒頭に挙げたように情熱的かつ純情に語ったのは、沖縄の本土復帰一カ月前の一九七二（昭和四十七）年四月である。

それから三十有余年。沖縄人《ウチナーンチュ》は本土人《ヤマトンチュ》の慣習に完全に同化した。いま沖縄一の盛り場の那覇《なは》・国際通りを歩いても、浅黒い肌、濃い眉、つぶらな目、ゆたかで粗く剛い髪の毛をなびかせた南国風美少女に会うことは、めったになくなった。

若い男女がツクダ煮にしたくなるほどごった返す国際通りの風景は、まだオムツくさい小中学生が色とりどりのファッションで着飾って昼も夜もあふれる東京・渋谷《しぶや》のセンター街に紛れ込んだようで、〝異国情緒《エキゾチシズム》〟を感じることは困難である。

「国家」の思想的〝立ち位置〟を決定するのは、そこで暮らす若者たちの風貌姿勢と、彼らをつき動かす風俗流行である。

沖縄でそれを象徴するのが、すっかり〝脱琉球化〟した面立ちの若者たちが行き来する国際通りのたたずまいである。特徴的だった彼らの顔だちから、男も女もくっきりと濃い輪郭線が消え、どこにでもあるつまらない風景のなかにぼやけはじめた。

本土復帰に伴う日本馴化《じゅんか》の急速な進行は、かつて竹中労が熱っぽく語った琉球讃歌《さんか》を時代遅れの言辞と化し、〝沖縄独立論〟をほとんど世迷い言《よまいごと》同然の死語とさせた。

とはいえ、〝沖縄独立論〟の系譜は完全に死に絶えてしまったわけではない。

私は沖縄の運命を確実に決定づける米軍再編の気運が急速に高まり、辞意を表明した稲嶺恵一《いなみねけいいち》知事に代わる次の沖縄知事選が間もなく行われる（二〇〇六年十一月）この時期に、〝沖縄独立論〟の系譜を改めて辿《たど》ってみたい誘惑に駆られた。

敗戦直後、この島には本土復帰論、米国属国論、〝沖縄独立論〟、そして独立ではなく、日米双方の依拠体質から脱却して独自路線を模索する動きまであった。

米軍占領下の沖縄の政治家で最も有名なのは、瀬長亀次郎《せながかめじろう》である。瀬長は、戦後沖縄がどんな道を模索してきたかを考える上でもきわめて示唆に富む男である。

一九〇七（明治四十）年、沖縄本島南部の豊見城村《とみぐすくそん》（現・豊見城市）に生まれた瀬長は、旧制七高（現・鹿児島大学）に進んだが放校となり、日本共産党に入党し治安維持法違反で懲役三年の刑を受けた。戦後の一九四六（昭和二十一）年には、米軍捕虜《ほりよ》収容所で発行された戦後沖縄初の新聞「うるま新報」（現・琉球新報）社長に就任し、翌年、沖縄人民党の結党に参加して書記長となった。

瀬長が沖縄政界のスーパースターとなるきっかけとなったのは、沖縄人民党事件である。

一九五四（昭和二十九）年、瀬長は米軍の退去命令に従わなかった奄美大島《あまみおおしま》出身の人民党員を匿《かくま》ったとして不当逮捕され、沖縄刑務所に投獄された。その直後、沖縄刑務所で大暴動事件が起きた。琉球警察はこれを鎮圧するため、暴徒化した囚人を拳銃で威嚇発砲する異常事態となった。刑務所は一時受刑者に占拠され、完全に無政府状態となった。

この暴動の背後に瀬長がいると睨《にら》んだ琉球政府は、瀬長を沖縄刑務所から江戸時代の〝島送り〟さながら宮古《みやこ》刑務所に移送した。釈放されたのは、一九五六（昭和三十一）年四月だった。出獄歓迎集会には一万人余の支持者が集まり、熱烈な歓呼の声で瀬長を出迎えた。

その後、瀬長は那覇市長、沖縄人民党委員長、立法院議員、日本共産党中央委員会副委員長などを歴任し、一九七〇（昭和四十五）年の国政参加選挙で衆議院議員に初当選し、以後七期連続で国会議員をつとめた。一九九〇（平成二）年、高齢を理由に政界を引退して療養生活に入っていたが、二〇〇一年十月五日、九十四歳で他界した。

沖縄の左翼政治家として申し分のないこうした輝かしい経歴もさることながら、それ以上に注目されるのは、一度見たら絶対に忘れられない瀬長の風貌である。

四角い顔はエラが張り出し、頬骨は削《そ》がれたように尖《とが》っている。鼻の下にはチョビ髭《ひげ》をたくわえ、眼光は炯々《けいけい》としてあくまで鋭い。

その個性的な風貌は、不当な弾圧にも強い信念を貫き通した古来の琉球人のＤＮＡを色濃く伝えている。

いま国際通りを歩く腑抜《ふぬ》けた若者たちの顔つきと、不屈の闘志を凝縮させた瀬長の顔だちのあまりの違いに思いをめぐらすとき、こんな感想さえ浮かぶ。

この百年間で沖縄人の容貌は〝人類学的変貌〟を遂げてしまったのではないか。反骨の政治家、筋金入りの闘士という言葉にふさわしい人物は、こうした容貌の激変ぶりから言っても、もう二度と生まれてこないのではないか……。

瀬長は反米基地闘争と本土復帰運動の中心となった男として知られている。

だが、保守系の沖縄復帰運動団体・南方同胞援護会の代表をつとめた吉田嗣延《よしだしえん》は、『小さな闘いの日々—沖縄復帰のうらばなし—』（文教商事、一九七六年）という回想記のなかで、瀬長に関して、反米反基地闘争時代の瀬長からは想像できない興味深いエピソードを紹介している。

吉田は一九四六年夏、沖縄に渡航したとき、瀬長ら左翼陣営の男たちから沖縄の将来について、アメリカの保護国のパナマ共和国のような構想を聞かされた、と述べている。

敗戦直後の瀬長は、後に熱烈に提唱する本土復帰論ではなく、日本を敗戦に導いたアメリカへの信頼に基づく〝第三の道〟を模索していたことになる。

瀬長は一九四九（昭和二十四）年八月のうるま新報の退社声明では、「解放軍としての米軍に協力し、（中略）琉球民族戦線結成のため全身全霊を打ち込む」と決意表明した。

瀬長のこうした考えは明らかに、名護《なご》出身で当時日本共産党書記長の徳田球一《とくだきゅういち》の影響だった。日本共産党は一九四六年二月の党大会で、徳田自らが起草した次のような「沖縄民族の独立を祝うメッセージ」を満場一致で採択した。

日本と沖縄の祖先を同一とする日琉同祖論《にちりゅうどうそろん》は、天皇制を戴《いただ》いた戦前の日本帝国主義の奸計《かんけい》である。沖縄は近世以後、朝鮮民族同様、少数民族として日本から抑圧されてきた……

日本共産党はこの頃、沖縄人などの少数民族を抑圧してきた日本帝国主義を敗退に追い込んだ米軍こそ、人民の〝解放軍〟である、という、いまから見ればとても信じられないプロパガンダを一斉に流していた。

だが、よく考えてみると、日本から抑圧された沖縄出身の日本共産党書記長という肩書自体からして言語矛盾である。

こうした日共の思想にとりこまれていた瀬長が、一転して反米反基地闘争の最大の闘士となり、やがて積極的な本土復帰論者となるきっかけは、前述の沖縄人民党事件だった。

反米反基地闘争時代の瀬長は、「米軍は沖縄を完全に奴隷化している。そのうち米軍は、沖縄人が空気を吸うときも税金をかけるだろう」と各地で獅子吼《ししく》して万雷の喝采を浴びた。この〝空気徴税演説〟は、瀬長について語るとき、必ず引き合いに出される名演説として有名である。

瀬長は日本への不信と米国への信頼という世界観から、米国への不信と日本への信頼という世界観へ百八十度舵《かじ》を切ったリアリズムの政治家でもあった。

瀬長の死から四年後の二〇〇五年十一月、『瀬長フミと亀次郎　届かなかった獄中への手紙』（あけぼの出版）という本が出版された。瀬長夫妻の次女の内村千尋《うちむらちひろ》が、母フミのカジマヤー（数え年九十七歳の生年祝い）に合わせて刊行したものである。

この本の一番の読みどころは、人民党事件で宮古刑務所に移送された瀬長に、家族からの手紙が一部届かず、瀬長が家族に宛てた手紙も全部は届いていなかったという事実が五十年の歳月を経て、次女の千尋によりはじめて明らかにされるくだりである。

〈一年程前に、知人から「県立公文書館にこんな資料がありますよ」とコピーを受け取りました。それは一九五五年三月二十三日付けで、宮古刑務所にいる父・亀次郎にあてて書いた姉の手紙でした。その他にも数点の手紙がありました〉

それは、姉の自筆の手紙ではなく、宮古刑務所の職員によって書き写されていたものだった。それを発見した千尋は、五十年も前の手紙がいきなり出てきたことに驚き、戸惑った。

〈これは大変な資料だと思いました。なぜ、こんな個人の私信が公文書館にあるのか、これは父には届いていたのか、他の手紙についてはどうなのかと、次々疑問がわいてきました。そして驚くべき事実が次々と明らかになりました〉

大田《おおた》（昌秀《まさひで》）県政最大の遺産といわれる沖縄県公文書館は、那覇市の東隣の南風原《はえばる》町にある。そこで発見された亀次郎宛ての手紙は、沖縄県公文書館が米国立公文書館から定期的に取り寄せているマイクロフィルム資料のなかにあったものである。

家族からの手紙が亀次郎本人には届かず、沖縄から遠く離れたアメリカの国立公文書館に半世紀以上眠っていた。それ自体が沖縄の戦後史をめぐる大きなミステリーである。

その謎を当事者はいまどう思っているのか。それを尋ねるため、カジマヤーの祝いを終えたばかりのフミと千尋母娘に、那覇市首里《しゅり》石嶺《いしみね》町《ちょう》の自宅で会った。

亀次郎に六十年以上連れ添ってきたフミは、沖縄の媼《おうな》そのもののようなふっくらした女性である。笑顔を終始絶やさぬところも、沖縄女性らしかった。

一方、敗戦の年に生まれた千尋は、国際大学（現・沖縄国際大学）を卒業後、琉球大学生活協同組合に二十年勤務した。

だが、亀次郎が病に倒れたためそこを退職し、十年以上に及ぶ父親の介護生活のかたわら、紅型《びんがた》や藍染《あいぞめ》の勉強をはじめた努力家である。

——アメリカの国立公文書館に所蔵されていたマイクロフィルムの資料は、ご家族が亀次郎さんに宛てた手紙そのものではなく、宮古刑務所の刑務官がそれを筆写したものですね。それでよく、亀次郎さん宛ての手紙だとわかりましたね。

「宮古刑務所に送られてくる家族からの手紙に、前後の辻褄《つじつま》があわないことがあることに不審を感じた父は、あるときから獄中日記を毎日つけるようになりました。自分に届いた手紙も、自分が出す手紙もすべて日記に書き写すことにしたんです。その獄中日記はいま私の手元にあります。それと首っぴきで照合した結果、家族から出した手紙だということを確信したんです」

——さすが弾圧を何度もくぐり抜けた瀬長亀次郎と、その娘ですね（笑）。沖縄刑務所は、亀次郎宛ての手紙をチェックして米軍にご注進していたというわけですね。

「米側の資料には、父の日記には書かれていない姉と同級生たちの寄せ書きもありました。これを見つけたときは本当にひどいなぁ、と思いました。姉は届いているもんだと思っているし、父はそんなものがあったことを知らないで天国に行っちゃってるし」

——亀次郎さんは日記をいつ頃までつけていたんですか。

「投獄されてから死ぬまでです」

——それは凄《すご》い。瀬長さんには出獄後も尾行がつけられていたんでしょうね。

「つけられていたと思います。アメリカ側の資料からも、瀬長の尾行記録が出てきています。共産党の沖縄本部に挨拶に行ったとか」

――ほおー。

「瀬長の日記にも、尾行されているって書かれているんです。びっくりしました」

――琉球警察の人間が尾行して、米軍にあげていたんでしょうね。

「そうだと思います。それ以外にも、郵便局の段階で抜き取られたとしか思えない手紙もありました」

――露骨ですね。尾行や内偵は、さすがに本土復帰後はなかったですか。

「それはまだわかりません。沖縄にはいまも基地がありますから、あるかもしれないっていう気はしています」

――沖縄の本当の戦後史が書かれるのはこれからということですね。

「沖縄戦の研究は随分進んでいますが、沖縄の戦後史の研究に関してはこれからでしょうね」

瀬長が結党に参画した沖縄人民党と並ぶ沖縄の左翼政党は、一九五〇（昭和二十五）年に結党された沖縄社会大衆党（社大党）である。

その創立メンバーで元コザ（現・沖縄市）市長の大山朝常《おおやまちょうじょう》の反骨ぶりは、瀬長に劣らない。

ふてぶてしい面魂《つらだましい》も瀬長と遜色なく、本土復帰論から沖縄独立論に宗旨がえした〝変節〟ぶりや、長寿をまっとうした点でも瀬長とよく似ている。

大山は一九〇一（明治三十四）年、中頭《なかがみ》郡越来村《ごえくそん》（現・沖縄市）に生まれた。一時、代用教員をした後、沖縄県立師範学校で学び、戦前は一貫して教職生活を送った。

戦後は社大党に参加して立法院議員となり、その後、コザ市長に選出された。一九七〇年十二月二十日未明に発生したコザ暴動には、市長として遭遇した。

コザ暴動は、同市中心部の胡屋《ごや》十字路で、米人運転の車が沖縄人をはね、負傷させて逃走したことに始まる。

これより約三カ月前、沖縄本島南部の糸満町《いとまんちょう》（現・糸満市）で米兵運転の車が、五十四歳の戦争未亡人を轢《ひ》き殺す事件が起きた。非は米兵にあることは明らかだったが、軍法会議の結論は「ノット・ギルティー（無罪）」だった。

これが暴動に油を注いだ。軍民問わないアメリカ側のあまりの横暴ぶりに怒った市民は、次々と米軍の車両や黄ナンバーの米人民間車をひっくり返し、ガソリンをぶっかけて放火した。群衆は二千人以上に膨れあがり、車両七十三台が炎上した。

コザ暴動は、基地のなかに島があるといわれる沖縄の現実を、改めて浮き彫りにした衝撃的な事件だった。

沖縄の受難の歴史は、戦前からはじまっている。

大山は一九九七年に出版された著書の『沖縄独立宣言――ヤマトは帰るべき「祖国」ではなかった』（現代書林）のなかに、大正末期、東京の近衛師団《このえしだん》に選抜されて入隊したときの挿話を書きとめている。

〈晴れて沖縄の代表に選ばれたからには、精一杯お国のために尽くさねば――そんな気持ちで意気揚々と上京した私でしたが、入隊まもなく、ある他県の同僚からこう言われたのです。

「お前ら沖縄人は、日本人じゃない。チャンコロと同じなんだから一人前の顔をするな」

〝チャンコロ〟というのは、中国人に対する蔑称です。それを聞いた私は愕然《がくぜん》とし、同時に怒りに身体がふるえました〉

本土防衛のための沖縄戦では、母親と兄と三人の子どもを失う悲劇を味わった。米軍の捕虜収容所では沖縄人の死体の収容作業に従事させられた。大山は前掲書で「同胞の無残な死体処理から、私たちの戦後ははじまった」と書いている。

戦後コザに教職員として復職した大山は、米軍基地の町と化したコザの現実を見て愕然となった。そこには、人間の尊厳を捨てなければ生きていけない現実があった。

〈そのころ、私の家の隣のバラックに、ある一家三人が住んでいましたが、夫には仕事がなく、奥さんが米兵相手の売春で生計を立てていました。奥さんが〝仕事〟をしているあいだ、ご主人は子供を背負い外に出ているのです〉（前掲書）

一九五〇（昭和二十五）年、米兵の性欲処理のための特飲街がコザに生まれた。

〈たちまち、百数十軒のバーやクラブが軒を並べ、三百人のホステスたちが米兵相手に商売する〝キチガイ〟（基地街）ができてしまい、それはのちのちまでコザ市のシンボルとなってしまったのです〉（前掲書）

戦前、戦中、戦後と痛苦な人生を体験した大山は、まさに激動の沖縄現代史のただなかをくぐり抜けた貴重な生き証人だった。大山は前掲書のまえがきに、「これは私の『遺書』にほかならない」と記している。

その予言通り、同書が出版されて二年後の一九九九年十一月、カジマヤーの祝いが終わった直後、大山は九十七年の生涯を閉じた。九十七歳の死は、常識的に言えば大往生である。

だが、著書『沖縄独立宣言』の「ヤマトは帰るべき『祖国』ではなかった」という副題がいみじくも表しているように、大山はおそらく無念の思いのうちに他界した。

祖国復帰運動のリーダーだった大山は、なぜ、最晩年にいたって〝沖縄独立宣言〟をしなければならなかったのか。

それを知りたいと思い、生前の大山に可愛《かわい》がられたという孫の玉城満《たまきみつる》を、沖縄市民小劇場「あしびなー」の事務所に訪ねた。後期高齢者医療制度のあおりを受けて保革逆転した二〇〇八年六月の沖縄県議選で県議となった玉城は元りんけんバンドのメンバーの一人で、同劇場の芸術監督をつとめている。

玉城はコザ暴動のとき、まだ小学生だったという。

――そのときの思い出はありませんか。

「あります。コザ暴動が終わった頃、家に散髪屋さんがよく来ておったんですよ。何で散髪屋さんが来るのかな、って思って家の外を見渡したら、四方八方に刑事が立っているんです。脅迫状も随分あったみたいです」

――なるほど、物情騒然として散髪屋にも行けなかったというわけですね。

「ええ、ボディーガードを自分の方から買って出てきた人もいました」

暴動が起きると米軍はすぐコンディショングリーン（米兵の外出禁止）を布《し》いた。このため経済は完全にストップし、町全体が殺気だった空気に包まれた。

その責任はすべて市長にあるとして、大山の自宅には脅迫電話がひっきりなしにかかってきた。自宅の雨戸は叩《たた》き壊され、散髪中の床屋では暴漢に襲われた。

保守系のある議員など、大山の顔を見るなり「暴動はお前がやらせたのだろう」と言って、お門違いの非難を浴びせてきた。

これは「基地経済からの脱却」を常々訴える大山の持論に対する誤解が生んだとんでもないとばっちりだった。

「しかし、祖父はコザ暴動では一歩も後に引かなかったですね。堂々としていた。僕は祖父には十くらいの顔があったと思っているんです」

――笹川良一《ささがわりょういち》とも関係していたようですね。それで国政に出る機会も失った。

「ええ、失敗しましたが、海洋大学をコザに誘致するためです。沖縄ではそういう多面的な顔がないと」

――とてもやっていけない。

「タンメー（沖縄口《ウチナーグチ》で長老）は基地には基本的には反対でしたが、実は基地からいろんなものを引っ張り出している。これは教員時代からです。誰かれ構わず、教員になれって、言っていたそうです。〝戦果〟をあげるためです。学校の報告を名目に基地に入りこみ、材木とか期限切れの缶詰などを貰《もら》ってくる。なぜコザの学校だけ〝戦果〟があるのかって、周りから随分突《つ》つかれたらしいですよ。祖父はその頃からヤリ手だったんです」

いまでも語り草となっている大山の逸話がある。一九五四（昭和二十九）年五月、立法院議員に当選したばかりの大山は、当時沖縄の最大の懸案だった軍用地接収問題の委員長に選ばれ、米政府と直接折衝するため、米軍用機でアメリカ本土に飛び立った。大山が立法院議員に当選する直前、アイゼンハワー米大統領は年頭教書で「沖縄基地の無期限保有」を宣言し、これを受けた琉球の米民政府は「地代一括払い」の方針を掲げた。「地代一括払い」とは、住民から強制的に収容した土地をそのまま買いあげ、基地用の土地として永久的に奪い取ることを意味していた。

これに対し、沖縄の立法院は「一括払い反対、適正補償、損害補償、新規接収反対」という内容からなる「土地四原則」を打ち出した。

大山らが渡米したのも、その「土地四原則」をアメリカ側にどうしても認めさせるためのミッションだった。折から沖縄では、伊佐浜村《いさはまそん》（現・宜野湾市《ぎのわんし》）や伊江島《いえじま》で、「銃剣とブルドーザーによる」土地の強制接収が行われようとしていた。

――大山さんは著書で、不退転の決意で渡米したと書いています。渡米したら殺されるかもしれないと悲壮な決意も述べている。毒を盛られるかもしれないので、食事にも気を遣ったとも書いている。

「ベルトの穴二個分は痩せて帰ってきた、と話していましたね。だから、アメリカでは出された料理はほとんど食べなかったんだと思います」

――〝沖縄独立論〟はいくつぐらいから唱えはじめたんですか。

「九十歳前後だったと思います。そのときも、剃刀《かみそり》とか脅迫状がきた。戦時中は君たち教職員が教え子を戦争に煽《あお》り、戦後は復帰運動をやって、今度は独立論かって」

――教職員としては辛《つら》い批判ですね。でも本人も戦争で五人の家族を殺されている。確かに復帰運動はやった。だが復帰しても、基地問題は何も解決されなかった。それならいっそ〝沖縄独立〟だと。

「行政畑に長くいたから、本土の〝コブツキ〟の現実を見てしまったことが大きかったんじゃないかと思うんです。本土復帰して沖縄にかなりの予算が投入されたけど、沖縄にはほとんど銭が落ちなくて、予算の大半は沖縄を素通りして本土に持って行かれる。ステーキは食わせてもらえず、飴玉《あめだま》ばかりしゃぶらされている。そういう現実をいやというほど見せられてきたから、考え方も変わってきたんじゃないでしょうか」

大山は著書のなかで次のように述べている。

〈私が本土復帰運動をやったのは、沖縄をいつまでも植民地化する米国の圧政から解放される現実的な一つの手段と考えたからである。だが、本土復帰後も基地の島の沖

縄の現実は、何ひとつかわらなかった〉（中略）
〈いまの沖縄は日本に甘えているだけです。日本に基地の全面返還をしっかり突きつけなければならない。独立したら沖縄の経済はどうなるのかという人もいますが、東南アジアや中国と手を結んでいけば、ゆっくりと経済は豊かになっていくと思います。
わたしがうわごとのように独立、独立と言うので、「大山朝常は頭がおかしい」という人もいます。「夢ばかり見ている」と。でも沖縄の現実が変わらないかぎり、わたしの琉球独立への夢は終わることがないのです〉

瀬長にしろ大山にしろ、いまや〝歴史上の人物〟となった。

しかし〝沖縄独立論〟をはじめ、日本に帰属したことをよしとしない考え方の持ち主は、彼ら故人に限らない。

本土復帰から三十五年近くたったいまも、それに異を唱えつづける男たちがいる。そこに、はるか昔の琉球王国への郷愁が入り交じった〝沖縄独立論〟の独特の位相と、沖縄人の気持ちをつかんで離さない根強い人気の秘密がある。

一八七二（明治五）年にはじまった琉球処分まで、琉球は小国ながられっきとした独立王国だった。

一六〇九（慶長十四）年の薩摩《さつま》侵攻以後、首里王朝は薩摩藩の傀儡《かいらい》政権的性格は帯びていたものの、この島は海洋国家として独自の文化を誇ってきた。

沖縄本島南部の東海岸に位置する与那原町《よなばるちょう》の自宅に「琉球文化歴史研究所」の看板を掲げ、「ニライ・カナイの原像」「ノロ祭祀《さいし》の本質」など琉球の文化と歴史を考察する資料の刊行をつづける崎間敏勝《さきまびんしょう》も、こうした伝統を受け継ぐ一人である。

崎間は琉球新報、沖縄タイムスに次ぐ沖縄〝第三の新聞〟沖縄時報の元社長である。

崎間はその沖縄時報の紙面で、〝本土復帰時期尚早論《しょうそう》〟の持論を展開し、同紙が経営的に行き詰まり廃刊に追い込まれてからも、本土復帰論に異議を唱えつづけた。

沖縄返還まであと二年半と迫った一九六九（昭和四十四）年十月一日の琉球新報に、「沖縄は沖縄人のものだ！　われわれは日本復帰を急がない」という五段抜きの意見広告が載った。

これは本土復帰を心待ちにしていた沖縄の人びとを仰天させた。

そこには、沖縄返還が約束された一九七二（昭和四十七）年は、復帰慶祝の年ではなく、沖縄人の総意を問う〝住民投票〟の年にすべきである、との主張が述べられていた。

この広告を出した「沖縄人の沖縄をつくる会」の責任者も、崎間だった。

崎間は復帰一年前の一九七一（昭和四十六）年に行われた参院選にも「琉球独立党」の党首として立候補し、前記の主張を展開した。だが、あえなく最下位で落選した。

ど の秀才だった。

一九二二（大正十一）年、首里に生まれた崎間は、幼い頃から「神童」と呼ばれたほどの秀才だった。

その後、上京して一高から東京大学法学部に進んだが、故郷を救うのは自分以外ないという滑稽なほど強烈な自負心から中退した。その後、琉球政府の法務局長、内政局長などを歴任し、琉球政府を離れてからは三十代の若さで大衆金融公庫総裁におさまった。

この経歴からもわかるように、崎間は〝沖縄独立論者〟というふれこみから想像されがちな情の人というより、理の人である。

那覇から車で東側の太平洋方面に四十分ほど走った島尻《しまじり》郡与那原町の自宅で行ったインタビューの受け答えも、学者然として正直あまり面白味はなかった。

――〝沖縄独立論〟にはイモ・裸足《はだし》論がつきまといます。独立しても昔のようなイモと裸足の貧しい生活が待っているだけだという反対論です。あれはデマゴギーですか。

「いやいや、本当に独立しようとしたら、それは順調にはいきませんよ」

――でも独立を主張して参院選に出た。

「だから、私の考えはフォーマルな、形式的な独立じゃないんです」

――はあ？

「内面的な独立です。それが日本人の心のなかに染み込んでいく。沖縄にはこういう立場がある。あなた方わからんかっていうのが、私の主張でした」

——うーん。よくわからない。

「政治的な独立は後回し」

この不実とも無責任ともとれる浮世ばなれした答えを聞いて、沖縄県前知事の稲嶺恵一の父親の稲嶺一郎《いちろう》が当選した七一年の参院選で、「琉球独立党」党首の崎間が泡沫《ほうまつ》候補扱いされたのも当然だと思った。

崎間が党首だった琉球独立党からは、もう一人の候補者が選挙戦に挑んだ。この人物は野底土南《ぬかどなん》といい、一九六八（昭和四十三）年十一月に行われた沖縄初の主席公選に立候補した。

この選挙戦は、革新統一候補の屋良朝苗《やらちようびよう》と保守系の西銘順治《にしめじゆんじ》の間で実質的に争われ、屋良が二十三万票あまりを得票して当選した。野底が獲得した二百六十四票は、屋良の得票数の〇・一パーセントに過ぎなかった。

得票数だけで言えば、稲嶺一郎の約十九万票に対し、約二千六百票とってそれなりに〝善戦〟した崎間以下の泡沫候補だった。

だが、沖縄本島南部・玉城村《たまぐすくそん》の老人病院に入院中の野底に会い、泡沫候補という言葉から連想されるインチキ臭い人物というイメージは完全に覆った。

それどころか逆に、これはひょっとするとひとかどの人物なのではないか、という印象さえもった。

病床の野底を紹介し、枕元でのインタビューの段取りまでセットしてくれたのは、一九五二(昭和二十七)年那覇生まれの屋良朝助《ちょうすけ》という中年の好漢である。

現在は千葉の房総《ぼうそう》半島に転居した屋良が琉球独立党結成の呼びかけを新聞広告で知ったのは、高校時代だった。

「復帰一年前です。高校では沖縄の歴史をまったく教わらず、琉球処分も知らなかった。教育は本当に恐ろしい。知らず知らずマインドコントロールされている。例えば薩摩侵攻の前に住民投票をしたらどうか。薩摩につくのに賛成する者は一人もいなかったはずです。逆にいま日本復帰に賛成かという住民投票をすれば、九九パーセント賛成すると思います。だけどいま話した例から言っても、それは必ずしも正しい判断じゃない」

屋良に琉球独立を目覚めさせた野底は、いまも琉球独立党名誉総裁の肩書をもつ。すっかり禿《は》げあがった頭に、立派な白い顎鬚《あごひげ》をたくわえた野底の風貌は、仙人然としている。

野底のインタビューは、屋良の発案で、琉球共和国の国旗の三星天洋旗《さんせいてんよう》を野底に贈呈するところからはじまった。

これも屋良が千葉からわざわざ運んできたものである。

国旗は青と紺の二つのストライプで上下半分に仕切られ、中央に黄と赤と白の星が並んでいる。青と紺は琉球の空と海を表し、三つの星は平和と情熱と理性を表しているという。

その旗を渡すなり、痩せた体を水色の病院着に包んだ野底は、ベッドから上半身だけ起き上がり、涙をとめどなく流しはじめた。野底さんの故郷の与那国にも行ってきましたと話しかけると、野底の目から涙がまた滂沱《ぼうだ》と流れた。

野底土南（本名・野《の》底《か》武彦《たけひこ》）は一九二八（昭和三）年、晴れた日には台湾の島影がうっすらと見える日本最西端の与那国島で生まれた。子どもの頃から成績優秀だった野底は島の期待を一身に集め、沖縄一の名門校の旧制一中（現・首里高校）に進んだ。

上京して入学した法政大学では経済学を学び、沖縄では当時まだ珍しかった公認会計士の資格をとった。

本土復帰に沸く一九七二年、野底に会った竹中労は「人、彼をふりむんと呼ぶ」と書いた。ふりむんとは沖縄口《ウチナーグチ》で狂者のことである。

竹中はこれにつづけて「野底土南は誇大妄想狂か然《しか》らず、彼は私がこの島で会った、最も理性的な人物だった」と述べている。

野底が主席選挙に臨んで掲げたスローガンは、理性の支配する社会の建設だった。公認会計士らしく経済政策も具体的だった。

いま注目されている尖閣《せんかく》諸島の海底油田を国有化して国家財源にあて、健全な経済運営をしていくとの政策も盛り込まれた。

当時の沖縄には、本土復帰すれば社会矛盾がすべて解消するかの如《ごと》き浅薄な世論が支配していた。野底は周囲から奇異の目で見られながら、そうした世相にひとり警鐘を鳴らした。だが、野底をまともに扱う者はほとんどいなかった。

野底への質問は病状に配慮して、二、三にとどめた。

――野底さんは沖縄でも最も貧しく、最も差別された与那国のお生まれです。そうした成育環境が〝沖縄独立論〟に影響したということはありませんか。

「僕が独立論を唱えるのは、沖縄本島の連中に負けちゃいかんという思いが小さいときからあったからです。私は小学校時代から英語のテキストをお祖父さんに買ってもらって勉強していました。祖父は久部良《くぶら》の港で、香港《ホンコン》や台湾と取引する船員相手の雑貨屋をやっていました。子どもの頃からそれを手伝い、祖父の書記のようなこともやっていました」

――それで世界に目が開かれ、自尊心が培われた。今日は琉球共和国の旗も持ってきたんですが、いまでも琉球独立を声高らかにあげたいという気持ちはありますか。

「ああ、いまでもありますよ。小さいときからの信念だから。もう七十を過ぎて私もそう長くはないと思いますが、屋良くんが琉球独立党をしっかりサポートしてくれていますし」

――最後に、いまの沖縄に、いまの日本に一番言いたいことは何ですか。

「いまの沖縄も日本も、結局はアメリカの言いなりです。憲法に書いてあるように、第三者に頼らないで自立しないといけない。アメリカ一辺倒の政策は、早晩改めなきゃならんときが必ず来ると思います。沖縄にも日本にもそれだけの力はあるんです」

ふと横を見ると、屋良の目に涙がにじんでいた。屋良は野底の意思を継いで琉球独立党の党首となり、二〇〇六年十一月の沖縄知事選に出馬した。だが、屋良は予想通り落選し、屋良の沖縄独立論に火をつけた野底土南も二〇〇七年八月、肺炎により七十九年の生涯を閉じた。

〝沖縄独立論〟の系譜は、決して大きな流れではない。しかし、そのかそけきせせらぎは、この島の地底深く走る伏流水のように、いまもヤマトンチュにまつろわぬウチナーンチュたちに脈々と受け継がれている。

背中の傷と差別

松永多佳倫

酷使への批難

〝散華《さんげ》〟

他を守るために犠牲になるような形で戦死することを美化して使われた言葉。

この単語が新聞紙上で躍ったのは一九九一年（平成三年）夏の甲子園決勝。沖縄水産のエース大野倫《おおのりん》の冠として堂々〝散華〟の二文字が当てはめられた。

この年、第七十三回夏の甲子園は、優勝した大阪桐蔭《とういん》よりも準優勝の沖縄水産のピッチャー大野に衆目が集まった。沖縄水産を二年連続準優勝に導いた大野は、肘痛をおしながら三回戦からの四連投35イニング５４６球を含む決勝までの全六試合をたったひとりで７７３球を投げ抜く。

閉会式の挨拶の際、大会会長の中江利忠《なかえとしただ》は異例ともいえるコメントを出す。通常は個人名を出さないのだが、７７３球をひとりで投げ抜いた大野の健闘ぶりに感動し、実名をあげて讃《たた》えたのだ。敗れはしたものの、負傷を抱えながらひとりで投げ抜いた姿は高校野球が最も好む〝美しさ〟という単語に置き換えられ、公共の電波を使って高野連のお偉方は全国に誇示した。

だが、無類なき感動の裏には、ときに悲劇が隠されている。

アルプススタンドにいた大野の母良江が、息子の勇姿をしっかり見届けようとしたそのときだ。

「あ、あの子の肘が……」

泣き崩れてそのままうずくまってしまった。

大野は右肘がくの字に曲がったまま動かない状態で球場を行進していたのだ。

試合後、大野は病院に直行し、くの字に曲がった右肘は〝右肘剝離骨折〟。ピッチャー生命を断念せざるを得ないという診断が下った。野球における根性の代名詞「腕が折れても投げる」という表現があるが、大野はそれを実際に体現してしまった。

「大野はかわいそうな奴《やつ》です。監督にイジめられて、肘まで壊されて……。でも高校を卒業したらいい投手になりますよ」

沖縄水産の監督栽弘義《さいひろよし》はスポーツ紙にこうコメントするのだが、これが物議を醸した。大野の頑張りには拍手を惜しむものではないが、高校野球の爽やかな美学として片付けるにはあまりにも酷であり、指導者として栽は勝つために最大限の努力を払ったのかどうか疑問視された。

現に、決勝戦前のNHKのインタビューを受けたときにも、栽はワザとなのかどうか無責任な発言をしている。

――大野投手がずっと連投ですけど……

「他にピッチャーいませんですから。ただ、ひとりじゃないですか、投手交代で失敗しない監督は……安心です」

――どこまでも大野くんの右腕に懸けるというか、

「いや、いないんですから、しょうがないです」

栽はインタビュアーの質問を遮るかのように答える。大野が肘痛で苦しんでいることは栽が一番わかっている。控えピッチャーがいないと公言していたが、県大会では1イニングだけだが大野以外が投げている。投げさせようと思えば他の選手を投げさせられた。それでも大野ひとりに固執する栽。まるで甲子園で殉死させることが至上の美学だとしか考えていないかのような起用法。チームのために犠牲になるのはエースの宿命、大野の未来など知ったこっちゃないという無謀ともいえる決勝戦の大野先発。エースで負ければ、学校関係者、後援会等に格好がつくといった保身のための起用法とも映った。

《いつか監督を殺してやる。毎日、そればっかり考えていました。一日として監督を恨まない日はなかった。高校野球の思い出といっても辛《つら》いものばかり……。残念なことに三年間の高校野球生活で楽しいと思ったことは一度もなかったですね》（『Jリーグからの風』集英社文庫）

沖縄水産を卒業し、九州共立大学二年生のときに大野はインタビュー取材で答え、自分の意志とは反した内容を掲載され、今でも怒り心頭である。当時は、投手を諦め野手として再出発しているのにもかかわらず、大野は沖縄水産時代の思い出をあまり語ろうとはしなかった。右肘の手術の傷跡もくっきり残っていたが、それよりも心の傷跡のほうが深かったのだ。

そもそも大野が肘を痛めたのは高校三年の春、薫風吹く五月中旬に行われた熊本県高野連主催の招待試合、熊本工業と鎮西《ちんぜい》のダブルヘッダー。二試合とも先発し十八回を完投、そして沖縄に戻って翌日ブルペンに入ったときだ。

「ボキッ!」

衝撃音が身体中《からだじゆう》に響きわたった。瞬間、「まずい」と思った。これまで脚の疲労骨折、わき腹の筋肉挫傷、肘痛と三度の怪我《けが》から復活した大野だが、今回の肘痛は今までとは比べものにならないほどのヤバさを感じた。病院に行けば間違いなくドクターストップがかかると思い、誰にも公言しなかった。そんな状態で練習試合に投げれば打たれるの繰り返し。他の選手たちも大野の状態に首を捻《ひね》る。「おい、大丈夫かよ、あいつ」。疑念の目で見る仲間たち。

肘痛をひとりで抱える大野は悟られまいと誰とも話さず、隅っこで肘をかばいながらゆっくりアンダーシャツを着替える。それを見てサボっているようにとらえる者もいた。

「高二で甲子園に行っているから満足してるんじゃねえのか」「ときおり肘を気にしているけど、ありゃ、言い訳だろ」。仲間たちから白い目を向けられ、どんどん孤立する。大野は今更、実は肘が痛いんだ、と言って逃げ道を作りたくなかった。なによりも言ったところでどうにもならない。チームの士気を下げるだけだと勝手に判断した。

五月下旬、県大会直前の那覇《なは》商業との練習試合四連戦で四連敗した。途中まで大差をつけて勝っているにもかかわらず大野は終盤になると握力がなくなり抑えがきかず打たれて逆転負け。試合後のミーティングの途中で、栽は怒りにまかせて大野を殴りつける。

「ヤー、死なす！（きさま、死んでしまえ！）」

サンドバッグ状態で、栽は大野を殴り続ける。しまいには張り手から拳にかえて何発も殴る。県大会前なのに無様な投球しかできない大野を許せなかった。それでも怒りは収まらず、ミーティングが終わって一旦解散になっても、大野の胸ぐらを摑《つか》んでまた殴りつけた。

「中学の頃から沖縄水産で栽先生の下で野球をやると決めてましたから。中学三年のとき栽先生がダブルストッパーでバリバリ活躍中の中日の上原晃《うえはらあきら》さんをシーズンオフに実家へ連れて来てくれたんです。上原晃と言えば、沖縄の子どもたちの憧れだったから、その場で『沖水に行きます』って言いました。これも栽先生の戦略ですよ」

栽は、中学時代から一四〇キロ以上のボールを投げ、身長一八四センチの大型右腕の大野をスーパーエースにするために徹底的にスパルタでしごいた。

「栽先生には自分が一番殴られました。ビンタじゃなくてグーパンチです。マグカップは投げるし、イスは投げられるし、殴られるわ、大変でした」

大野は高校時代の良き思い出として何も意に介さず、あっけらかんとして話す。

栽は大野に対してこれで壊れるのなら全国制覇は到底無理という気概で、なにかにつけて殴って殴って殴り倒した。沖縄水産のグラウンドでの練習試合では平気で張り手をし、ときにはベンチ裏にある鉄格子の倉庫の中に入れて殴る蹴るの一方的な大乱闘が始まる。倉庫のドアが閉まり「ガラガラドカドカボカッボカッ」の音が聞こえるたびに、選手たちは「また、ヤラれてる」と恐怖に戦《おのの》く。

監督である以上、主力選手の異変には気付くはずだ。ましてやエースで四番の大黒柱の調整には目を凝らしている。高校二年までに三度の大怪我に見舞われた大野だけに、指揮官としては故障を再発させてはいけないという懸念と配慮がある。それでも栽は、大野の肘痛に気付きながらも登板させた。

勝利至上主義。甲子園常連校では議論の余地もなく、当たり前の単語となっている。高校野球は〝教育の一環〟と謳《うた》いながらも、私立は県外からの野球留学生を入部させ、スポーツ科を設けることで午後からの授業を体育として練習にあてる。

沖縄水産は、県立でありながら水産高校という特性のため全島から選手を集めることができる。各強豪中学のエースと四番に声をかけ、沖縄水産はオール沖縄と揶揄《やゆ》されていた時期もあった。栽は勝つために選《え》りすぐりの選手を沖縄水産に集結させ、一時代を築く。一九八四年（昭和五十九年）から一九八八年まで夏の甲子園五年連続出場、さらに一九九〇、九一年と史上初の二年連続甲子園準優勝と栄華を誇った。栽は、この二年連続甲子園準優勝で沖縄の地位を盤石のものとし、沖縄高校野球界の天皇として堂々君臨する。

　当時のライバル高校の野球部員によると、

「栽先生といったら、沖縄では雲の上の人ですから。球場ですれ違うたびに挨拶したんですけど、まるっきり無視されました。ショックでしたね」

　他校の選手が帽子を取って挨拶をしても、栽は悠然と構えているだけだった。

　二年連続準優勝のため甲子園後は高校選抜のコーチとして同行する。これは甲子園優勝、準優勝監督だけに与えられる名誉でもある。沖縄に帰ってきてからも栽は高校選抜のＪＡＰＡＮの帽子をこれ見よがしに被《かぶ》って指揮をとるなど、我が世の春とばかりに得意満面だった。

　だが、準優勝という栄光の代償として大野が大きな犠牲を払ったことを世論は見逃さなかった。日刊スポーツでは決勝戦の翌日の紙面に、『酷!?　連投　これでいいのか……甲子園日程』という大キャッチで一ページにわたり、大野の連投による故障、炎天下の甲子園の日程を議論するなど、大野の玉砕は民意を動かした。

この試合から四年後の一九九五年十二月、高校野球連盟は甲子園大会において投手の出場禁止規定を設ける。投手全員に肩および肘関節に関する検診、医師の許可のうえ出場することを義務付けさせた。大野の憤死のおかげで一九七〇年代から問題視されていた甲子園大会におけるピッチャーの規定が変わったのだ。さらに二〇一三年夏から準決勝の前に休養日が設けられることになった。大野は犬死にではなかった。だからといって大野が犠牲のうえで投手を断念せざるを得なかった事実は変わらない。類い稀《まれ》なる才能を秘めたピッチャー大野を甲子園という大舞台で潰した罪は大きい。大野だけでない。表に出ないだけで今まで何人の選手が潰れていったかわからない。

栽は高校野球の悪《あ》しき伝統を悪びれることなく継承し、「教育」の名のもと暴力を正当化して指導し、ことあるごとに〝沖縄に優勝旗がこないうちは、戦後は終わらん〟と怪気炎を上げてきた。そんな栽を全国の高校野球ファンは、選手を駒としてしか扱わない甲子園常連校の名将もどきの悪辣な監督と捉えた。高野連のシステム的な問題点もあまり言及されないまま矛先はすべて栽に向けられ、悪の権化は栽ひとりとなってしまった。一旦定着したイメージはなかなか払拭することはできない。

栽弘義にとって四十三年間の高校野球指導者生活とは、一体なんだったのだろうか。沖縄で生まれ育った栽が沖縄で見たものとは。子どもたちに何を求めたのか。

高校野球では不祥事があった場合、学校側は事実より理由を重んじる。体裁を取り繕うためだ。そんな作られた理由ではなく真実を知りたいがために、沖縄という歴史的にも特別な地であることを踏まえながら私は栽弘義の半生を追ってみた。

沖縄戦と米兵

那覇市中心部を通る国道58号線から331号線を南へ一二キロメートル、車でおよそ二十分走ったところに人口六万人の糸満《いとまん》市がある。

栽弘義の生まれ育った地域だ。「イトマン海人（ウミンチュ）」で有名な沖縄本島南部に位置する糸満市は、戦前漁師町として栄え沖縄一の大都市であった。と同時に沖縄戦で最も激戦地になった地域でもある。

栽は一九四一年五月十一日、沖縄県糸満市に生まれる。真珠湾攻撃の約七ヵ月前である。父吉秀と母カメの間に、女の子三人、そして最後にできた子が弘義。待望の長男誕生である。

もともと栽家のルーツは奄美大島《あまみおおしま》にあり、本家は〝栽〟ではなく〝栽原〟姓を名乗っている。姓について少し触れると、一六二四年薩摩藩《さつまはん》が琉球《りゅうきゅう》に対し、「大和《やまと》めきたる（大和のような）名字は禁止」という布令を出した。前田は真栄田、福山は譜久山、船越は富名腰といった三文字の漢字に換えている。一六〇九年、薩摩藩が奄美大島を制圧したときにも薩摩本土と区別するよう奄美大島の住民に一文字姓を名乗らせる。対外的には奄美大島は琉球王国の支配地という形をとり、薩摩藩が直轄していることを隠した。明《みん》、清《しん》が琉球との交易を断つのを恐れたためである。奄美大島は二重三重に統治された悲しい歴史がある島なのだ。

一文字姓は中華帝国圏の文化の象徴でもあり、一文字姓のほうが中国との交易には都合がよかった。明治政府になってから二文字姓に改正してもよくなり、戦後のアメリカ軍政時代（一九四五〜五三年）は簡単な手続きですんだので、二文字姓が増えた。

父吉秀は与論島《よろんとう》で生まれ、石垣島《いしがきじま》で育った。そして小学生の頃、糸満へ売られた。いわゆる糸満売り（イトマンウィ）である。

「言うこと聞かないと糸満に売るぞ」。戦前の子どもたちへの脅し文句だった。

貧困にあえぐ農村地帯では、農家の子どもたちが借金のかたに糸満に売られる。雇われた十歳前後の子どもをヤトゥイングゥ（雇いん子）と呼び、糸満漁夫の下に前借金の代わりとして年季奉公に行かされる。そう言えば聞こえはいいが、とどのつまり〝人身売買〟。戦前の沖縄では糸満の漁業生産力の発展のため農村地からの労働力供給という大義名分のもと、堂々と糸満売りは慣習化していく。糸満売りでは、男子は漁業、女子は機織り、かまぼこ屋、漁家の炊事、子守り、魚売りが主な仕事。

糸満で行われるアギヤー（追込網漁）には優れた潜水技術が必要とされ、泳げない者は親方から凄惨《せいさん》なるシゴキを受ける。姿、格好は、坊主頭にふんどし一丁だけ。風呂にも入れず、皮膚は潮負けして、吹き出物が顔、頭と身体中にあった。臭くて汚くて、とても人間には見えなかった。

父吉秀は、若い頃はイトマン海人として漁師をやり大海原にも出ていたが、時代の移り変わりを見計らって養豚場を経営する。大量の豚の餌が必要なため近くの糸満高校の宿舎に残飯を貰《もら》いにいっても、ただでさえ食料が不足しているのに宿舎から残飯など出るはずもなかった。焼け野原からの復興の時期でいろいろと苦しかったが、なんとか細々と経営していく。

肩を寄せ合って生きていた沖縄県民。吉秀とカメの必死の働きにより、ひとり息子の弘義はすくすくと育つことができた。

「だめ、食べたら死ぬっ！」

母カメが咄嗟《とっさ》に払いのける。

米兵が差し出したドロップを栽が食べようと手に掴んだときだ。四角いアルミ缶から取り出されたドロップが木漏れ日でキラキラと光り輝くほど、死を誘う毒薬に見えた。

一九四五年六月、栽は四歳になったばかり。激化してきた南部前線。近隣の住民はガマ（自然洞窟）に避難するが食料はなく、飢えを耐えしのぎ、喉の渇きは雨水でやり過ごす。育ち盛りの栽は栄養失調となり、カメの腕の中でぐったりしている。すると、突然の爆音。手榴弾《しゅりゅうだん》が投げ込まれたのだ。米兵が投降を呼び掛けているが、誰も出て行こうとはしない。投降して捕虜になれば男は死ぬほど労働させられた後に撲殺、女は暴行後に惨殺という噂《うわさ》がたっていたからだ。このままガマの中にいても死ぬだけ。精も根も尽き果てた人々は殺される覚悟で投降する。

ぐったりした栽を背中におぶい、カメはみんなと一緒にゆっくりと歩く。すると、周りの人たちが「息子の背中が燃えとるぞ」と叫んだ。手榴弾が爆発したとき火の粉が栽の背中へと燃え移ったのだ。必死で火を消すカメ。栄養失調のためか自分の背中が燃えているのに声も出せなかった栽。幸い、糸満市大里に現存する湧水「嘉手志川（カデシガー）」の水で火を消しさることができ命に別状はなかった。これが元で、栽の背中には大きなヤケドの跡が残った。

ガマの外に出ても火炎放射器や銃を装備している米兵に囲まれ、恐怖と戦慄に襲われて身体が動かない。カメはいつ殺されるか気が気ではなかった。米兵が栽の背中のヤケドの手当てをしながら、腹をすかせている栽にドロップをあげようとしたのだ。

沖縄戦で三人の姉を失った。きょうだいで生き残ったのは栽ひとり。

十九歳の次女、十六歳の三女は戦時中の混乱で行方不明となり、二十三歳の長女は、ガマの上から落ちて来た石に当たって死んだと教えられてきた。

一九七九年十月二十三日、母カメが永眠。享年七十九歳。このとき息を引き取ったカメの枕元で母の友人がゆっくりと口を開いた。

「一番上のお姉さんは、実はお母さんの目の前で集団自決した。親として耐えられないわが子の最期だった。あの世に行くまで、真実を隠し続けたことを許してあげなさい」

日本軍の編成や動向、陣地などの軍事機密を知っている住民に対し、日本軍は自決命令を直接・間接に通達する。行き場を失った人々は山中や壕《ごう》の中で軍の命令を信じて自決を決行した。手榴弾で自爆する者、手榴弾がない者はカミソリ、鎌、包丁などで親子、兄弟がたがいに刺しあって絶命。慶良間《けらま》諸島では、渡嘉敷島《とかしきじま》三百二十九人、座間味島《ざまみじま》百七十一人、慶留間島《げるまじま》五十三人が集団自決している。

日本軍が自決を強要・強制したのかどうか教科書検定等で問題になっている集団自決。日本軍が命令しようとしなかろうと、集団自決をした史実は書き換えることはできない。

衝撃の告白に栽は戦争の無情さを知り、今まで戦争に正面から向き合っていなかったことが恥ずかしく思えた。

一四二九年、この地が琉球王国に統治されてから四百五十年の間、島津《しまづ》侵攻（一六〇九年）を除けば、民族が一切武装せず自然とすべての生命と共生しながら生きてきた場所、それが沖縄である。

沖縄戦は、薩摩の島津家久《いえひさ》が琉球に侵入して以来の戦いであった。

そもそも日中戦争（一九三七年〜）で長期戦の泥沼に入り込んでいた日本は、東南アジアを侵略して必要な資源を手に入れようとした。そのため、中国を援助するアメリカ、イギリスと対立し、ついに一九四一年十二月八日、アメリカ、イギリスに宣戦布告。

陸軍は、イギリス領マレー半島北部のコタバル、タイのシンゴラに奇襲上陸、海軍はハワイの真珠湾を攻撃。太平洋戦争の幕開けとなる。

一九四二年六月、ミッドウェー海戦で米軍に大敗し、転機を迎える。

一九四四年七月、サイパン島を占領した米軍は日本への空襲を開始。

同年十月十日、沖縄の那覇市を中心に南西諸島は、猛烈な空爆を受けた。那覇市にいたっては、市街地の90パーセントが燃失した。この日だけで、死者約六百人、負傷者約九百人、全壊・全焼家屋約一万千五百戸あまり。来襲した米軍機は延べ千四百機。二日間にわたって燃え続けた。この日の攻撃は〝十・十空襲〟と呼ばれ、沖縄県民にとって耐え難い日として深く胸に突き刺さる。この日、那覇市に五百四十トン以上の爆弾が投下され、一坪におよそ二十発の爆弾がぶち込まれたと言われている。そのため現在においても、那覇市全般において緑がほとんど見当たらない。申し訳ない程度に木々が植えられてはいるが、爆弾によって土がえぐられ草木が育ちにくい状態となっており、今も戦争の爪痕は残っている。

そして一九四五年三月二十六日、米軍が沖縄へ上陸。沖縄戦が開始された。米軍の攻撃はおよそ九十日間続き、「鉄の暴風」と形容するほど島全体を叩《たた》きのめした。大本営の方針により、来るべき本土決戦への時間稼ぎのため沖縄は捨て石としか考えられておらず、一番戦争が長引きそうな南部地域へ戦場を移す。民間人がごっそりと残っている中で米軍に追われるという最悪の事態を引き起こしたのだ。堅牢《けんろう》な地下壕を作る間もなく、住民はガマに避難するしかなかった。米軍は新型の火炎放射器でガマの中や森の木木を焼き尽くし、さらにガマの上からドリルで穴を開け爆弾やガス弾を投げ込み、また土砂を崩して生き埋めにするなど、あらゆる攻撃でガマを破壊し避難民をいぶり出した。

沖縄南部全域が前線になり、多数の民間人がいきなり前線へと放り出されたことが史上最悪の惨劇を生んでしまった。

沖縄戦での戦没者数約二十万人。そのうち民間人が約九万四千人、当時の沖縄の人口の四人にひとりが死んだ計算となる。那覇市西町で生まれた山里重満《しげみつ》さん（八十五歳）は、訥々《とつとつ》と語ってくれた。

「沖縄で怖かったのは日本の軍隊のほうです。壕に隠れていても日本兵が来ると平気で住民を追い出しますからね。母と姉と弟の四人で逃げて与那原《よなばる》に住んでいる叔父と合流したんです。南部の与那原の海岸には鉄鎖のように繋《つな》がって見える、物凄《ものすご》い数の軍艦が集結していました。大砲を放てば平地では逃げ場がないくらいの数だったと思います。

山の上のガマに隠れていましたが、ここにいたら危ないということで国頭《くにがみ》に行こうとなって移動しました。

米軍は攻囲に見せかけて北谷《ちゃたん》の砂辺あたりに上陸した。東海岸ではなく、西海岸に上陸したということは、米軍は私らの行動をすべて見破っていた。ちょうど私たちが北部に移動する時に地雷を埋めていたんだから。移動中に大人たちから『見極めて行け！死にたいのか‼』と怒鳴られました。歩いていて石につまずいたと思ったら人間なんです。そこらじゅう死体です。石川《いしかわ》では、豚も殺され、人も殺され、焼夷弾《しょういだん》で家も焼かれてました。そして、金武《きん》まで逃げてガマ（壕）に入って避難していると、米兵が『出てこーい、出てこーい、大丈夫、大丈夫』と叫ぶ声が聞こえる。ガマの奥から名護《なご》に抜ける道があると聞いていたけど、そんな道なんかないわけさ。みんな途方にくれていると、叔父が『アメリカは神の国、キリスト教だから、手を挙げて助けて助けてと言えば、女、子どもと年寄りは殺さないから』と言った。そしたら、『おまえはスパイだ、殺せ殺せ！』と大人たちが狂った目で叔父に向かって言う。叔父は映画技師をやっていて上映前にアメリカのニュースも流していたから、アメリカを知ってるんだと力説し、『子どもと一緒に上に上がるから、それで殺されるんだったら逃げてください』と言い残し、私たちを連れて『ヘルプ！　ヘルプ！』と言い、無事ガマの外へ出たんです。収容所に入れられ捕虜となりましたが、こうして生きています」

当時、住民の間ではアメリカ兵に捕まったら男は撲殺され、女は強姦《ごうかん》されて刺し殺されるという噂が流布されていた。これもそれも住民が米軍に情報を漏洩《ろうえい》しないように日本軍が情報操作した結果、悲劇の集団自決が決行されたのだ。

戦後生まれの人に、戦争責任はない。だからといって、過去の出来事に無関心でいることは、今生きている現代までもきちんと見つめることができないのではないか。旧西ドイツ大統領だったリヒャルト・フォン・ヴァイツゼッカーは、こう述べている。「罪の有無、老若男女いずれを問わず、われわれ全員が過去の責任を引き受けねばなりません。全員が過去からの帰結に関わり合っており、過去に対する責任を負わされているのです」

生きるということは、過去・現在・未来すべてを背負い込むことである。眩《まばゆ》い光の裏にある深い闇にも目を向けねばならないのだ。

生かされた命に感謝しながらスクスクと育った栽は小学校に入ると、地域でウーマクー（やんちゃ）ぶりを発揮する。六年生のときに友だちと二人で壕の中に入ってはシャレコウベを見つけて外に吊《つ》るし、棒でカンカン鳴らして遊んだ。近所の人に見つかりこっぴどく叱られたが、懲りずにまた壕の中に入ってはシャレコウベを吊るして遊んだ。何事にも物怖《ものお》じしないガキ大将として栽は成長する。

栽のアダ名は「カンパー」。大きな傷のことをウチナーグチ（沖縄方言）で〝カンパチ〟と言い、それが訛《なま》ってカンパー、もしくはパチャー。栽の背中の火傷《やけど》をもじってつけられている。糸満の人間は口が悪く、肉体的弱点を平気でアダ名につけたりする。

中学生になると、栽は野球部に入り主力として頭角を現す。勉学にも勤《いそ》しみ成績は常に上位。学芸会ではロマン派の詩人・作家のヴィクトル・ユーゴー『レ・ミゼラブル』で主役のジャン・ヴァルジャンを演じた。学芸会のレベルをとうに超え、鬼気迫る演技で観《み》る者を魅了する。あまりの演技の上手さに「俳優になれる」と女生徒から絶賛され、悪友たちからは、「ジャン・ヴァルジャンは牢獄《ろうごく》に入れられるから、その顔でいいんだよな」と皮肉を言われるなど、学校内でも一、二を争う注目人物だった。

スクラップ回収

山中は、蒸すような暑さだった。

額から湯水のようにだらだらと噴き出す汗をぬぐいながらも、しっかり両手で持ったつるはしが勢いよく土にめり込む。

「デージアチサンドー（とても暑い）」

中学三年生の八月、栽は糸満の小高い山の中にいた。夥《おびただ》しいガレキの山。飛行機の残骸、砲弾の破片、手榴弾、薬莢《やっきょう》といった戦争のガレキをつるはしで掘り起こしては、それを麻袋に詰めた。野球道具はすべて米軍からの払い下げで、革製のグラブ八ドル五十セント、スパイク二ドル五十セント、一式買うためにスクラップ回収のアルバイトをしていた。

一九五〇年に勃発した朝鮮戦争は日本国内に金属需要をもたらし、沖縄戦の残骸がスクラップとして一九五三年頃から内地へ輸出され特需景気となる。鉄くずが金に換わると知り、子どもたちまでもがスクラップ拾いに駆り出された。一九五六年から五七年にかけてスクラップブームに湧いた沖縄では少年窃盗事件が多発。コンクリートで土台固めした鉄筋を狙っての犯行である。しかし、元手が掛からない金儲《かねもう》けとはいえ、常に死と隣り合わせだった。手榴弾の不発弾がそこらじゅうに残り、手足を吹っ飛ばされる人が続出した。一九五八年四月十七日には読谷村《よみたんそん》沖の海中で沈没船の解体中に砲弾が爆発し、四十人が即死するという大事故も発生。栽の叔父も不発弾が爆発して死んだ。

命がけのスクラップ回収のバイト。ガレキの山で足の踏み場もない光景が眼前に広がる。心が痛んだ。姉を奪い、自分もあと一歩で死に至るところだった戦争の残骸を集めては金に換え、野球のグラブを買う。惨めな気持ちになった。「ここまでしなきゃあかんのか」。苛立《いらだ》ちと焦燥が塊になって栽に襲いかかる。

焦土の地から立ち上がるために何でもやった時代。みんなが貧しく、生きるために必死だった。

母カメは弘義が命を落としかねないスクラップ回収のアルバイトをやることに猛反対だった。海で泳ぐことさえ許さず、野球をやると言うと「あんな野蛮なスポーツなんてするんじゃない」と激昂《げっこう》する。三人の娘を戦争で失い、ひとり生き残った弘義を危険な場所に近づけたくないという母心と、憎きアメリカが生んだスポーツに関わらせたくないという拒絶心もあった。

栽が野球の虜《とりこ》になったきっかけは、体育の授業でやったのが始まり。米軍からボール、バット、グラブを一個ずつ支給され、みんなが無我夢中でボールを追いかけた。家に帰れば米軍のテントの切れ端を縫った手製の濃緑色のグラブでキャッチボールをする。

栽は新聞紙上でこうコメントしている。

「僕は戦争というものに何の行動も起こせなかった。力弱い部分かもしれない。もし、戦争に正面からぶつかっていたら、野球は続けることができなかった」

朝鮮戦争まっただ中、ベースキャンプで明日をも知れない命にもかかわらず、野球をやる米兵の姿は栽の眼にどう映ったのだろうか。野球にすがらないと正気を保っていられないかのようにボールを追いかける米兵。彼らは追い込まれた状態の中、ひたむきに野球をやった。晩年、栽弘義は、戦争と野球は別ものであると強調して言う。だが、あの日見た米兵たちの野球の裏側には戦争の影がしっかりと感じとれた。

栽の行動力は学校外でも噂のタネになった。

「栽の息子はフリムン（馬鹿者）じゃ！」

近所のおばあたちは栽をこう噂した。

「空き缶にセメントを入れて振り回している。フリムンだから近づかんほうがいい」

一心不乱にセメントを入れた空き缶を上下に持ち上げている。まだ若いのにとうとう頭にきてしまったか、おばあたちは不憫《ふびん》に思った。

一九四九年から始まった沖縄のチームと米軍のチームが対戦する〝米琉親善野球〟。米軍の陸海空軍、海兵隊いずれかの代表チームと職域野球のチームが対戦し、春から夏にかけて年二、三回行われ、普段は厳重な警戒体制だがこのときに限り基地は開放された。子どもたちも自由に基地に出入りし、米軍の野球チームとの試合を見て快哉《かいさい》を叫ぶ。丸太ん棒のような腕から放たれる打球は、ピンポン球のように沖縄の真っ青な空に吸い込まれていく。「どうしてあんなにボールが飛んで行くんだろう」、中学生の栽はいつも考えていた。ある日、米軍の練習風景を覗《のぞ》いた。その頃の米軍のチームには兵役のためにAAAやAAといったMLBのマイナーリーグの選手も加わっていた。そこでは見たこともないような光景を目の当たりにする。アメリカの選手たちがダンベルやバーベルといった器具を使ってウエイトトレーニングをしていたのだ。

「そうか、あれでパワーをつけてるんだ。俺もやらなくては」

純朴な栽は、さっそく手製のウエイトトレーニング器具を作り、ひとりせっせと家の隣の空き地でバーベルを上げていた。一九五五年、内地ではウエイトトレーニングで肉体を鍛えるボディービルがブームとなり、作家・三島由紀夫《みしまゆきお》がウエイトトレーニングにより肉体改造した姿がマスコミで大々的に取り上げられブームに拍車がかかった。残念ながら、沖縄まではボディービルブームの波が届かなかった。それなのに栽はひとりウエイトトレーニングで身体を鍛えた。パワーをつけて打球を遠くに飛ばすんだという思いを胸に手製のバーベルを上げ続ける。

母カメは近所の人たちにどんなにバカにされようが栽の行動について何も言わずただ黙って見守っていた。野球をやりたいと一度言い出したら聞かない栽にとうとう観念し、カメは米軍の払い下げのテントでグローブを縫う。前述したようにカメには三人の娘がいたが戦争で亡くなり、一番最後にできたひとり息子・弘義を大事に育てたのである。

カメは糸満高校のすぐ裏手で〝一銭マチヤグワー〟（駄菓子屋）を営んでいた。商店に遊びにきた子どもがお金を持っていなくても「お腹《なか》空いてるんでしょ？」と言っては飴玉《あめだま》やちぎったパンを分け与えた。糸満高校の生徒たちからも、〝サールおばあ〟と慕われ、彼らは昼休みや下校時間になると店に寄ってジュースやパンを買う。サルのような顔というより、オサルさんのように可愛《かわい》らしい雰囲気からつけられた愛称である。カメは凜《りん》とした顔立ちで糸満気質の美人だった。

泡盛で〝糸満美人〟という銘柄があるように昔から糸満は美人が多い地域と言われている。糸満は一九〇八年（明治四十一年）沖縄で初めて町になったほど、当時の沖縄では最も栄えていた。明治の中頃から大型の追込網漁の普及により、海外までその名を轟《とどろ》かせるほどの漁師町となる。美人が多いというのには諸説紛々あり、南洋あたりまで漁業に出ていた時代もあってか混血が多かったせいで南方系の美人が多いという説。また一九六七年に、沖縄県島尻《しまじり》郡具志頭《ぐしかみ》村港川《そんみなとがわ》（現・八重瀬《やえせ》町字長毛《ながもう》）で発見された約一万八千年前の人骨化石〝港川人〟は、今まで発見された更新世人類化石の中で最も保存状態が良く、日本人の祖先がどのような姿形をしていたかが明らかになった。南方系の古モンゴロイドの一派と考えられ、このルーツにより彫りが深くはっきりした顔立ちなのではないかとも言われている。とにかく漁業の町なので商売人が多く、糸満の女性は働き者でハキハキして愛想もよく人情に厚い。

カメは沖縄の歴史にも深く関わっていた。戦後焦土の中で生きていくため密貿易の頭目となり激動の人生を歩み、『ナツコ―沖縄密貿易の女王―』（文藝春秋）で半生が記されている金城夏子《きんじようなつこ》に密貿易を薦めたのがカメと言われる。米軍の占領下になった沖縄で、沖縄人が生きていくことがどれだけ大変だったことか。とにかく、生き抜くためには綺麗《きれい》ごとなど言っていられないのが戦後の沖縄だった。

沖縄戦の傷跡が生々しく残る中、米軍による占領下にあった厳しい時代をあえて「ウチナー世（うちなーゆ）」というならば、この時代に沖縄人として逞《たくま》しさとしたたかさを見せつけた母・栽カメと、戦後復帰し「ヤマト世（やまとゆ）」となった時代に沖縄に自信と誇りを回復させた息子・栽弘義。時代が違えど、カメも弘義も沖縄が沖縄として生きるために人生を歩んできた。

三塁打がない

甲子園がどこにあるのかもわからず、沖縄の球児たちが漫然と野球をやっていた時代、栽だけが高い志を持っていた。勝ち続ければ甲子園に行ける。栽は甲子園を目指すため糸満高校に入学した。

入学当初のポジションはキャッチャーだったが、腰を痛めたため途中から外野へコンバート。打順は二年生まで五番、三年生からはキャプテンをまかされ、不動の四番バッターでチームの司令塔的存在だった。

監督は仲村朝徳《なかむらとものり》。中学の教諭であったため練習に来られるのは週に一回。ときには一カ月に一回も練習に来られない時期もあり、選手全員で指導してもらいにわざわざ中学校へ出向くこともあった。基本的には選手たち自身で練習をやるような時代だった。

当時の沖縄野球の安打は三つしかなかった。単打、二塁打、本塁打。三塁打がなかったのだ。

沖縄で初めて本格的な球場ができたのが、一九六〇年に建設された奥武山《おうのやま》球場。それまで野球の公式会場に使われていたのが那覇高校のグラウンド。フェンスがないかわりに石灰でラインを引いて、それを直接越したら本塁打、ワンバウンドで越したらエンタイトルツーベース、つまり三塁打はない。グラウンドも沖縄特有の硬い赤土に加え、一九四五年四月一日から六月二十三日までの沖縄戦で五十一万発の艦砲弾と百七十七万発の銃砲弾を浴びたせいで地形が変わるほど土がえぐれ、そうしたところに土を盛り直しているため小石や破片がたくさん散らばっていた。正直、グラウンドコンディションと呼べるほどの状態などキープしていなかった。

当時は、夏の甲子園は一県一校ではなく、各ブロックに一校という代表枠だったため、沖縄は県代表になると九州のブロックで九州勢と戦わなければならない。九州の壁は厚く、ことごとく負け続け甲子園など夢のまた夢。沖縄が甲子園に出場できるのは確率的に10パーセントにも満たなかった。そこで起死回生の出来事が起こる。

一九五八年第四十回全国高等学校選手権は記念大会として一県一校出場となる。すべては高校野球連盟の当時副会長の佐伯達夫《さえきたつお》（故人）のおかげである。佐伯達夫といえば、高校野球に罰則を設け、野球部員以外の不祥事に対しても連帯責任として厳しい処罰を与えることで、「佐伯天皇」と恐れられていた人物である。一方で高校野球連盟組織の樹立やレベルアップのため日本各地へ出向き、沖縄では「佐伯先生なくして沖縄高校野球の発展はなし」と言われるほど、佐伯は沖縄のことをいつも気にかけていた。沖縄の高校を甲子園に出場させたい一心で数年前から尽力し、第四十回を記念大会として一県一校出場にしたのだ。沖縄県高野連としては、まだ時期尚早のため甲子園を辞退するべきではないかと議論された。もっとレベルアップしてから出場という意見も出たが、甲子園に出てこそ沖縄高校野球のレベルを試すチャンスでもあり、よりレベルアップにも繋がるとの結論に達し、沖縄県高野連は代表校を甲子園に送り込むことを決意する。

糸満も県大会を勝ち抜きさえすれば甲子園に出られる。高校二年の栽は二度とないチャンスだと思い、練習に練習を重ねた。

優勝候補は、石川、糸満、那覇商、那覇、首里《しゆり》の五校。好投手石川善一を擁する石川が最右翼。参加校十七校で大会が始まった。

強打の糸満は、二回戦前原《まえはら》13対0、準々決勝中部農林12対5と勝ち進み、そして準決勝で首里とあたる。糸満の強みはなんといっても積極的な打撃。3ボール後のボールは手を出さないというのが定石であったが、糸満は3ボール1ストライク後を積極的に打って行く姿勢を見せる。これが功を奏し、二試合とも大量点をあげて大差で勝った。地元紙『沖縄タイムス』では、この糸満の3ボール1ストライク後の積極性が沖縄高校野球の打撃に革新をもたらすものだと賛辞を送っている。

試合が始まると、両チームとも乱打戦となった。一九五八年七月十一日付けの『琉球新報』には、ホームランを打った栽がホームインする姿の写真が横位置で掲載されている。当時は、大会に一本か二本しか出なかったホームランだっただけに貴重なシーンとして掲載されたのだろう。さらに、この糸満対首里の試合は大会初の一試合2ホーマーというギャラリーには誠に喜ばしい試合でもあった。終わってみれば、糸満15安打、首里13安打で安打数では上回ったが、糸満は十個の失策を出し8対6で敗退。栽はこの試合センター五番で、3安打1ホームランだった。

首里はこの勝利によって勢いがつき、決勝戦石川に6対0で勝ち沖縄初の甲子園出場を果たしている。

この頃、沖縄高校野球ではプロ野球のように最優秀賞、打撃賞、殊勲賞、敢闘賞といった個人賞が設けられ、12打数6安打、打率五割の栽が打撃賞を獲得しトロフィーを貰っている。

この首里戦が契機となって栽の人生を大きく変えたとも言われる。

「首里高校の福原《ふくはら》朝悦《ちょうえつ》監督は学校の教諭で、毎日、授業と練習で生徒と接しながら鍛えてきたわけですよ。あの頃の沖縄には、そういう監督が少なくてね。監督と選手の距離というのは、ベンチを見ればわかります。だから、ホントうらやましかった。選手の個々の力は負けてないけど、ようするに自分たちの寂しさで負けたようなもんですよ。監督が毎日、指導してくれたら、僕たちのほうが勝ってたと思いましたからね。あの首

里高校のベンチを見て、僕が教諭になって生徒を甲子園に連れていこうと思ったんです」（『琉球ボーイズ』小学館）

いくら規律正しく練習をやっても選手たちだけでは限界がある。監督からの個人ノックによって技術と精神を鍛えあげられ、チームとして成長していく。

高校二年の栽は首里高校を見て嫉妬を覚えた。負けたショックよりも自分たちのチームに監督がいない寂しさが募ったことがどうにも許せなかった。あらためて野球というスポーツは、ひとりの監督と十数人の選手たちで戦うものだと知らされた一戦だった。

素手で食べろ、裸足でいろ

一九六〇年、青雲の志を抱きながら中京大学体育学部に入学。

中京大学は言わずと知れた愛知大学野球リーグの雄であり、二〇一六年現在、リーグ三十三回優勝、全日本大学野球選手権一回、明治神宮野球大会準優勝一回と、幾多のプロ野球選手を輩出した名門中の名門である。当時は中京、中京商業、三重高出身者、いわゆる中京ファミリーが中京大野球部を仕切っていた。

「体育学部の連中が野球部に入ってくるがじきに辞める。実技が一時間目にあるため授業に出ることがままならないためだ。体育学部でレギュラーに残った者はおらず、だいたい二年で野球部を辞めマネージャーで残ったりする」

当時の中京大監督の滝正男《たきまさお》（故人）が解説する。栽にとって唯一頭が上がらない野球の恩師であり、人生の師でもあった。

栽は地元新聞の沖縄タイムスに『オール沖縄の糸満高の栽選手、名古屋の中京大へ』と報じられるほど沖縄ではトップクラスの選手だったが、所詮沖縄でのレベル。中京大初日の練習で栽は愕然《がくぜん》とする。中京高校出身の甲子園出場組がウジャウジャいる中でスピード、パワー、技術、すべての面でレベルの差が歴然としていた。一八〇センチ前後の甲子園エリートたちは新調したグラブを手にし、ユニフォームもスタイリッシュにきめ風格が滲《にじ》み出ている。そんな中、一六〇センチあまりで不格好な栽は糸満高校で使い古されたボロボロのグラブを持って佇《たたず》む。色が黒く野性味溢《あふ》れる雰囲気を醸し出すが、野球の動きになると鍛え上げられた精鋭たちより一歩も二歩もスタートが遅い。バッティングには自信があった栽だが、内地のピッチャーのスピード、キレを見るととてもじゃないが太刀打ちできないと感じた。

「百年経《た》ってもレギュラーは無理だ」

選手としての夢が脆《もろ》くも崩れ去った瞬間だった。

内地の人間から見れば復帰前の沖縄はまだまだ蔑視する存在であり、沖縄人への差別は朝鮮人と同等で忌み嫌う対象でもあった。飲食店の求人の張り紙やアパートの空室ありの張り紙には堂々〝朝鮮人沖縄人おことわり〟と書かれていた。そのため出稼ぎのために沖縄の人々が内地へ渡りさまざまな職業に従事するとき、沖縄出身を隠すために名字を変えることもあった。

体育会特有の先輩からのイジメは当然あったが、沖縄から来たということでさらに陰湿なイジメの対象となった。

「沖縄では裸足《はだし》やろ、靴脱げ！」。スパイクを脱がされ裸足で練習をさせられる。

学校内でも偏見があった。教授が英語の授業に出ないでくれと言う。理由を聞くと、発音に自信がないから流暢《りゅうちょう》な英語を話す沖縄人には授業を受けてほしくないのだと言う。沖縄の日常は英語で会話をし、裸足で学校へ行く道すがらバナナを採って食べるというような生活をしていると本気で思われていたのだ。

沖縄から船に乗って鹿児島の税関を通るときも、沖縄人というだけでぞんざいな扱いを受けていた。あるとき、鹿児島の税関職員が沖縄出身の老人に対して乱暴な言葉遣いで扱う場面に遭遇し、大学生の栽は「おい、こっちはお年寄りだぞ。今の態度はなんだ？」と、職員に喰《く》ってかかって大立ち回りを演じた。権威主義の内地の役人たちは明らかに沖縄を下に見ていた。無下に扱われたことに苛立ちを覚え、栽は正義感からくる怒りが爆発したのだった。

野球部に栽を目の敵のようにしつこくイジめる先輩がひとりいた。

「服なんて着ないんだから脱げよ」「沖縄でやってるように手で食べろよ」「雄叫《おたけ》びを上

げてみろ」。先輩の言うことには絶対服従だが、あまりにも非人間的な扱いをすることに尊厳をいたく傷つけられた栽は、このままでは引き下がれなかった。

その先輩はトイレで大をするたびにタバコを吸い、当時は汲《く》み取り式なので吸ったタバコをそのまま下に捨てるというのが日課だった。そこで栽は先輩がトイレに入る頃合いを見計らって、アルコールをたくさん便器に入れておく。先輩がトイレに入り、しばらくすると「熱っ！」と叫び出す。タバコの火でアルコールが発火し、その先輩は尻をヤケドしたのだ。

やられたらやり返す。元来、気性の激しい栽は差別や偏見に対し屈せず、持ち前のパワーで粉砕していく。

三年生になった四月上旬、栽は滝正男の研究室のドアを叩く。

「先生に二年間中京野球を教えて頂きました。いまだ沖縄の野球が弱いのはいい指導者がいないからです。僕は将来高校教師になって沖縄の野球のレベルを上げて行きたいと思います。そのためにも全国の野球の強い高校を廻《まわ》って練習を見たり、指導方法を監督に尋ねたりしたいので紹介状を書いて頂けませんでしょうか」

日に焼けた黒い顔に宿る眼差《まなざ》しは真剣そのものだった。滝は栽の決意に心打たれ、早稲田実業、東邦、県立岐阜商業、平安（現・龍谷大平安《りゅうこく》）、浪商《なみしょう》（現・大阪体育大学浪商）、広島商業などといった二十あまりの全国の強豪校宛に紹介状を書き記して渡すと、栽は尋常ではない喜びようだった。

栽は在籍中の二年間、公式戦、オープン戦ともに出場ゼロ。打撃練習で一度もバットを振ることなく退部する。

夏休み、冬休み、春休みと長期の休みを利用して全国行脚をする栽。「同じような練習でも、伝統校には絶対に独自の練習方法がある。それを吸収して沖縄に持ち帰るんだ」。強い意志と希望を胸に汽車に飛び乗った。

中京野球と言えば、滝直伝の守りの野球。「守備を固めれば勝てなくても競ることはできる。1点差2点差で負けても次の練習に意欲が持てる」。中学野球に毛が生えたような沖縄高校野球に〝守りの野球〟を注入することが、レベルアップの近道だと栽は考えた。それと栽にはもうひとつ夢があった。プロ野球球団のキャンプを沖縄に誘致すること。トップレベルの技術を生で見て触れさせることで、沖縄野球全体の底上げになる。大学時代から栽は熱望していた。一九七九年に日本ハムが沖縄名護市にキャンプを張ったのが初めてであり、現在では十球団が沖縄でキャンプを張っている。多くの子どもたちがプロの一流選手のプレーを見て生で野球に触れ合うことができたからこそ、今日の沖縄野球の発展に繋がったのである。

栽の大学四年間は貧しさとの戦いでもあった。

仕送りなどなく、すべて自分で生活費を稼がなくてはならない。栽は大学四年間ほとんどバイトをしていないのにどうやって生活費を捻出してきたのか。それは、アメリカに統治されている沖縄の境遇を逆手にとったのだ。

栽は沖縄に帰郷するたびに、リュックサックに大量の食飲料品を詰め込む。ウイスキーのジョニ黒（ジョニー・ウォーカーの黒ラベル）三本、インスタントコーヒーとココアを四缶ずつ、〝ハーシー〟チョコレートとチューインガムを四箱。復帰前の沖縄から内地への持ち込みはジョニ黒三本、洋タバコ一カートンまでという税関による規制がかかっていたが、その他は自由に持ち込めた。

当時、内地では一本一万数千円という高級酒ジョニ黒が沖縄では格安で購入でき、年三、四回沖縄に戻って大量の食飲料品を持ってかえって内地の馴染《なじ》みのバーに卸せば、一年分の生活費を十分に稼ぐことができた。

酒を持ち込むたびに、少年の頃戦争の廃棄物を拾い集めていた思いが去来した。

「沖縄の誇りだけは捨ててはならん」

複雑な思いが交錯しながらも、生きるために密輸じみたことをやり糊口《ここう》を凌《しの》いだ。

大学三年のときには琉球空手部を作り、ボディービルブームにあやかってバーベルやダンベルを使用したウエイトトレーニングを独自に研究していく。

名古屋市の八事《やごと》にある中京大グラウンド横の四十名収容の学生寮に入っていた栽。ときおり野球部の練習をグラウンド脇でひとりノート片手に見ている。荒廃した沖縄にとって野球こそが最後の〝希望〟と信じて疑わなかった栽が、内地のレベルの高さに舌を巻き、野球を断念せざるを得なかった。栽のアイデンティティーは粉々に砕かれたが、それでも野球から離れられない。人間は何を守るかによって人生が決まる。選手として限界を感じた栽だったが、指導者として沖縄を強くしていこうという野望に切り換える。常に栽は立ち止まらずに明日を見ていた。

恩師滝正男は、数ある教え子の中でも栽のバイタリティーに一目を置いた。

「沖縄の子はちょっとメンタルに弱く、一歩退く傾向がある。戦前、琉球王国として栄華を誇っていたのを薩摩藩に侵略されて支配下に置かれ、どうしても表面に出るより一歩下がってしまう。栽はサードでしたが、四、五名いる中で、四年までやっていたらお情けでユニフォームは着れたかもしれないがレギュラーはまず難しかった。もし選手として残っていたら教員採用試験は受からなかったかもしれない」

栽が野球部を辞めてからは滝とは接点がなくなった。再び交わるようになったのは、栽が大学を卒業してから三年後であった。

消し去られた街、生の痕跡

藤井誠二

街の底で誰が、どんな生を営んできたのか？

真栄原新町《まえはらしんまち》に足を踏み入れた日から二〇年以上が経《た》った。私は沖縄に行くと、さまざまな用事の合間を見てタクシードライバー大城《おおしろ》（仮名）に連絡をしては性風俗業界の住人たちから話を聞くことを重ねていた。真栄原新町には定点観測的に足を踏み入れてきた。午前中に覗《のぞ》くこともあれば、にぎわう深夜帯に行ってみることもある。

真栄原新町は、碁盤の目というわけではないが、比較的整然と店舗が建ち並んでいる。街というよりも街の中のワンブロックと言ったほうがいいかもしれない。この数百メートル四方の中を、男たちは回遊することになる。道路は狭いがクルマも入ることができる。クルマは、女性を物色する男たちを押し分けつつゆっくりと走る。タクシーの客やレンタカーに乗っているのは、ほとんど買春客だ。タクシードライバー大城によれば、時に、乗せた女性客から真栄原新町を見たいという要望があるそうだが、そういう場合は窓を閉めたタクシーの中からにしてもらっているという。売春している女性たちが同性から見られることを極端に嫌うからだ。

あるとき店舗名を片っ端からメモしたことがある。「城」「Big」「ゴールド」「カフェーもり」「You遊」「ブルガリ」「フロンティア」「えっくす」「Honey Rose」「キャッツ」「ヴェール」「ZERO ONE」「ささやき」「KAZUMI」「鈴」「プリンセス姫」「美恋」「プラチナ」「葉ボタン」「フランタジア」「ぴぃち」「ホワイトラブ」「Yellow」「カフェニューだるま」「Mu」「ポイズン」「トマト」「オブシディアン」「スティッチ」「pico」……屋号や字体からして「昭和」を感じさせる古びたネオン看板から、派手な色彩で店名がペイントされた今どきの風俗店然とした看板までさまざまだ。街の年輪を改めて感じてしまう。

店舗はおしなべて安普請である。プレハブ小屋にネオンサインをつけただけのような店、二〜三階建てのビルのような建物、沖縄でよく見かけるコンクリートづくりの平屋、沖縄独自の赤瓦屋根の民家の正面に張りぼてのようなファサードを取り付けて「店舗」らしく仕立てた店。どの建物にも目張りを施したアルミサッシの引き戸が二〜三ヵ所設けられていて、それが入り口になっている。そこに女性たちがいるわけだが、奥の方を覗き込むと、取ってつけたようなバーカウンターがしつらえてあり、ウイスキーの瓶が数本置いてある店もあった。ここが風俗営業法上の届け出では「飲食店」であることを、かたちだけとりつくろうためだろう。

まぎれもない売春の現場に置かれた、舞台装置のようなバーカウンター。この光景は、写真家の八木澤高明《やぎさわたかあき》の『娼婦《しょうふ》たちから見た日本』（角川書店、二〇一四年）によると、開港期の横浜で起きたある事件に端を発している。一八七二（明治五）年にペルー船「マリア＝ルス号」が横浜港に入港した際、清国人《しんこくじん》の苦力《クーリー》（重労働に従事させられた下層労働者）が閉じ込められていることが発覚し、明治政府が事実究明に乗り出して苦力全員を救出し、清国へ引き渡したという事件である。このときにペルー側弁護人のイギリス人から「日本にも奴隷が存在する」と遊女の存在を逆に指摘され、これがきっかけとなって明治政府は芸娼妓《げいしょうぎ》解放令を出した。仕事を失った楼主や遊女のために政府は遊廓《ゆうかく》を貸座敷とする規則を施行する。つまり遊女と客は自由恋愛によって遊廓を使用するという建て前を認めたのである。「自由恋愛」として売春を黙認するようになるのはそれからだ。「ちょんの間《ま》」も、飲食店としての体裁を整えることを指示されたため、いまのようなスタイルとなったようだ。

「ちょんの間」とは「ちょっとの間に性行為をする」という言い方が短くなったものらしく、かつての赤線や青線で営業していた性風俗の店がそのまま残ったものだ。沖縄だけでなく、これまで日本各地に存在し、現在も「ちょんの間」が営業を続けている地域も数少ないが存在する。各地の「ちょんの間」は、値段やサービス内容が異なる。外観も、「飾り窓」のようなところもあれば、時代劇映画に出てくる遊廓のような建物が残っているところもある。「商人宿」と呼ばれる木造の安宿風の建物が建ち並ぶところもあれば、鉄道の高架下にずらりと軒をならべる一帯もあった。

そういった売春店は、スナックやカフェという看板を掲げて、偽装して生き長らえてきた。また、「ちょんの間」が時代に取り残されたように軒を連ねる地域には、そこに共生するように、性的サービスの伴わないスナックや居酒屋、喫茶店、アパート賃貸業、金融屋などが営業してきた。

まがまがしい光を放つ真栄原新町では、どんな人々が、どんな生を営んできたのだろうか。街の底にくぐもった人々の声や語りを記録したい。私は次第にそういう思いに駆られるようになった。私の沖縄イメージを揺るがせた、沖縄のアンダーグラウンド。しかしその上辺だけを見て知った気分になっていても、それはそれでやはり一面的な話でしかない。売春街にはセックスワーカーはもちろん、性風俗店の経営者もいるし、ヤクザもいるだろう。そういった人々の姿を取材して、その存在を描くことはできないだろうか。

しかし、取材対象者を匿名で書いたとしても、狭い社会の中では特定されかねないため、それまで気さくに話をしてくれた人たちも、いざ「取材されて書かれる」という段になると、嫌がった。それもあって、執筆意欲の半面、私には躊躇《ちゅうちょ》する気持ちもあった。

そんな私の背中を強く押す事態が進行していることを知ったのは、二〇一〇年の暮れのことだ。皮肉な話かもしれないが、街を「消し去ろう」として勢いづく潮流が、街の人々の意識を変えることになったのである。

あの街がゴーストタウンになった

二〇一〇年の暮れ、たまたま那覇《なは》に滞在していた私に、タクシードライバー大城から電話があった。真栄原新町の大半が店を閉め、ゴーストタウンのようになっているというのである。

当時、真栄原新町にはたまたま一年以上足を運ぶ機会がなかったこともあり、私は状況の推移を把握していなかった。たまに見ていた地元新聞の記事で、取り締まりが強化されつつあるということは知っていたが、それほど急な展開をみるとは想像できなかった。

私はいてもたってもいられなくなり、すぐに彼に合流して真栄原新町へとタクシーを飛ばしてもらった。彼はハンドルを握りながら、警察の取り締まりがこのところ厳しくなっていたこと、同時に住民らによる「浄化運動」が繰り広げられていたことを教えてくれた。それにしても、たしかに非合法な商売を行っている街だけれど、害虫駆除ではないのだから、人間相手に「浄化」という言い方をしてはばからない発想とはなんなのだろう。私は不快感のようなものを覚えながら大城がまくしたてる話に聞き入っていた。

着いたのは夜七時をまわった頃だ。あの猥雑《わいざつ》な眩《まぶ》しさは幻だったのかと錯覚してしまう。店の灯は消え、街灯だけが街をぼんやりと照らしていた。薄暗くなった街中を、私は人の気配を求めて彷徨《さまよ》った。数店は営業しているように見えたが、女性の姿は店先にない。ガラスのドア越しにかすかな灯《あか》りがついていたが、扉はかたく閉ざされていた。店の女性たちが餌づけしてきた何十匹という猫たちが道を横切り、屋根の上から私を見ていた。街が消えたことを知らない観光客らしき数人の集団と時折すれちがう。彼らはどこも営業していないことを悟ると、あっと言う間にレンタカーに乗って去って行った。「真栄原社交街」という、県道三四号沿いに立つ唯一の目印だったゲートが撤去されて間もない頃だった。私が初めての沖縄旅行のときに見た、あの妖しい光景は建物だけを残して完全に消え去り、人々の気配すらなくなっていた。タクシードライバー大城によると、深夜になってから数軒の店がひっそりと営業をしているらしい。

なぜこの街は消えてしまったのか。そして、そもそもこの街はどうやって生まれたのか。どんな「仕組み」でこの街は呼吸をしてきたのだろうか。この地における何十年にわたる生の痕跡を拾い集めてみよう。この街や街の周辺で生きてきた人たちに会って話を聞いてみよう。それだけでなく、この街を「浄化」した側の人たちにも会って意見を聞いてみる。このような街は沖縄に真栄原新町だけではない。他の街についても調べよう。その日から私は何かに強く後押しされたように、沖縄に行くたびにゴーストタウンと化した真栄原新町に通いつめ、この街で生きてきた人々をさがし始めた。

『沖縄タイムス』二〇一〇年七月二日付の「ニュース近景遠景」欄は、「売春根絶　なお課題／真栄原社交街　看板を撤去／無店舗型への転換　警戒」と題した記事を掲載し、真栄原新町のゲートが撤去されたことを伝えている。

《宜野湾《ぎのわん》市は1日、同市真栄原の通称「新町」入り口の市道に設置されていた「真栄原社交街」の看板を撤去した。

看板は県道34号に面しており、老朽化で一部が落下したことなどから、市は経営者らで組織する「真栄原社交業組合」に撤去を求めてきた。市によると組合側は5月、自主撤去は困難として市に撤去を要望していたという》

《県警と宜野湾市などが取り組んでいる同市真栄原の通称「新町」の浄化作戦はシンボルだった看板が撤去され、「浄化に向けた大きな一歩」（市幹部）を踏み出した。一方、女性従業員がほかの風俗街に移ったり、形を変えて売買春が継続される懸念は消えず、根絶に向けて課題も残る》

この記事には当時宜野湾市長だった伊波洋一《いはようい ち》の「あってはならない違法な風俗街。このまま取り組みを継続して浄化につなげたい」というコメントも出ている。また、《近くに住む無職の男性（73）は「看板がなくなれば観光客にも知られなくなる。早く浄化してほしい」と歓迎。近くで食堂を経営する女性（77）は「浄化作戦以降、客足も遠くなる一方で、家賃も払えない」と話した》と、近隣地域住民の声も取り上げている。記事のトーンは、真栄原新町はいかに近隣住民にとって公序良俗に反する迷惑な存在であるかが強調されている。

そして、記事は「浄化作戦」がどれほど功を奏したか、そしてこの街がどういう歴史を経てきたかにも触れている。少し長くなるが引用する。

《県警と同市、地元の女性団体などが約1年間、パトロールを実施した結果、約100店舗あったとされる風俗店は5店舗以下にまで減少しているという。新町では「貸」と書かれたポスターが張られた店舗が増えた。4月下旬には県道34号に面した「新町入り口」のバス停名が「第二真栄原」に改められた。

さらに、新町の「顔」だった看板も撤去されたことで、県警幹部は「ほぼ壊滅状態」とするが「多くの空き店舗は休眠状態なだけ。いつ店が復活するか分からない」とし、今後も手を緩める気はない。

同市史などによると、米軍普天間《ふてんま》飛行場に隣接する真栄原地区では戦後、米兵相手の売買春が横行したため、1950年ごろ、当時は集落から離れていた現在の場所に、新町が整備されたという。

そのうち、県外にも知られ、観光客が集まる風俗街へ。経営者を検挙しても、新しい経営者が現れ「いたちごっこ」が続いてきた。

新町の歴史に終止符を打とうとする県警と同市。ただ、捜査関係者は風俗店が沖縄市美里《みさと》の通称「吉原《よしわら》」に移転したり、無店舗型風俗業にくら替えする可能性を指摘。新たな「いたちごっこ」を警戒する》

売春街が存続してきた「法の抜け穴」については以下のように説明している。

《県警は、摘発した風俗店の女性従業員に県女性相談所を紹介するなどしているが、無理やり売春を強いられていたなど、保護を求められた場合に限られる。

また男性客は、未成年の女性を相手にしない限りは罪に問われない。売春防止法第3条は「何人も売春をし、またはその相手方となってはならない」とするが、罰則のない努力義務にすぎず、現状では骨抜きだ。

風俗業から抜け出すための女性への支援や、青少年に教育現場で売買春について考える場を設けるなど、根っこを絶つには包括的な取り組みも必要だ》

何回も「浄化」という言葉が登場し、全体的には「浄化作戦」に同調するスタンスである。人間が暮らす街に対して「浄化」という言葉が新聞紙上でも用いられ、それが社会的に反発を招くこともなく通用しているということは、人々がこの出来事に大した関心を払っていないということなのか。いや、それ以上に、この街は沖縄の人々にとって唾棄すべき対象なのだろうか。

米軍基地と「共生」してきた色街

翌二〇一一年三月になると、真栄原新町で営業している売春店は一軒もなくなった。深夜帯にこっそりと開ける店もない。昼間、数軒のスナックが気まぐれに営業しているだけだ。いずれも元売春店舗である。

そのうちの一軒を覗いてみると、照明もつけない店内で六〇代と思われる女性が足を椅子に投げ出してテレビを観《み》ていた。私が店内に顔を入れてもテレビに気を取られていて気づかない。声をかけると、ようやく女性は私を見て、一瞬驚いた表情をし、「女の子はいないよ」と私を追い払うしぐさをした。たぶん元経営者なのだろう。とりつく島もないので、すごすごと引き上げるしかない。

別の日の日中、ゴーストタウン化した真栄原新町の中で、道の掃き掃除をしている腰の曲がった老婆と目が合った。話を訊《き》こうとして「すみませんが」と声をかけて近寄ると、老婆は急ぎ足で一軒の元店舗に向かい、アルミサッシの引き戸をさっと開けて逃げ込んでしまった。

それでも外から何度か声をかけると、アルミサッシが音もなく開いて、老婆がぬっと顔を出して私を見上げた。私は慌てて簡単な自己紹介をし、取材の意図を伝えた。黙って私の目を見ている老婆に、「ここはもともとどんな土地だったんですか?」と尋ねてみる。すると間を置いて老婆が口を開いた。

「ここらは畑はやってなくて、ススキ野の荒れ地だった。トタンぶきの小屋が一五軒あるくらいでした。私はここの土地を貸して那覇のほうで食堂をやってたけど、家賃が入らなくなったからここに戻ってきて住んでるんです。今は食べていくのも困っていますよ」

――この街の歴史を知りたいと思っているのですが。

「昔のことははっきり憶《おぼ》えていませんけど、街ができたのは終戦後の昭和二五〜二六年のことだと思います。普天間基地がつくられたあと、大謝名《おおじゃな》の部落の人が家を借りて、そこにアメリカの兵隊さんを連れ込みしてたもんだから、風紀上良くないといって地元の有志たちがここに集めたんですよ」

意外にも老婆は私のぶしつけな質問に対し、丁寧に答えてくれた。この元「店舗」はドアが五ヵ所あるから、五つ分の部屋があるはずだ。常時四〜五人の女性が待機していたと思われ、街のなかでは大きめの店ということになるだろう。

老婆は玄関脇の簡易な炊事場で煮物をしている合間に、掃き掃除をしに外へ出てきたのだった。匂いにつられたのか、アルミサッシのドアの隙間から猫たちが家のなかに入ろうとしている。老婆があわてて「マヤー（猫）は入ってはだめ」と追い払うしぐさをすると、猫たちが戸外へ飛び出していった。

老婆はその店舗の土地所有者、つまり大家だった。彼女はここに売春用の建物を建てて人に貸していたか、あるいは土地を業者などに貸し、業者が建物をつくったか、そのどちらかだろう。彼女はかつて売春女性たちが客を取るのに使っていた二畳ほどの部屋で寝起きしていた。街が消えた今は家賃が入らず無収入となったから、この土地に戻ってきたと言う。年齢を尋ねると八六歳だと答えた。食べていくのもたいへんだと、再び愚痴をこぼしながら、アルミサッシをすっと閉めた。その後、私は何回かその老婆を訪ねたが、建物に人の気配はなかった。

『沖縄タイムス』の一九五六年一〇月六日付夕刊に、老婆の話と符合する記事が出ている。

《当時、普天間へ通ずる真栄原部落の十字路一帯は外人相手の夜の女がたむろして間借家も多くまたいかがわしい飲屋もふえる一方で毎日騒然としていた。部落内がこんな状態では子供の教育上、風紀・衛生面からも憂慮されると部落民や業者が自粛し、特殊地域を設けることを考え出した。そして当時の公安委員に敷地の選定を依頼、本部落から一〇〇メートルほど離れた戦前の〝屋取小〟に定めて移り住んだのがこの新町である》

そもそも「真栄原新町」という地名は存在しない。「真栄原」という地名はあるが「新町」という名称は地図にはないのである。沖縄各地で「新町」と呼ばれるのは、米軍基地に付随するように形成され、基地と「共生」してきた繁華街や色街のことだ。つまり「新町」とは通称である。

真栄原新町から、名護市辺野古《なごへのこ》沿岸への「移設」問題で揺れる普天間飛行場は目と鼻の先だ。時間帯にかかわらず低空飛行する米軍機が、新町ではひっきりなしに頭上を横切る。この数年、オスプレイ独特のバタバタという耳障りなプロペラ音が低い空から降り注いでくる。

沖縄の戦後の困窮と、米兵の性犯罪

真栄原に隣接する嘉数《かかず》地区には、普天間飛行場が一望できる嘉数高台がある。オスプレイの離着陸を見ることができるということで、すっかり有名になった。そこから、基地の手前のほうに視線を落とすと、真栄原新町を俯瞰《ふかん》できる。

第二次大戦末期、米軍から沖縄を死守するために、日本軍の第三二軍が沖縄防衛隊として駐屯したその主陣地であり、強固な地下陣地が構築されていた場所である。住民は陣地建設のために動員され、男性は兵力不足を補うために防衛隊に召集された。一九四五年四月九日から始まった戦闘で、嘉数高地では日米両軍主力が激突、米軍が「いまいましい丘」と記録するほどの激戦地となった。日本兵は急造爆雷を抱えて戦車に体当たりしたり、戦車の下にもぐって自爆するという無残な肉弾戦法をとるなど、血みどろの攻防が展開される地獄のような戦場となった。日本軍が撤退すると米軍はすぐに普天間飛行場の建設に着手する。

焼け野原にならずにすんだ野嵩《のだけ》集落には、戦前からあった民家や道路をそのまま使って、一九四五年四月に米軍によって収容所がつくられ、捕虜となった宜野湾村民らが収容された。収容所はこれ以外にも県内各地に設置され、住民は米軍の作戦の都合によって収容所間の移動を強いられた。各地の収容所から段階的に、もともと住んでいた土地へ帰村許可が出され、真栄原地域に居住許可が出たのは一九四七年二月一一日、日本の無条件降伏から二年も後だった。

戦後の沖縄において住民がさらされたのは、人間が生きていく上での最低限の衣食住の困窮だけではない。占領軍である米兵による住民に対する凶悪犯罪が沖縄各地で頻発し、まるで狩りを楽しむかのような女性への性暴力事件も絶えなかったのである。『宜野湾―戦後のはじまり』（沖縄県宜野湾市教育委員会文化課、二〇〇九年）にはこんな女性の証言がおさめられている。


《戦後どさくさの時代、米兵による婦女暴行がなにより怖かった。私たちは芋掘りに行くときは集団で出かけ、米兵が現れると、一目散に逃げたものだった。逃げ遅れた女性は彼らに手ごめにされた。私の知っている女性もつかまえられて、米兵に強姦《ごうかん》された。

普天間の近くで私たちが集団でカゴを担いでいたときも、米兵が集団でやってきて1人ひとりの顔を覗き、若い娘をつかまえて無理やりひっぱっていった。私たちは自分の身は自分で守らねばならない、とみな散りぢりに逃げた。私たちは1人では逃げないようにしようと申し合わせていたが、やはり目の前で誰かが米兵につかまえられるのを見ると怖くなってしまい、結局我が身かわいさで、慌てて逃げたのである。

「またあるときは、米兵につかまえられた若い女性が、「私にはパパもベビーもいる」と、泣いて許しを懇願したそうだ。結果、米兵たちはその女性に悪戯《いたずら》をしないで帰したということだが、こういう話はほんとに稀《まれ》であった。この当時の米兵はやりたい放題だった》

戦後の沖縄の女性がいかに日常的に米軍兵士による暴行にさらされていたかが、実感をもって伝わってくる。同書には当時、沖縄国際大学教授であった吉浜忍《よしはましのぶ》もこう書いている。

《米兵が民家に侵入することも度々あった。こうした米兵などによる治安の乱れに対して、住民は自らで治安を維持する自警団を組織した》

米兵の振る舞いは常軌を逸し、まさに犯罪行為が繰り返されていたのだ。

さきの一九五六年の『沖縄タイムス』に載った、真栄原新町の成り立ちについての記事からは、野放図な売春が風紀や衛生や教育上好ましくないという理由から、「売買春行為」を特定の地域に囲い込むように「隔離」した経緯を読み取ることができる。だが、この短い記事の背景には、さらに重い歴史が横たわっている。凄絶な地上戦を経験して九万四〇〇〇人といわれる住民犠牲者を出した沖縄の戦後の困窮が売春の原因になったこと、また『宜野湾―戦後のはじまり』の証言に見られるように、頻発する米兵の性犯罪に対して「売春地域」を人為的につくることによって阻止しようとした当時の「民意」などが、そこには複雑に絡み合っていたのである。

本土復帰を目前にした一九六九年になっても、琉球《りゅうきゅう》警察局の調査によれば当時の売春女性の人数は約七四〇〇人とされる。が、実際には一万人以上いたと推測され、当時の沖縄の一五歳以上の女子人口は約三四万人だったから、女子人口に対する売春女性の比率は二・九パーセント。一〇〇人中二〜三人が売春をしていたことになる。

琉球警察局の調査報告書には、「売春婦と思われるものの実態調査」というデータが載っていて、「風俗営業」「飲食店」「旅館」「その他」と、業種別に「営業所数」や「従業員数」が書き記され、そして「売春婦と思われるもの」の数を割り出している。

・風俗営業　営業所数二六七二、従業員数一〇三〇七、売春婦と思われるもの五四五三
・飲食店　営業所数一六九二、従業員数三五〇一、売春婦と思われるもの九〇九
・旅館　営業所数七五〇、従業員数一七六二、売春婦と思われるもの八〇六

「その他」では営業所数と従業員数はゼロとカウントされているが、売春婦と思われる

ものは一九四となっている。この示すところは「街娼」や「立ちんぼ」と言われる、どの店舗にも属さない非管理型の「私娼」の存在であろう。合計は七三六二人となり、警察の調査上でも、従業員総数の半分ちかくが売春をしていたことになる。実態は、「従業員数」に占める売春女性の「割合」もさらに高かっただろう。

歴史学者の宮城栄昌《みやぎえいしよう》の著書『沖縄女性史』（沖縄タイムス社、一九六七年）には次のような一節がある。

《国破れて山河まで失ない、またそれによって父や夫を亡くした婦人たちのなかには、生きる手段としてやむなく売春婦に落ちていくものがあった。そこには売春婦を必要とする多数のアメリカ兵がいた。

遊廓は今次の戦争で廃止された。しかし戦後まもなく料亭の建築に乗り出し、亭の一角に個室を設けて売春的行為をさせたのは、主としてかつての尾類《ジユリ》アンマー（抱楼主）たちであった。那覇の辻町・桜坂、コザ市のセンター、美里村吉原、金武《きんむら》村などには特飲街もでき、ペンキで原色に塗りたてたプレハブが、売春婦の集合地帯となった。外人のオンリーも多くなった。ただ戦後の相当期間、売春婦と思われるものの実態調査がおこなえず、売春婦の数も一万人とか二万、三万人ともいわれた》

引用文中の「尾類」とは、那覇の遊廓地帯であった辻《チージ》で遊女として働いていた者をいう。アンマーとは遊女のとりまとめ役のような存在で、遊女の日常から人生全体にまで関わって面倒を見ていたという。ここでは、売春女性の数は一万人から三万人という幅で伝えられている。宮城の著書は沖縄女性史の古典とも言える一冊である。女性の聖性や神性を過度に強調するなど、今日の視点からは時代を感じさせる面もあるが、引用文からは、歴史叙述の中に、戦後の沖縄女性がたどった運命に心を寄せる気配が伝わってくる。

時代を大きくさかのぼるが、琉球王朝時代の大政治家で哲学者でもあった蔡温《さいおん》（一六八二〜一七六二）は、「遊廓は道徳を乱すので、国にとってはひどく不都合な存在と思われがちだ。しかし、那覇には各地から船が集まるため、遊廓を設置しなければ、どのような問題が生じるかわからない。そう考えると、昔から那覇に遊廓が設置されているのは、要するに治安のためなのだ。このような事情をよく理解するべきである」と書き残している。まさにこの観点からつくられたのが辻遊廓の原型である。そして、ここで語られる「遊廓と治安の関係」は、第二次大戦後の沖縄の売春街が、アメリカの政治権力や当時の社会情勢との関わりのなかで形成されたことにも繫《つな》がっているようにも思われる。

「特殊婦人」の実態調査

一九五四年に琉球政府労働局が発行した『琉球労働』第六号に、県内各地の特飲街の「特殊婦人の生活実態調査について」が掲載されている。労働局婦人少年課が二週間にわたって、県内二七ヵ所の特飲街における売春女性と業者の数を調査、売春を始めたきっかけなどを記録しているのである。最初が業者数、後の数字が売春女性の数で、この冊子では「特殊婦人数」と表記されている。

《真栄原新町四〇／一〇〇、美里新吉原三〇／一〇〇、八重島《やえしま》一一〇／四〇〇、平良《たいら》川《がわ》八〇／二五〇、胡差《こざ》十字路一帯一五〇／五五〇、安慶名《あげな》二〇／四五、与那城村《よなぐすくそん》西原三〇／五〇、平敷《へしき》二〇／四五、石川四〇／一五〇、知花《ちばな》十字路二〇／四〇、嘉手納《かでな》四〇／二〇〇、謝苅《じゃーがる》二〇／五〇、桃原一五／四〇、島袋・山里《やまざと》二〇／六〇、諸見新生通り二〇／六〇、諸見五／二〇、センター（通り）一五〇／四五〇、嘉真良《かまら》・室川《むろかわ》五／二〇、大謝名三五／一〇〇、浦添村《うらそえそん》泉町《いずみまち》二〇／六〇、牧港《まきみなと》一〇／三〇、普天間新町五〇／一五〇、読谷《よみたん》三〇／九〇、小禄《おろく》新辻町六〇／一八〇、与那原《よなばる》馬天《ばてん》（港）二〇／六〇、高良《たから》一〇／三〇、ペリー（区）一五／五〇》

以上のように特飲街は南部から中部にかけての多地域にわたっている。「特殊婦人」は一軒につき一〜三名在籍しており、業者も「特殊婦人」も七割ぐらいが奄美大島《あまみおおしま》出身であり、「特殊婦人」の総数に大きな変化はないが地域を移動する傾向がある、などとしている。また「転落したきっかけ」として、「家が貧困なため生活資金を借りた、借財を支払うため、収入少なく借金が払えない、家族の病気治療費を借りた、職場がない、未亡人で子供を養育するため、家庭的不遇から、虚栄と放縦的《ほうしようてき》な性生活から」と記録されている。その割合を「推定によって構成比を示す」と、「生活環境六〇％、職場なし一〇％、未亡人一〇％、ハーニー崩れ一〇％、虚栄放縦一〇％」となっている。「ハーニー」とは、米軍人の愛人や恋人のことを呼んだものだ。

前借金の額は一万円から数万円の間で、賃金は一定しておらず、収入（稼ぎ高）は業者と折半することになっている。また、「好きこのんで来た者は送金していない」、「離島出身の者は軍作業に従事して得たカネだという名目で送金している」、「前借金のない者は収入の三分の二を仕送りしている」、「送金はしていないが一〇万円以上貯《た》めた者もいる」、「両親が老齢のため住居（瓦葺《かわらぶ》き）を新築させるために送金している者もいる」、「前借金のある者は郷里から請求があっても送金できないこともある」などと実態の一端が記されている。

また、ここに記録された売春女性たちの悲鳴のような本音もリアリティがある。いわく、「子どもが学校に入学するまでには足を洗いたい」、「負債を払ってくれる人がいたら結婚したい」、「五～六歳上の年長者と結婚して真人間に戻りたい」、「固定収入のある男なら多少程度は悪くても結婚したい」、「家族のためにはいつまでも犠牲になろう」、「一時は人気があって華やかでも憐《あわ》れな末路だろう」、「（政府に対して）職場を紹介・斡《あっ》旋《せん》する機関を設置してほしい」……。業者の、「（政府に対して）更生のための施策や、貧困家庭対策をしてほしい」、「大衆金庫の貸し出しも貧困家庭を優先してほしい」といった切実な意見も見られる。

真栄原新町で働いていた地元出身女性に会う

戦後、もっとも早い時期に人工的につくられた売春街「八重島」に次いで二番目にできたのが、真栄原新町である。ほぼ同時期にホワイト・ビーチ基地を抱える勝連村《かつれんむら》にも「松島」ができ、金武、普天間、与那原、そして現在、普天間基地「移設」先として揺れる辺野古などにも続々と特飲街がつくられていった。

那覇市内の栄町《さかえまち》区域は栄町公設市場に隣接し、いまだにかつての「旅館」が数軒残り、年配の女性も客を誘う。沖映通りにある大型書店の裏手一帯にあった十貫瀬《ジッカンジ》は、当時のモルタルづくりのスナックが数軒残るだけで、だだっぴろい駐車場になっている。朽ちた元スナックと思われる建物も足を運ぶ度に壊されているから、やがて完全に街は往年の姿を消すだろう。十貫瀬という地名すら、よほど年配者でないと知らないほどである。

真栄原新町を生きた人で、私が最初に取材することができた相手は、私が初めて真栄原新町を歩いたまさにその年から真栄原新町に身を置き、一時は店の経営も行っていたことがあるという四〇代後半の女性だった。私はそれまでにも彼女と何度かたわいのない話をしたことがあったが、取材というかたちで言葉を交わしたことはなかった。ダメもとで取材したい旨を伝えると、意外にも「いいですよ」という返事をもらえた。深夜、那覇市郊外のファミレスで待ち合わせた。現在はある街のデートスナックで「現役」として働いている彼女は、その夜は「今日は客がつかなくて」とこぼしながら、せわしなく煙草《タバコ》をふかし、終始不機嫌そうな様子だった。

好きなものを食べてくださいと私は促したが、「ドリンクバーで充分ですよ」とそっけない。浅黒い肌、彫りの深い顔。煙草を吸いながら話す彼女は、取材を受けてもいいと思った理由を、「街がつぶされてしまったから」と言った。誰かにこの街のことを書いておいてほしいようなのだ。かつて働いた街が「浄化」されてなくなってしまったことが、この街で生きてきた彼女の「取材を受ける」動機になっていたようだ。

「そろそろ年齢も年齢ですし、やめようかなと思ってます。でも、私は真栄原新町に助けられてここまできました。新町はなくなってほしくないですね。そこで長いあいだ生きてきた人たちの生活をつぶすのはかわいそうだと思うから……。反対運動の女性団体ですか？　いい感じはしませんね。私たちのことを低く見ているというか、女としてだめな人間だと見られている気がして嫌です」

中学生になる男の子がいて、高齢の親も養っている。夫とは離婚してすでに一〇年以上経ったという。息子にはスナックで働いていると言ってある。もちろん、今後も本当のことを伝えるつもりはない。

――いつから真栄原新町で働くようになったのですか？　たしか地元も真栄原ですよね？

「そうです、もともとあそこが地元です。二〇歳《はたち》をすぎたころからアルバイトをしようと思って働き出したんです。中学に通うとき新町の中を通っていたから、どういうことをする街かは知ってました」

――そうか、地元の子どもたちは知ってるんですね？

「地元の子どもはみんなわかってますよ。でも、触れてはいけない大人の場所という感じでした」

彼女が働き出した理由は借金だ。正確にいうと、男に貢ぐカネを借りたことだった。借金のきっかけはさまざまだが、こういう動機は多い。

「高校を卒業して那覇やコザや離島のスナックで働いて、借金までして男に貢いでしまって……。当時で一〇〇万ぐらいです。沖縄では普通に働いていては返済できないから、新町で働けばポンと返せるよと友達に紹介された。子どものころから、ここでは稼げるという意識があったから。みんな、私のように借金を抱えて入ってきた女の子たちばかりでした。ヤミ金から二〇〇万〜三〇〇万、気軽に借りてしまうんですね。で、そのうちに抜けられなくなっちゃったんです。やめたいと思っても金銭感覚が狂ってしまっていて、身体《からだ》売って稼ぐしかなくなった。これが私の生きる道みたいな感覚になったんです。当時は店の前の椅子には座っていたけど、漫画読んでても、ゲームやってても客は来てくれた。基本は夜九時から朝の五時までで、自分の好きな時間帯に働けたし、昼にやってもオーケーでした」

「一日二十数人こなして、月二〇〇万〜三〇〇万稼いだ」

売春の料金は、一五分で五〇〇〇円が基本となっている。交渉によっては三〇分で一万円。ほとんどの客は一五分コースを選んだという。

「実際は七〜八分だったけどね。とくに元気のいい若い子の時はタイマーを短くセットしたね。コンドームをさっさとつけて、本番。五〇〇〇円を七対三か、六対四で店の経営者と分け合います。私は七でした。食事はついていて、近所の食堂から出前を取ったり、身の回りの世話をしてくれるおばさんがつくってくれるところもありました。住み込みでやっている子は少なかったです。私がいたころは二〇〇軒ぐらい営業していて、女の子は三〇〇〜四〇〇人いたと思う。二〇代から五〇代までいました。店の間取りによるけど、一軒にドアごとに間仕切りがあって平均二〜三人の女の子がいましたね」

ところで、なぜ一五分五〇〇〇円なのか。彼女は、「私が働き出した時にはもう決まっていたから」と言うが、根拠ははっきりとはわからない。本土復帰までは一〇ドルが現在の一万円という感覚だったと何人かから聞いた。売春は「ショート」＝一五分で五ドルが相場だったというから、その料金がそのまま残ったと考えられる。

「私は一日にノルマを立てて、一〇万を稼ぐまでやろうと。取り分が一本（客一人）につき三五〇〇円だから、そのためには二十数本こなさなきゃいけない。フルにやれば月に二〇〇万〜三〇〇万稼げたから、一〜二ヵ月で借金は返せました。五年ぐらい働いてお金も貯まってきたので、今度は自分が店を借りて、自分でも客を取りながら、女の子を三人雇って経営者にもなったんです。三〇歳ぐらいの時かな。部屋は三つあって家賃は一五万ぐらいでした。女の子との契約は七対三。一日に一〇万も売り上げれば私に三万入るわけですから、家賃は楽に払えましたね。

毎日きちんと仕事をする、自己管理ができて、人気のあるかわいい子は客さえ取ればかなりの収入になってました。月に二〇〇万稼ぐ子はざらにいましたよ」

しかし、やがて彼女は真栄原新町を離れる。それは「顔バレ」しそうになったからだという。

「店の経営を二〜三年やって、いったん真栄原新町を離れたんです。おカネがなくなると、たまに一ヵ月とか行って稼ぐというふうにした。なぜかというと、顔がバレそうになったから。中学を出てから地元を離れてましたから、大人になった私の顔を地元の人は知らなかったんですが、じつは父親の葬儀に出てから、いまの顔を知られてしまって、バレるかもしれないと思ったんです」

しかし、すぐに真栄原新町にUターンするハメになる。理由は、「友達の保証人になってしまって、その友達がドロンしちゃった。不動産関係だったから二〇〇〇万ぐらい借金ができて、それを返すために今の町でまた売春をやるようになりました」というのだが、こうした多額の借金を同じ仕事の者同士でかぶりあい、共倒れしてしまうケースも少なくないという。

終戦直後、売春女性を防波堤にして一般女性や子どもを米兵の性暴力から守り、かつ米兵が落とすドルを稼ごうという狙いから売春街がつくられたという歴史的な経緯を知っているかどうか、彼女に尋ねてみた。

「私が新町で働き出したのは復帰後一〇年以上経ってからなので、昔のことはわかりませんが、昔は米兵とつき合う彼女のことを〝アメリカハニー〟と呼んでいたことは知ってます。私が働き出した頃は客は沖縄の男が中心で、米兵はたまに来るぐらいでした。あるとき、米兵の相手をするとエイズになるという噂《うわさ》が広まって、〝オンリージャパニーズ〟という張り紙をする店が増えました。あと、外人は（ペニスが）大きすぎて入れると痛いし、数がこなせないからオンリージャパニーズにするというケースもあります。とくに黒人米兵は断ってましたが、アメ女《じょ》という黒人好きの女の子がいる店では、こっそり入れて裏口から帰したりしてました。不景気で仕方なく外人を相手にする店もありましたね」

彼女はこの街の歴史にはあまり関心を示さなかった。観光客が真栄原新町に来るようになったのはいつごろからか、訊いてみた。

「一五年ぐらい前、雑誌やインターネットで広がったんです。自衛隊の艦船が来ると、自衛隊の人も多かった。そんなふうに有名になってしまって、だんだんと取り締まりが厳しくなったと聞いています。婦人団体とかがパトロールするようになって、経営者が逮捕されたり、女の子たちも、警察から『逮捕される前に自分から辞めなさい』と言われてびっくりして一人減り、二人減りとなっていった。女の子が一人になってしまったら、その子の売り上げだけでは家賃も払えないから、経営者も辞めざるを得なくなる。

経営者も二度目に逮捕されると実刑を打たれるのを知っていますしね。でも、どこかの店の経営者が逮捕されても、また別の経営者が始めたりしてましたし、ほとぼりがさめたらまたやろうという経営者もいました。でも今回の徹底的な『浄化』の前では、あきらめるしかなかったようですね」

――それにしてもノルマをこなすために過酷すぎる「労働」をしてこられたと思うんですが、身体を壊しませんでしたか？

「もう、身体や心が麻痺《まひ》するような感覚なんです。ロボットになった感じで数をこなすしかなかった。じっさいに身体を壊して辞めていく女の子も少なくありませんでした」

二時間ほどインタビューしたが、彼女はずっとせわしなく煙草を吸っていた。飲み物以外、口にすることもなかった。私は彼女をタクシーに乗せ、交通費を手渡して見送った。交通費といっても二〇〇〇円程度で帰ることができる距離であり、それ以上は彼女は受け取らなかった。

関東からやってきたトモコ

二〇一一年の春、閑散とした真栄原新町でドアが開いている店を見つけて入ってみると、女性たち数人が店内でお茶を飲んでいた。午後二時ぐらいだったので、ドアを開け放っておけば充分に明るい。店内には美空ひばりの若いころの唄が流れている。私は名刺を出して取材の趣旨を伝え、その座に混ぜてもらい、ビールを頼んだ。聞けば、店の大家だった女性や、住み込みで売春女性たちの身のまわりの世話をしてきた女性たちだった。

突然の来訪者に元大家の女性は最初は怪訝《けげん》な表情をしていたが、六〇代後半だという彼女はこの街の初期の様子を覚えていた。

「ここはもともとは『旅館』が一五軒くらいあった。格子窓があって中に女性が並んでいて、江戸時代の吉原みたいな感じだね。それがだんだんとスナックになったんだ。でも、私が知っている頃はほとんど米兵は来なかったね、それより成人式や卒業式のあと、沖縄の若い男たちがあふれ返ったし、自衛隊や警察官も多かった。沖縄の会社の社長連中とかも連れ立って来てたよ。内地からの観光客も多かったし、芸能人もたくさん来た。組合長が有名な歌手を案内したこともあったさ」

私はその歌手や有名スポーツ選手の名前を聞いて驚いた。風俗雑誌やインターネットで一気に知名度が全国区になったのは、やはりこの一五年ぐらいのことだったという。

「内地からも女の子が流れてくるようになって、この一〇年ぐらいは半数近くが内地の子だった。借金かかえてきたりするのが多かったけど、たんなる遊ぶカネほしさや、沖縄旅行ついでに好奇心でやってる子も増えていた。一昨年《おととし》から宜野湾署の生活安全課の刑事が私服で一軒一軒まわってきて、女の子たちに一人ずつ、この仕事を辞めろと言うわけさ」

こう教えてくれたのは、元住み込みで売春女性の生活の面倒をみていた五〇代後半の女性だった。今は生活保護を受けて生活をしているという。

――働いていた女性たちはどこに行ったんですか？

「さあ、わからんさ。でも、ほとんどの子たちが風俗をやっていると思うよ。噂だけは聞くからね。そういえば、取り締まりが厳しくなってきた一昨年に新町を見切るように離れちゃったけど、関東からきたトモコ（仮名）ちゃんはすごかった。歳《とし》は三〇すぎてたけどけっこうかわいくて、豊満な身体して、胸をはだけてて、ときどき下着もつけないで立ってたから、まわりの店から苦情が出たぐらいさ」

元住み込み女性がそう言ってけらけらと笑うと、つられるように座がウケた。とはいえ、かつてこの街で働いていた女性たちの横のつながりは希薄で、素性を明かさないのが暗黙のルールだったようだ。私はその噂のトモコと会ってみたいと思ったが、連絡をつける伝手《つて》もないという。

それから数ヵ月。私は「浄化」される寸前まで真栄原新町で働いていた女性たちを、毎夜のように那覇市内の特飲街の中をさまよい歩きながらさがしていた。そんなある晩、私の目が一人の女性に釘付《くぎづ》けになった。

からだに張りつくようなタイトで丈の短いワンピースを着て、薄暗い「ちょんの間」が何軒か並んでいる道の真ん中で、道行く男性に積極的に声をかけていた。あそこまで積極的に袖を引くタイプはめずらしい。もしかしたらあのトモコかもしれない。風体も聞いた感じに似ている。深夜の二時近くだった。

私が近づくより前に、彼女の方から声をかけてきた。もちろん私を客としてである。彼女に誘われるまま部屋に入り、「トモコさんですか?」と訊くと、一瞬、表情が曇った。「そうだよ。はやく脱がないと終わっちゃうよ」。そうぶっきらぼうに答えた。やはり、そうだった。彼女はワンピースのボタンを臍《へそ》あたりまではずして乳房を露出していた。私が取材の意図を話すと、煙草を吸い出してパイプベッドに腰かけた。そしておもむろに、関東地方の郊外都市で生まれたこと、大学を卒業したあと沖縄に移住してきたこと、沖縄にマンションを買ったことなどを話してくれた。手っとり早く稼ぐためには性風俗だ、と沖縄に来てからすぐに真栄原新町などで働き、かなりの貯金ができたらしい。話しぶりから沖縄が大好きだということが伝わってきた。なじみになった客は何度も通ってくれるという。

カラーライトに照らされた、湿っぽい毛玉のついた毛布が敷かれたパイプベッドの上に座って話していると、あっという間に一五分が経った。彼女にとっては真栄原新町での生活が、沖縄で過ごした時間の大半だったことはまちがいない。私はその時間についてもっと聞きたいと思った。再訪の意を告げると、彼女は無言だった。

「目の前にパトカーが何台も停まってる！」

それから一ヵ月ほど経った頃に、私はトモコに遭遇した店に再び出向いた。ところがシャッターが降りていて、シャッターには「貸」という赤い紙が貼られている。店は閉店したのである。夜九時すぎだったが、路上に彼女の姿はなかった。周囲で聞き込んでみると、店は警察の摘発を受けたのだという。売春防止法の「場所提供」（第一一条・売春を行う場所の提供等）の容疑でオーナーが逮捕されたらしい。

その後、私はトモコが移ってきたその街で、「旅館」＝「ちょんの間」一軒まるごとを数人で借りた女性たちがいるという情報を地元の高齢者が集まる居酒屋で聞きつけた。真栄原新町の「残党」が数人やって来て、オーナーと交渉してグループで住み込んだという。オーナーも高齢なので廃業を予定していたらしく、格安で借りられたらしい。

私はすぐにその「旅館」に行ってみたが、灯りはついていなかった。二階建ての木造建築で、もはや沖縄にはあまり残っていない、遊廓を模した建物だった。ベニヤ板を重ねた壁はあとになって塗られたものだが、スカイブルーやオレンジなどのペンキの色合いや、沖縄独特の和洋折衷の建物は、南国の空や原色の花の色によく映える。それらの建物は、沖縄の繁華街の雰囲気を象徴的に形づくっていた。

大半はもともと「旅館」や「料亭」で、じっさいには売春が行われていた。廃業したあとも取り壊されずに、リノベーションを施して飲食店やB&B（簡易宿泊施設）として使用されていることもある。沖縄でガイドブックに載るような有名な老舗《しにせ》居酒屋のいくつかはその建物をそのまま利用している。

しかし、その「旅館」はまもなく焼失してしまった。「旅館」に隣接する居酒屋が火を出した。居酒屋の二階が住居になっていて、老いて歩けない八九歳の母と、母を助けようとして戻った、居酒屋を経営していた五七歳の息子が、共に亡くなった。そして延焼して隣接していた「旅館」も全焼したのだ。

今は駐車場となったその場所に、出火したのと同じ時間帯に私は何度か立ってみた。延焼を免れた近接する建物ではまだ何軒かの売春店が残ってはいたが、開店休業か閉店状態だ。ごくまれにネオンが灯《とも》り、戸口に置いた椅子や玄関に女性が座ることがあった。

トモコが移った街には、真栄原新町のように一気にではないが、真綿で頸《くび》をしめるように、「浄化」の波が迫っていた。二〇一二年のことだが、その街の「旅館」の二階に住み込んで働いている、取材過程で知り合った女性から切羽詰まった声で電話があり、

「いまさ、目の前にパトカーが何台も停まってるのよっ！」と言う。電話がかかってきたのは午前中だった。

窓をすこしだけあけて表通りをうかがうようにしている彼女の様子がありありと浮かんだ。その店舗のオーナーや住み込みで働いている女性たちが、パトカーに乗せられていったという。後日、警察関係者に確認すると、オーナーは売春防止法の売春斡旋行為（第六条・売春の周旋等）、店舗の大家も「場所提供」で逮捕されたようだ。けっきょく起訴猶予もつき、まもなく彼女たちは街に帰ってきたらしいが、その後、店はシャッターを降ろしたままだ。

複雑な歴史を抱え込んだ沖縄のアンダーグラウンドは、「浄化」に向けて勢いづく潮流のなかで、いまや明らかに風前の灯火《ともしび》になりつつあった。

「大家が逮捕されるようになったら、誰も貸さないだろうし、ちがう商売にしか使わせてくれないと思う。この街も終わりなのかな。私もそろそろやめるときかもしれない」。私に電話をくれた女性はそう告げた。その言葉のとおり、しばらくしてから彼女は沖縄を離れ、音信は途絶えた。

レールの向こう

大城立裕

那覇《なは》市立病院の脳神経外科病棟は二階の北端にある。北向きの窓の向こうに、ほんの二十メートルほどを隔てて、眼《め》の高さほどに環状二号線の高架をモノレールが走り、そこに市立病院前という駅がある。レールの南側に病院、北側に森の公園とその麓の末吉《すえよし》町が向かい合っているとは、はじめて意識した。

お前をICUから脳神経外科病棟へ移した日に、私は窓際のベッドに横たわっているお前に、ひとまずモノレールのことを告げようとした。

「ほら、モノレールの駅が見えるだろう」

が、お前の半開きの眼に反応はない。終点首里《しゅり》の近くに住んで、日頃馴染《なじ》んで来たというのに、いまのお前には、ほとんど無縁なものになってしまったのか。

朝はやくにお前の洗面の手が止まり、左側におかれた洗濯機に寄りかかったのを、たまたますぐ側《そば》のキッチンでトーストを焼いていた息子が発見した。私が大声でよばれ、背後から二人で肩をかかえて呼びかけても答えないので、救急車をよび、この病院の救急センターに運びこんだあと、三日目に脳神経外科の病棟に移したのだった。

洗濯機に支えられなかったら脳挫傷になったはずで、思えば不幸中の幸いということか。

脳梗塞という病名を世間話に聞いたことはあるが、それがまさかお前の上に降りかかろうとは突然すぎることだ。

わが家の生活が一変した。

家族がＩＣＵに呼ばれてそろった。家にいるのは私のほかにちょうど職を離れている次男の悦雄だけである。長男の為雄夫婦が近くに住んでいて、たまたま土曜日だから、夫婦ともに休みでいるところへ連絡して呼んだ。数少ない家族をそろえて、主治医がＭＲＩ画像で説明した。心臓に生じた微細な脂肪の塊が血流にのって右脳へとんだ結果だとか。画像のなかで右脳が大幅に真っ白く見え、それが、いまお前の意識が混濁している徴《しるし》だ、という。

「この二、三日が勝負で、最悪事態には手術をするかしないか、ということになりますが、年齢も考えて……」

その最悪事態は避けられたが、ＩＣＵでの二日目の朝に意識が戻ったとき、私が嬉《うれ》しさの気持ちをこめてお前の右腕を握ったのへ、お前が言ったのは、「あなた、役所から帰ってきたの？」であった。

「退職したんだよ」

私は生真面目に一言答えるにとどめた。公務員を定年退職して三十年近くも経《た》つというのに、いまこういう質問をするお前を、これからどう扱うことになるのか。

長男の為雄夫婦が手際よく入院準備のこまかい買い物をまとめ、次男の悦雄が家に帰りお前の下着などを取って来るころには、どれくらい入院することになるのだろうかと、私は考えはじめた。ここは救急専門の病院だから、救急期間を過ぎたら、然《しか》るべきリハビリ病院へ移されると聞かされたのは、三日目のことで、あわせてどれほど入院するのかは、まだ予測の限りではない。

食事の嚥下《えんげ》改良が課題だと、脳神経外科病棟に移された翌日に主治医の説明があり、それはたしかに流動食を呑《の》みこむのにも無理している様子で納得できた。嚥下リハビリの部屋というものがあり、毎回八人ほどの患者が一緒だが、各人のメニューが一色でなく、私は付き添っていて、お前のそれが軽いものか重いものかを値踏みした。

嚥下障害は十日間ほどで回復したが、麻痺《まひ》した左手は茶碗《ちゃわん》をもつのも難渋し、これの将来も記憶障害とおなじく見えない。

病院ではもちろん完全看護だが、そのマニュアルの埒外《らちがい》におかれる世話、たとえばペットボトルやティッシュや嚥下をたすけるゼリーなどというこまごました買い物は、悦雄が家と往復しながら務める。

　私は気になりながらも、できるだけ自分が過労にならないように気をつけた。五年前に脊髄出血に見舞われ、そのせいで左足が不自由になっている。それに、私までも入院することになっては大変だ、という配慮からである。かこつけてさぼっていると言われてもよいと、開きなおる気になり、週に二回だけ通うことにした。悦雄は、毎日正午から通い、お前の夕食を見とどけてから帰る。私が家にいるだけの日には、もちろん私の在宅食事を用意するが、病院に来るときは、二人だけの弁当やサンドイッチを地下の売店から買って来ることになる。

　お前は若いころから化粧には丹念であったせいで、頬に皺《しわ》ひとつないのが、私も感心していたのに、いま頬の肉が落ちたという印象は否めない。その化粧や下着などの手伝いを、三人いるお前の妹たちにしてもらわなければならない。髪を切りたいとお前が言いだしたのは、九日目のことだ。美容院が院内の地下にあることは知っているが、そこへの付き添いも妹の誰かが来たときに頼むことにした。

　お前の頭で、ここが自分の家でないとは分かったようだが、市立病院だと認識したのは、二週間も後のことであった。五日目から二週間目までのあいだに、四、五回もお前から質問を受けたのは、ここは自分の家ではないが長崎かとか、自分は琉大《りゆうだい》病院にもいたかとか、名護《なご》からいつ移ってきたか、ということであった。長崎というのは、姪《めい》の娘が長崎の大学で医学部にいるが、自分の孫のように可愛《かわい》がっているせいもあって、インターンには家から近いこの市立病院に来るとよいのに、と口癖のように言っていることに関わるのだろうか。琉大病院はわが家から四キロも離れており、名護ははるか北へ五十キロほども離れた町である。家からモノレールに沿った環状二号線を車で五分という近場にあるこの病院のことが、いまお前の頭のなかで、どのように印象されているのか、あるいはされていたのか、リハビリ病院へ移るまでに三週間もいたけれども、その間のことが退院後にまったく記憶されていないのであった。「市立病院」という認識は、入院中にもっぱら付き添いの誰彼から注ぎこまれてのものである。

記憶障害の克服と手足の訓練のために、リハビリの日課がある。午前と午後にあわせて三回、お前を悦雄が車椅子に乗せて地下一階に行くと、教室の二つほども入ろうかというほどの広いリハビリ室がある。ビニールの大きな毬《まり》や平行棒などの器具を使い、男女のスタッフに付き添われて、さまざまな年齢の男女が手足と頭脳を動かす訓練を受ける。お前が左足を訓練台の上に載せたり下ろしたりするのに、テンポが遅れるのを見て、私が今更の感に打たれていると、スタッフがそれをちらと見るだけで、珍しくもないという表情で、もとのお前の世話に戻る。こういう日常も世にはあるのかと、つい思う。

お前の記憶の測定は、いずれも私を長嘆息させるものだ。トランプの記号や数字やアルファベットや五十音が、こんなにも人間を試すものか。「ここに二桁の数字を書いた、小さなカードがあります……」と、スタッフが出題するのを聞きながら、私は若いお父さんが保育園児に付き添っている気持ちにさせられる。「これらのうち、足して四十に満ちるものを右に、満たないものを左にまとめて置いてください」と言ったあとで、お前が真剣に従うのを、スタッフはストップ・ウォッチで計る。その成績を気にする前に、こんな簡単な算数の問題を笑いも侮りもせずに、幼児なみに素直に間違えていくお前を、あらためて抱きしめてやりたくもなる。

三週間後にリハビリ病院へ移ってみると、さすがにそこの器具には、いくらでももと言いたくなるほど、市立病院の何倍ものバラエティーがある。小児科医院の待合室によく見られる小さくカラフルな木製ブロックを、なかなかうまく課題どおりに積み上げることのできないお前に、声援の言葉をかけてよいものかどうか、私は迷った。家族はできるだけ見学してください、励みになりますから、と病院が言うことに、どれだけ素直に従ってよいものか、迷うのも家族だからなのだろうか。

世にはこうも脳の病人が多く、それへの対応の研究の発達を促したのかと、世界中のその時間の長さが驚異をもって察しられた。

脳神経外科病棟は四人部屋であるが、一週間目頃であったか、おなじく窓際で向かいのベッドにいる花城《はなしろ》さんが、持ち前の銅鑼声《どらごえ》でいきなり痛い、痛いと叫んだときは、びっくりした。夜でなく昼下がりであったからよかったものの、なんということもない栄養剤の静脈注射ごときで、あのような叫び声を上げたときは、お前か私へよほどのクレームをつけられたかと思った。機嫌のよいときに私の年を訊《き》きただし、自分と同じかと嬉しそうに笑ってみせたものだが、うちの父ちゃんは私より二つも若かったけれど、二年前に死んでしまいましてね、と言う。付き添いの娘さんが、自分に子供がいなくて看護にちょうどよかったと言いながら、父親は本当は十年前に死んでいるのですよと笑い、母親の横顔を見ながら、アルツハイマーですよと付け加えた。花城さんはそれを聞きながら、平気な顔で笑っていた。入院して三週間にもなるのだが、治る見込みがあるのかないのか、と娘さんは笑う。お前とくらべて元気に見えながら、より深刻なのだろうかと、私は疑う。お前には花城さんほどの感情や意識の起伏、落差はないものの、時間がたてば同じようになるのでは、と不安を覚えることもある。

病室の入り口を挟んでいるベッドの二人は、やはり老婆だが、一人は眠ってばかりいるし、もう一人は薬を飲むたびに叫んで、看護師や付き添いの家族に困惑の表情を呼ぶ。が、そのうち、叫ぶほうが部屋を移っていき、それが進歩したのか退歩したのか、私にひそかな興味を抱かせた。

お前の場合、ひょっとしてこれ以上のこともなく秋が深まり冬をこせば、平常に戻れるのではないかと、希望的観測を持てる、というより持ちたがるのは、お前の妹たちが三人でそろって来たり、長男嫁の両親や私の甥《おい》たちが入れ替わり立ち替わり見舞いに現われるときだが、はたしてこのまま……と、逆に不安を覚えたのは、衣替えの戸惑いを覚えたときだ。

沖縄とて秋も冬もそれなりにあり、九月下旬になれば、衣替えという言葉を思い浮かべないではいられない。秋に着られるシャツの蔵《しま》いどころを訊いてみた。お前は、力のない視線を私へ注ぎ、洋服簞笥《ようふくだんす》になければ為雄の部屋に、と頼りないことを言う。長男の為雄が二十年前に結婚して別居し子供部屋を明け渡したのが、いつしか物置になっている。去年の冬が去ったとき多分そこに蔵いこんだ衣類の置き場は、お前にしか分からない。

それを教える言葉を、いまお前は見失ったようだ。健康な者にも、そのような探し物の在処《ありか》の説明は難しいことで、ましてや今のお前が、日頃その部屋に縁遠い私へ教えるのは容易でないはずだ。悦雄が探してみたが果たさず、申し訳ないという顔になった。私はお前に訊くのを諦めて、しばらく薄着で我慢することにした。薄ら寒さをおぼえる瞬間には、そのつどお前のことが気になる。記憶力はよかったのだけどねえ、とかすかに羞《は》じらいの笑顔を見せるのは、リハビリ病院へ移ったあとのことで、秋口にはまだ衣替えは宿題のままであった。

そうだと思いついて洋服簞笥をあさり、一着の派手なシャツをみつけた。五十年ほども前の夏にハワイへ出張したとき、ハワイに住む従兄《いとこ》がくれたものだ。ハワイ島の高地に住んでいて、その土地ではアロハシャツも厚手になっていると、そのとき知った。沖縄では、その後にかりゆしウェアというものが流行《はや》るようになり、同じくらいカラフルなアロハシャツも援用することができそうであったが、このシャツは例外で、沖縄の夏には厚すぎる。お前は私の旅行鞄《りょこうかばん》を片付けながらこのシャツを見つけ、眼の前にひろげて見ながら、所によっていろいろだねえと、適当な感想をのべて、暗に折角だけどここでは着られないと、ほのめかした。五十年ぶりに思いだし、いまなら、ちょうど合着になるのではないかと、病院へ着て行った。

ただ、着てみると、季節はずれのかりゆしウェアに見える。

「まあ、ハワイの」

お前は言葉みじかに五十年前の記憶を取り戻す顔になり、私を嬉しがらせたが、すぐに情なさそうな声で、

「自分のものは探せないの？」

お前自身の責任がどの程度にかかっているのかいないのか自覚のない表情で、それが私にあらたな落胆をよんだ。この病気では古いことはよく記憶しているが、新しい記憶が難しいのだ、という話を思いだした。年をとれば、健康な者にも自然に訪れる現象で、日常的に誰もが笑い話にしていることだが、いまは事情が違う。

お前には内緒で、お前の妹の登美子さんに来てもらうことにした。近くの町内に住む登美子さんは、家事の合間を縫って、しばしば惣菜《そうざい》などを届けてくれる。日頃は悦雄が

食事と洗濯、掃除と、お前の代理をすべて引き受けてくれるのは有難いが、やはり登美子さんのこの親切に甘えたい。

衣替えの手伝いとは思いがけないことで、と二人で笑った。

「武信《たけのぶ》君が死んだときは、突然のことで、いろいろの物を探すのに困ったのではないか」

男の場合は、衣類などの細かいものはないが、仕事や財産の書類などがあり、責任は大きい。

登美子さんが夫の武信君をうしなって、三十年になる。もうじき三十三回忌だと聞いたのが、最近である。

折にふれて思いだすのは、その急死に出遭ったときのことだ。血圧が高いとはかねて聞いていたが、いざとなると思いがけないことであったのは、当然だろう。もともと小太りの体格で、いまさらながらさもありなんというところだが、いざ倒れてみると、それを省みる余裕がない。災難はかさなった。あいにく秋の彼岸の連休にあたって、那覇市内の大病院では医師も看護師も旅行、出張が多かった。二十キロ離れた具志川《ぐしかわ》市の中部病院で救急を受けつけると聞かされ、救急車で運んだ。私は付き添いで乗り込み、まったく意識を失って横たわっている武信君の顔を見つめ、救急車がサイレンを鳴らすごとに、眼をあげてフロントガラスの向こうに視線を走らせた。そのつど前を行く車がさっと道を譲るのへ、あらためて手をあわせたくなった。知らない人たちに深く感謝したことの最高の体験であったといってよい。こうして折角運んだものの手術が間にあわず、そのまま見送るほかはなかったが、救急車のなかで時間の経過とたたかうだけの武信君の沈黙した顔を見ながら思ったのは、もともと血圧が高いことを知っていながら、結婚を諦めなかった恋人同士の愛というものの、不思議なことであった。それが、結婚したあとは息子と娘を産み、結婚をさせたら、息子に二人の孫も生まれたのである。その二人の子の媒酌人を私たちがつとめたことなどを、お前の病気の機会に思いだすことになった。

「武信は、自分の危機はいつでもあることをよく自覚して、日頃の整頓はよかったんですよ」

登美子さんが、合着さがしに大型の透明なプラスティック収納具の中身をあらためながら、それをさらりと言って、

「にいさん、原稿の間に合わせがなかったですか？」

いきなり訊く。妻の突然の病気に仕事の時間をとられて、〆切《しめき》りにあわてたに違いない、と登美子さんが思うのは、世間なみのことではあろう。

公務員の勤めをしながら小説を書くという生活をはじめたのが、六十年前で、定年退職をしたあとも続けてきた。近年は年の加減で原稿とは縁遠くなっているが、その細か

い事情を登美子さんは知らない。

「なあに、それほどでも……」

と、曖昧に答えながら、ドアの脇に置かれたニスの剝げかかった整理簞笥の引き出しを開けていた。そう高価でもない宝石やネックレスなどがはいった箱をあらためて、もうこういうもので身体《からだ》をかざることもあるまいかと思い及び、あらためて不憫《ふびん》な思いがわいた。

そのすぐ横に、宛名書きのない茶色の封筒があるので、何の気もなくその中身をひきだした。便箋二枚の手紙である。書体はたしかに若いころの私のそれで、短い文章は読みかけると同時にその内容が分かった。それでも最後まで走り読みをすると、思わず登美子さんを見た。登美子さんはむろん気づかず、プラスティック容器の蓋を閉じるところなので、なんとなく手紙の中身を見せようかと思いついたのは、老年の悪戯《いたずら》ごころであったかと思うが、お前が怒るだろうと思いなおし、そっと封筒に戻して引き出しに蔵った。お前に知られないにしても、いまそれを登美子さんに見せることは、お前を病人と見くびることになるのだと、自制したのでもあった。

「前略。見合いをすることになりましたが、その前に簡単に自己紹介をしておいたほうが、話の運びがよいと思いますので」と突然の手紙の趣旨が書いてあり、それから、勤めでどういう仕事をしているか、という説明を簡単にしてある。それだけのものだが、五十年前に送られた手紙を、整理箪笥に蔵いこんであるのはさすがだと思った。このさすがの意味は、あれこれ説明できはするものの、長くなりそうな反面に意をつくせるとは限らない。夫婦というものだろう。

登美子さんを一瞬だけ見て、思いつきをひっこめたのには、さらに理由がある。お前がいつか言ったことがある。「手紙を読んで、こんなにも頭の整理されている人よ、と思って……」それが見合いをする前から結論をきめた理由であったと言った。結婚後四か月目と、さらに六年以上も後にと、二度も私が胆嚢炎《たんのうえん》の大病をわずらい、お前の懸命の看護を得て快癒したとき、その安堵《あんど》を語りながらであったか。私なりに律義なつもりの計算は正しかったと、ひそかに思ったが、そのことはいまだに打ち明けてない。見合いの前に手紙を書いた動機を思いだす。——物書きとして、どれほどの者になるか見当もつかないが、すくなくとも風采よりは文章に自信があった。平凡な用件を書いてあっても、それだけで人物は分かるはずであり、それで分かってもらえなければ、おたがいに通じ合わないことになり、見合いの話は消えたと考えてよいはずだ……。

病気のあと、日常にも栄養の工夫と節制につきあってきたお前の口癖は、「あなたの養生につきあって脂肪分を節約したので、皮膚が荒れたさあ」であった。そのお前のいまの危機を、私はどう受け止めればよいのか。

「武信の残した合着を、とりあえず着ておきます?」

と、登美子さんが合着探しに疲れたあと、笑いをふくんで言ったとき、彼女が武信君の遺品をまだ残していることが、意志でそうしたのか、たまたま残ってしまったのかは知らないが、いまはそれが私を助け、ひいてはお前の療養を助けるものと、信じられた。

「変な形見分けですね」

登美子さんは言って笑う。その思いやりの表情が、登美子さんの武信君との短かった幸せを、思いだして語るもののようでもあり、またかつてお前が登美子さんをふくめて三人の妹たちへ姉として示した思いやりを鏡に映したようでもあった。それを思うと、いまさらこの古く懐かしい手紙を登美子さんへ見せれば、その情報がなんらかの脳波でお前の脳まで飛んでいって、いかにもいま脳を病んでいるお前を嗤《わら》っているものと、誤解されかねない、と恐れた。

登美子さんをそのままに働かせながら、私は玄関を出て、郵便受けから本土新聞と郵便をとりだしてきた。本土新聞が着く頃で、ついでに郵便を取りだす慣《なら》わしだ。一通の丁寧な封書がまじっていた。白い封筒に『詩誌 MABUI』と印刷があっていつも送ってもらっている雑誌には違いないが、このさい雑誌の封書ではない。では何の連絡かと疑って見当がつかない。まさか、思いがけないカンパ要請でもあろうかと思いながら、封を切った。

「同人・真謝志津夫《まじゃしづお》さんがとつぜん他界して八か月になります。その思い出の文集を

『詩誌　MABUI』特集号として出したいので、原稿をお願いします」

編集代表神地祐《かみちゆう》の事務堪能《たんのう》な文章である。

そうか、八か月にもなるか——心臓発作による突然死に驚き、ただ私は歩行困難で告別式にも悔やみにも行けないので、弔電ですませたことを、咄嗟《とっさ》に思いだした。真謝志津夫——厚い胸板とふてぶてしい口髭《くちひげ》に、眼だけが笑っていた。いつの間に古典の勉強をしたものか、琉球古謡のおもろ語を駆使して現代詩を一冊分も書いたことを、あらためて思いおこし、同人でその死を悼むことは美しいことであろう、と思った。

しかしいま、その思い出と同時に、あらたな秘密の思いが生じることを、私は捨てきれない。真謝志津夫への追悼文を書く余裕が、いまの私にあるはずがない。あってはなるまいと、かたく自身に言い聞かせた。世間なみにいえば理不尽と言われかねない拘《こだわ》りだが、いまの私はかたくなに拘りたい。

お前はいまごろ何も知らずに病床に横たわっているはずだ。そして、お前のかわりに登美子さんが私の合着の面倒を見るために働いている、その場に真謝志津夫への思いが割り込んでくることも、恕《ゆる》せない気がした。

私はためらわず、神地祐への返信葉書に書いた。

「妻が重病で、手が放せません。いま、原稿どころではないのです……」

だからあしからずと断る筆に偽りはないつもりであった。病名を故意に書かないのも、相手を騒がせたくないというより、お前との秘密だと思った。神地は私の家で、二、三の文学青年にまじって酒を飲んだことがあり、お前とも面識があるので、お前は病気のことを知られたくないはずだ。だから、さりげなく真謝への追悼文を書いたほうが、世間体はよいのだろうが、そういう世間体を嫌うものが、いまの私にはある。真謝という遠景をお前に近づけて、お前への思いを薄めることを、いまの私は拒否したい。

〈なにが真謝志津夫か……〉

登美子さんに帰ってもらい、病院へ行った。行きがてら葉書を郵便ポストに放りこんだ。

日をあらためて、登美子さんのこころづくしで武信君譲りの合着を着て私は病院へ行き、

「変な形見分けねと、登美子さんが言った」

と、おどけて見せた。お前はそれには構わず、

「あなたより私のほうがこうなるとはねえ」

武信君の急死を思いだしたようだ。脳溢血《のういっけつ》と脳梗塞とをつなげて考えたらしい。

この言葉をその後今日まで、たびたび口にすることになった。

「あなたが強くなったら、反対に私が弱くなったとはねえ」

言われてみれば、たしかに私の長命は世間で珍しがられているようだ。それはもっぱ

らお前に負うている、という自覚が私にはあり、その感謝の思いのはたで、いま二人の息子に支えられて、かろうじて生きていると省みた。

やはりあの葉書は正解だった、と思った。

そっと窓の外を見た。

季節にふさわしい速度で暮れてゆくなかで、モノレールがいつものように音もなく十分間おきに行き来している。それを見ながら、その向こう側の町内に真謝志津夫が住んでいる——いや、住んでいたことに思いあたり、突飛な想像だが、この病室に移されてきたことが、このことに思いあたらせるための神の策謀であったか、そして自分がそのことに気づかなかったのは、恕されることであろうか、と思い及んだ。真謝志津夫をその自宅に訪ねたことはなく、年賀状などで地番を知っただけである。ひょっとして、あの深い森の麓であろうか。たしかめたことはないが、それはいかにもふさわしいものに思えた。レールで隔てられてこうして対峙《たいじ》することになったのは、偶然であるかもしれないが、意味があるようにも思われる。

知らぬ顔であらわれる人影のように、目の前に浮かぶ幻があった。真謝志津夫が小説に書いたヨットの幻である。

四十年来、地元新聞社の主催する文学賞の選考委員をつとめてきたが、読むたびに気になったものの一つが、真謝志津夫の一連の船舶小説であった。

候補作として真謝志津夫の原稿がもたらされるたびに、私のなかに緊張と願いの錯綜《さくそう》するものが見え隠れした。作中の船はときにヨットであり、ときに離島通いの貨客船であり、また廃船寸前の貨物船であった。一度だけ、歴史小説を書いてきた。王国時代に国使を乗せて唐旅《とうたび》をした進貢船が題材であった。それらの主人公はいつでも船の乗組員であった。彼はときにハイカラなヨットの屈強な持ち主であり、ときにおんぼろ船の冴《さ》えない船長であり、また頭はよいが同僚船員のいじめから逃れ得ない、貨物船の船員であった。歴史小説では下積みの舵《かじ》とり水夫の話であった。いずれの場合も人物像はどうでもよい感じで投げやりなご挨拶のように書かれており、ただ共通して言えるのは、船のメカに詳しいことだ。状況は遭難の場面が多く、ただメカの説明が詳しすぎて、ときにそればかりを書いているように見えた。歴史小説も近世期に材を採っただけの、船のメカの話であった。船の運命と人物の性格との関係がよく見えない憾《うら》みを、つねに根太のように痛々しく見せていた。

あるとき選考委員のひとりが、「可愛いよなあ」と、腕を組んで深く頷《うなず》いた。十年ほども中央文壇から選考に通ってきている作家は、もちろん真謝に会ったことがないが、作品はいくつか見ているので、親愛はあるのだ。他人事《ひとごと》ながらの口惜しさも私と共有している。その表情こそが私には可愛く、作者に伝えておきますと、つい余計な口を利きそうになったものだ。

「しかし、羨ましいですよねえ」と、これも東京から来ている女流の選考委員が満面に笑みを湛《たた》えて言ったときは、これを作者が聞いたら、さぞ満足し、では、それだけで受賞の価値はあるのではないか、と冗談半分に詰め寄られると困るなと、私は思ったりした。しかし、そんな真謝志津夫ではないとも、私は知っていた。

ある出版祝賀会で、真謝を相手にその小説の話になり、私はビールのグラスを胸元にかまえて言った。

「歯がゆいのだよなあ」

専門馬鹿になるなよ、という言葉も思い浮かんだけれども、呑みこんだ。

「僕は早く読みたいんだがなあ」

と、真面目人間の神地祐が傍で、これは泡盛グラスを片手に相槌《あいづち》を打って、おなじく泡盛の真謝を照れさせた。受賞にいたらない作品を友人に読ませるのも潔くない、という意向を他日に傍から聞いたことがある。

「読者が読んだら、たしかに歯がゆいだろうとは思うのです……」

謙虚でいながら言い訳もしたい、という表情が見え、「でも、僕にはまだ船のメカの強さと可愛らしさから逃げる気がしないのです」

いかにもその逃げが、なにか自分の人生観をごまかすようで忍びない、と言っているように聞こえた。私は、歯がゆいのだよと言った自分の言葉を、かすかに悔いた。

祝賀会ではそれ以上に話は延びなかった。その後に神地祐と会う機会は何度かあって、神地はその話題を出したがったが、私は律義に乗るのを避けた。

そのうち、ある船舶関係の人と会う機会があったが、その紳士が真謝を生真面目に褒めた。あの人は――という言い方をされるほど、真謝がその世界で有名なことを、私は知った。そのうちヨット遊覧の会社だか財団法人だかを作る、という話を聞いた。それほどのものとは知らなかったので、「それくらいあったら……」と冗談で私は思った。

「小説など書かなくてもよいな」

思いがけなく、彼から招待の電話を受けたのは、ヨットの帆走に招待したい、ということであった。小説など書かなくても、という思いは吹き飛んで、ヨットと小説との双方に甘えている真謝に甘えたいと、人並みの好奇心が動いた。

絶好な春風の吹く日に私は、言われたとおりに、宜野湾《ぎのわん》のビーチに行った。彼は、律義に待っていたという顔で私をひとりだけヨットに乗せて走った。救命胴衣を私にも着装させながら、これで実感が湧くでしょうと笑った。昔の帆船のように麻布の帆を孕《はら》ませてマストが白雲の空を突いているのを見ると、なるほどこれを誇りに書いている気も分からないではない、と思った。べた凪《なぎ》、濃紺の海へ出た。沖をめざし十分に出たあとで、舵を切り、北へ向かって走ると、右手に本島の高地から麓へ、一面に基地的で雑駁《ざっぱく》な街の風景が、見慣れているせいか結構バランスよく落ち着いて見られ、それがこのヨットの生みだす澪《みお》が白く膨らんで躍るかたちともよく照らし合っているのを、深く納得した。

「あ、あれ……」

真謝が沖を指したのは、鰹《かつお》が群れて飛ぶ弧であった。十数尾か二十数尾か、数える間もなくまた海に消えたが、水平線を弓弦に見立ててみると、海の若武者が引く弓の形をなして、飛ぶのであった。ここで当然のように思いが走ったのは、真謝が古謡おもろの語彙と文体でみごとに一冊の詩集を編んで見せた、その教養である。その志向の基礎は、ここにあったのか。あるときはヨットを走らせながら、朝日のおおらかな紅《くれない》を拝み、あるときは天気を見誤り、沖へ出てから天候がくずれかけて急遽《きゅうきょ》港へ取って返す。また、かなり沖へ出てから、中世の唐への船旅を思いやる、などという自由、壮大なモチーフが、しばしば彼を躍らせ、それが本来海洋文学の趣のある古典おもろの世界を、無理やり現代の想像の世界に手繰《たぐ》り寄せることになったのではないか。真謝志津夫の文学のなかでは、海洋の大自然と船のメカへの愛がうまく溶けあったものか、と思いあたった。

このこころよさを小説にも書いて見せてくれないかな、と思いつき、メカ狂の話は伏せてそれを言うと、さりげない答えが返ってきた。

「西表《いりおもて》の海を走って、それを思ったことはありますね」

そういえば、真謝は八重山《やえやま》の出身だと、私もさりげなく納得する体《てい》で応じた。私も西表の神秘を抱いたような緑の風景を思いだし、

「西表といえば不思議なことがあるらしく……」

祖納《そない》という部落は西表の西の端にあるが、そこに、他処《よそ》では見られない神話的な面白い漁法がある、と私は聞いた話をした。

魚の名をグザと言うそうだがね、と私は帆のはためきに調子をあわせるように、声を張りあげて話しはじめた。

グザは重さが七、八十キロほどもあるが、これを捕るには呪《まじな》いが要る。三艘《そう》のサバニに漁師は十一人。それを束ねるのがソーチとよばれる一人の漁師で、その務めはサバニの舟底に無為に横たわるだけである。眠るように見えて眠ってはならない。また、如何《いか》なることがあろうとも、身動きをしてはならない……。

真謝は聴いているのかいないのか分からない眼で、目指すハンビーあたりを見る眼をしているが、

「帰りましょう……」

いきなり投げ捨てるように言って、「聞こえますか?」

私にはよく聞こえないが、エンジンの調子がおかしい、他人に任せたのがよくなかった、と言った。

これだ、これなのだと、私は思いあたった。彼の小説が船の話に拘りながら、その拘りも、素人に分かりづらいエンジンなどのメカや塗装や舵の話や、それらが嵐に出会った場合の運命に集中している理由が分かる気がした。「だって、読者に新鮮な世界を味わってもらいたいじゃないですか」と言われたことはないが、言われても不思議ではない。

そこを想像させる新鮮なものを覚えながら、不発のセーリングを私は降りた。すみませんねと、真謝は別れぎわに言ったが、いや、面白い体験をさせてもらった、と言ったのは十分な実感によるものであった。

その記憶が、いま電車に乗って、坂を登ってくるように思った。ヨットに今でも居残っているはずの真謝の霊《まぶい》がその電車に乗ってきて、眼の前の駅で降りるとしても不思議ではない。その霊はひょっとして、この私とレールを挟んでの縁を予感していたのではないか。私はあのセーリングのときに、まったくの素人らしく、エンジンの不調に不平もなく嗤いもしなかった。そして淡々と別れた。これらの記憶が、モノレールに運ばれてきたように、思いなされた。

お前は、花城さんの退院に一週間おくれて病院を移り、リハビリの日常生活を二か月半つづけ、その間に、季節は合着から冬物へ移ったが、これは悦雄が別の大きな風呂敷包みのなかから、うまく見つけてくれた。そして、リハビリだけをつづけるうち、なんとなくお前が快癒へ向かいつつあるように覚えたのは、ただの願望のようなものであったかもしれないが、ひとつには息子たちとお前の妹たちに支えられて生み出された希望のようなものでもあっただろうか。

退院間際に新聞社の事業部の職員と病院の廊下で出会った。たまたま長男の為雄と同伴であったが、奇《く》しくも二人が知り合いであったことも手伝って、立ち話をしているうちに思いだしたことがある。真謝志津夫の最後の小説のことだ。これでついに受賞に至ったが、そのときにその職員が、よかったですねと、殊《こと》のほかの喜びを私に伝えたのだ。かつて聞いたことに、彼もヨットの趣味をもっていて、真謝と格別の付き合いがあったらしく、応募、落選のつど私へ無念のことを正直にもらしていたのである。そのあげくに受賞のよろこびを真謝と共有したのは、一入《ひとしお》のことであったろう。

その受賞作「ジュゴンの海」のことを、私はどうして忘れていたのか。

ジュゴンとは魚でなく哺乳類で、琉球列島を北限とする南海を遊泳しながら、その姿を人に見せることがめったにない。そのせいか、人魚という伝説的なイメージをも生んだわけだが、島によっては、それを年中行事の祭のテーマに繋《つな》げている。

琉球列島の中でも、その生息地は多くはないが、その一つが西表だということを私は知っている。この創作「ジュゴンの海」の舞台が西表であるのを見ると、この作品はじつに私がかつて西表・祖納の神話的なグザ捕りの話を、ヨットの上で語ったのを、聞いているのか聞いていないのか分からない顔をしながら、結構聞いて頭に叩《たた》き込み、それを題材に書いたものに違いなかった。

応募作「ジュゴンの海」の導入部分で、主人公の娘が妊娠した胎《はら》をかかえて、祖父母の住む西表に来たという筋書きを読み、はやくも私が予感したのは、その出産とジュゴンの生態が、島の祭と絡んで運ぶに違いない、ということであった。ただ私は、あのエンジン不調をも思いだし、あれは主人公の妊娠の挫折を暗示したのではないか、と予感した。が、読むとそうはならず、むしろ祭の高まりを堂々と描き出した。その先にジュゴンの豊かさと彼女自身の出産とが、めでたく重なりあった。妊娠の挫折まで触れていないことに、一応の不満を私はもった。が、それは自分の余計な思いすごしにすぎまいと反省した。むしろ、大らかな生産予祝の物語だというべきだろう。堂々たる土俗のテーマと一応の過不足ない描写をもって、受賞作に推した。

私はレールの南側の看病生活のなかですっかり忘れ、そのうちに思いがけなく神地祐から真謝志津夫についての思い出の原稿を求められると、それを断る口実のように、人知れず船舶メカの専門馬鹿にこだわっていた。市立病院でお前の病気の将来を憂えているると、エンジン不調の思い出も湧いたが、それにお前の縁起を汚されてなるものかと反発した。

お前の病気のことを神地は当然知らないはずで、原稿注文がむしろ私への敬意のあらわれであるはずなのにもかかわらず、不当にもそれを素直に受けとる余裕をもたず、船舶メカの小説に無理やり顰蹙《ひんしゅく》し、また表に現われたがっているジュゴンの幻に嫉妬していたのだろうかと、いま思う。なのに、逆にリハビリ病院の廊下でジュゴンの幻の思い出に出逢《であ》ったということは、奇しくもお前の幸先を占うことになろうかと、思いついた。

リハビリ病院に三か月いて、これ以上は自宅療養が適当だということになり、そのことがお前を一応は慰め、私をも落ち着かせた。いまなら真謝志津夫の思い出を書いてもよいか、と思った。そこで、わずかに浮き立つ思いで神地祐へ電話しかけた。が、思いなおして受話器をおいた。原稿依頼を受けてからの時間の長さを思えば、ほとんど印刷は仕上がっている頃だろうし、いまさら未練をみせるより、海の裏と表の両方の風景を正直に思いつめることが、真謝志津夫の霊を慰めるのに、そしてお前の病気の幸先を願うのにもよいのではないか、と思いなおした。

リハビリ病院の主治医が退院日にきめたのは、お正月に近い日曜日であった。長男の為雄が退院を手伝うことになったのは幸いで、彼の車を使うことになった。お前はさすがに嬉しそうで、派手にはしゃぎはしないものの、こころなしか頬に赤みさえあらわれている。後部座席にお前と私がすわり、助手席に次男の悦雄がすわった。海に近い病院から国道への長いアプローチに出ると、お前はすこし懐かしげな表情でふりむいた。

「武信さんが救急で入ったのは、中部病院でなくここだよね」

お前のいまの頭のなかで、武信君の急死の思い出が、登美子さんへの今度の感謝と無理なく繋がっているのだろうと、ありがたく思った。ただ、

「その頃は、この病院はな……かったと思うよ」

この病院が建ったのは、ほんの十年ほど前だ。この錯誤も苛立《いらだ》たしいもので、私はつい「ないよ」と言葉を荒らげそうになったが、それこそ退院祝いのつもりで、言葉を和らげていた。こういう心遣いが、この先何か月あるいは何年つづくものか。

お前はそれには答えず、しばらく経って、

「あなた、原稿は？」

国道から環状二号線に入っていた。私は、久しぶりに原稿の話が出たのがうれしく、

「いちばん新しい注文を断ったよ、神地祐たちの雑誌だったがね」

真謝志津夫の名を出しても通じまいと思って、それは伏せた。あらためて、あれを断ったのは正解であったか、と思った。

「神地さんは元気ね？」

「元気だよ」

「昨夜《ゆうべ》、詩の朗読会があってね……」

為雄がハンドルを捌《さば》きながら、割り込んできた。お前を元気づけるための私の話に、さらに景気をつけるためだと、私は察した。為雄は小さな劇場の支配人をしていて、土曜日の夜には仕事があるのだ。「おもろそうしとか、昔の詩を読み上げていたよ」

「古典か、現代詩か」

私が問うたのは、真謝志津夫がおもろ語で現代詩を書いたことを思いだしたのである。神地が真謝の追悼をかねて、その作品を朗読したに違いない。

それは知らないと為雄が答えると、

「おもろに現代詩もあるのか」

悦雄が口をはさんだのも、この場での盛り上げにつきあうサービスのつもりがあろうと、私には分かる。たぶんお前にもその疑問はあろうが、いまの頭脳では無理かと思っていると、

「神地さんが、うちで酔っ払って踊りだしたときは面白かったねえ。いまでもあんなに酔っ払うかねえ?」

これは、為雄にも悦雄にも分からない話だ。神地がわが家で酔っ払ったのは、二人の息子が大学生で家を出払っている頃であったから、彼らは知らないはずだ。それでも詩の朗読の話で、妙に因縁がついたようだが、そのことにお前は気がついたか、と思っていると、

「神地さんは元気ね？」

また訊く。

私は一瞬、神地の名にからめて、やはり真謝の名を出そうかと思った。

環状二号線は登り坂にかかる。右手に市立病院があり、左手に末吉の森がある。森の頂上に近く末吉宮があり、その屋根と壁の朱が森の緑と空の碧《あお》とをつないでひきしめるように輝いている。神地祐の名が出たら、そのあたりに真謝志津夫の霊が姿を現わし、自分の名を出すことを求めるような気が、私はする。レールをはさんで真謝の霊とお前の霊が、私の思いを介して慰めあい、それがお前の快癒を願うものになるかもしれない、と期待した。が、いまお前の脳の負担を思えば真謝の名を出すのは控えよう、と考えなおし、その代わりのように嬉しい言葉を紡ぎだして、

「神地君は元気だよ。昨日、為雄と会ったらしいよ」

「ほんとう？」

これが久しぶりにまともな問答になったと、私は嬉しかった。

孤島夢ドゥチュイムニ

崎山多美

一面まっ黒に染めあがったドブドロの水のゆらめきを見ている。水の面をとっぷり浸していた夜が、どこからともなく忍び込む光を受けてしらじらと明けゆくらしい。光は、差し込むのではなく、夜盗のように黒子衣装に身を包みそぞろろと侵入するもののようなのだ。さざめきつつひとすじの流れとなって足裏の凹《くぼ》みをくすぐり、這《は》い登ってくる。俯《うつぶ》しの背中から脇腹を這って、首筋耳裏へと辿《たど》って行きついには脳天へと突き抜けてゆく、仄《ほの》かにあたたかなもののさざめきが、そぞろろろと忍び足でやってくるのだった。

——ウおおーッおおおーッおおおおーッ。

突如として、ドロの水面から阿鼻叫喚が。喉を切り裂き噴きあがるオタケビだ。猛《たけ》り狂う獣の遠吠《とおぼ》えのよう。

——ウおおおーッおおーッ、こおこーッ、おおおーイッおおおおーッおおーイッ。

どこかで誰かが、幽閉された我が身の居場所を知らせようともがき、あてどない虚空へ向け、黒緑に濡《ぬ》れるアオダイショウの腕をうねうねと泳がせている。よく聴くと、呼びかけにはもの哀しげな分裂感があった。或《あ》る日突然ゆくえを晦《くら》ました己のムクロを探す、狂ったタマシイが、闇の虚空を掻《か》き毟《むし》りありったけの喉でさけんでいる。そんな気もする。くるおしく、凄惨な連想をも生む遥《はる》かな声を、気配を漂わせるばかりでうっすらとも視《み》えてはこぬ曙光《しょこう》の想《おも》いのうちに聴いていた。と、突然になだれる水の音が……。

寝耳に水。思わず背凭《せもた》れから上体を起こした。つかのま、うとうと眠りをしていたもよう。夢の叫びが首のあたりでべとついている。なんでだこんなドロの夢を、と口走るかわりに首をひと振り。目を前方へ向けた。ここで、オレは、居眠りの場所がいつもの1DKでないことに気づく。そうだった。なんの因果でか、オレは、旅先である芝居を観《み》ていたのだった。

芝居といっても、なんとも奇妙なもの。舞台というのも、貧弱なセットでしつらえた二十四時間営業の漫画喫茶ふう。ひと頃オタクのあいだで隠微な売れ行きを呈したと噂《うわさ》のある、大林《おおばやし》あしのり「スットコどっこいワッシズム」シリーズのカビの吹くボロボロ背表紙が押し込まれた、マンガの棚。その前にゲーム機付きのテーブル。ゲーム台を抱いて女がひとり。南方系のオーラを満面に浮かべ、遠目には若く見えるがとっぷりと人生の疲れの溜《た》まった緩んだ体を投げ出している。地顔か装ったものか、芝居なので地顔ままってことはあるまいが、とにかく、女の様子は一見すさんだふぜい。オレが居眠りに入る直前と寸分変わらぬ表情で貧乏ゆすりをしている。

落ち着かなげにくるくると巡らす女のおおきな黒目。そこには見る者をギクッとさせる意志的な反抗心が宿っていた。その目をふっと緩め、そろそろゲームには飽きたさ、というように女は大アクビをかますのだ。首を前後にひと折れふた折れ。足を組み替える。組み替えしなテーブルの縁に足を引っ掛けた。引っ掛けるタイミングに合わせ、ギッコン、という壊れた木琴を叩《たた》くような効果音。しばしのま。すぐにまた勢いをつけて振り回した一方の足を、組み替える。同時にまたギッコン。科白《せりふ》のない舞台に片足ぐるっと間の抜けたギッコンが交差する。それが何度もなんども繰り返される。ドロ沼の夢に再びずぶずぶと落ちてゆく気分だ。うとうと眠りから覚めたばかりのオレも、ここで生アクビを嚙《か》み殺した。

幕開けからずっとこんな具合なのだ。舞台が展開する様子が、ふと、もない。登場人物もさきの女ひとりきり。観客は、女の、何に対してとも見当のつかぬ苛立《いらだ》つ動きばかりを見せられている。なんと、二十分ちかくも、ずっとだ。なんというヒトを喰《く》った長さ。役者ともども、さながら苦行の真っ最中というところ。

と、女が動きの流れに変化をつけた。それまでは自分の身を縛り付けるようにして抱いていた浅黒いその腕を、ほろっと解き、片方をゲーム台にのばすのだ。ゲーム台に投げ出してあったセブンスターの小箱を手にした。一本ぬく。大きくはだけたノースリーブの襟から谷間が見え隠れする胸を突き出し、腰を揺すりあげ、ジーパンのポケットを探っている。ライターを取り出した。火をつける。カチカチッと響くのは、効果音というのではなくじっさいにライターを擦る音。煙草《たばこ》の先が赤くともる。ふふんという具合に顎を突き出し、すぱーすぱーとやりだした。そのすぱーすぱーがしばらくは繰り返される。ゲームにはもう飽きたさ、という表情をしてみせたからには、こうして煙草をくゆらしてみせるしか芸の持ち合わせがない、とでもいうよう。ひっきりなしに煙草がふかされるので、しろいドーナツがぷかりぷかりと薄暗い空間を泳ぎつづけるのだった。

一連の女の所作は、舞台のど真ん中でハタと科白をど忘れした役者が、突然まっしろになった頭を抱え、引っ込みもつかず、居直りついでやけのやんぱち演技で観客をかましてる、ととれるふしもないではない。なのに、客席からはざわめきも起こらない。しらけたムードも漂わない。或《ある》いは、なんじゃあこりゃー、ヒトをコケにすんかあおらおらあ、ひっこめーちゅーにッ、とかとかの野次もとばない。不思議な、というより、ちと不気味感も漂うそんな空間に、立ち上がるきっかけをみつけられずオレは座りつづけているのだった。

フリーの写真家。というのが他人へ自分を差し出す必要が生じたときに使う、オレの立場だ。ついでながら当年三十九歳。単独者。モノクロで「淵《ふち》の風景」なるものを撮ることを売りにしている。とはいえ写真集の一冊もまだ世に送ってはいない。当然ながら無名。作品については時々仲間内で皮肉をこめたこんな評をもらうことはある。今時モノクロの風景写真ってのも珍しいじゃあないか、なんかかえって新鮮にみえるよなーと。作品にたいするどんな言葉もある種の刺激にはなる。撮りつづけるための。

淵とは、風景と風景が折り合わぬまま切り立つ場所。世界から放り出されたモノモノらが沈む裂け目、いわば世界の穴、あるいは世界を眺め返す境界、としてイメージしたオレの撮るテーマだ。と観念ぶって表明してみせても実際の被写体としては、村里に建つがらんどうのコンビニ。沖で座礁し朽ちかけた漁船。ダムの底から頭を覗《のぞ》かせたヒト形の奇岩。サビがかった色で秋空を裂く雲の尾。噴火口。岩窟洞。澪《みお》。などの国内限定風景。それらに注がれる光と影が引き起こす空隙と闇を、旅の折々に撮り歩く。人物は撮らない。たぶん臆病心から。この世でもっとも刺激的な淵はヒトとヒトのあいだに立つ、という気はしているが。そんなオレがそろそろ写真集の一冊くらいはと考え始め、思い立ったのがオキナワ行きだった。

オキナワ。この、明るいようでいて重く湿っぽく、過酷さと愚直さを同時に演出しながら饒舌《じょうぜつ》のようでいて肝心な場面ではだんまりの頑《かたく》なさをも演じてしまう、摑《つか》みどころのないフヌケのシマ。オキナワ通を吹聴し語りだすときりのない幾人かの写真仲間を知ってはいる。が、オレには何度やって来てもつかみどころのない孤独なシマジマだ。

そのオキナワの北の端、辺戸岬《へどみさき》を、淵の一コマとして、いや「淵の風景」の仕上げとして撮ろうと思ったのだ。

辺戸岬。南の島に立つ北の淵だ。その辺戸へ行くつもりがうっかりバス路線を間違えてしまった。乗り換えありで三時間近くは揺られなければならないと覚悟して乗った北向けのバスの窓から、湿気た海風の匂いが消え空気が埃《ほこり》っぽくなったと感じていたら、丘陵地をゆるゆると登っていた。やがて左手にあらわれたフェンス越しに、昼寝中のヒト食い大虎ののけぞりを思わせるベースキャンプの広がりが続き、そこを突っ切って東へ折れ、バスは、海岸沿いの道路からシマの内部へと入っていったのだ。

乗るバスを間違えたとすぐに気づいた。が、まいいか、となりゆきに任せることにしたのだった。旅先でそれはよく起こること。撮るための旅は行き先任せにするのがいい。土地の誘うまま風景が表情を見せるままに撮る。それが曲りなりにも写真家と称するオレのささやかな流儀というか倫理観だった。カメラをやりだし「淵の風景」と自らが名付けた場所を撮りつづけることにオレなりの意味を見出しかけた頃だった。逆に風景から見られている自分を意識するようになったのは。撮ろうと構えるこちらの野心を見透かす風景の眼《め》がオレを刺してくる。風景がオレに撮られることを拒んでいた。土地の誘うまま風景が表情を見せるままに撮る、という言い方をあえてするのは、被写体から拒まれていると感じながら撮る欲望を捨てることのできない自分への、ひそかな弁解ではあった。

バスを乗り違え、とりあえず降りてみたマチの誰もいない真ッ昼間のバス停で、ぼんやりと立っていた。そこで雨に降られたのだ。

いきなりな南の初秋の雨。オーディオショップの店先で、マチをしとどに濡らす雨を眺めやりながら、撮影器材を肩に旅のリュックを背に立っていた。何度か素通りすることがあり、観光案内的な情報はあっても足を踏み入れることは初めてのマチで、雨に降られた憂鬱が重なった。さて、どうするか、なんとはなしに振り返ったショーウインドウに種々雑多な案内パンフレットがごてごてに貼り出されてあるのを見た。ジャズにシマウタライブ、歌謡ショウ、オペラコンサート、ピアノリサイタルにお笑いショー、郷土芸能、芝居公演……首だけ後ろにひねった姿勢で眺めていると、視界がブレ、パンフレットの紙々がぶあぶあと波打ちはじめた。ぶあぶあのうちに、こってりと飾り立てた歌手やピアニスト俳優芝居役者の顔が一緒くたに重なって押し寄せてくる。あわてて目を通りへ移した。すると、こちら側の現実に立つビルや歩道橋ヒト車までがぶあああと膨れ上がってくるではないか。オレの眼の中でマチの空間が歪《いびつ》に揺れていた。カメラをこの手に構えているというわけでもないのに、このマチは、すでにオレに見られることを拒んでいるのか。

どうにも外界との折り合いがつけにくい。

折り合いをつけるため再びオーディオショップを振り返った。そのとき、揺れの止まった視界に一枚の貧弱なパンフレットがひっかかったのだ。いかにも手作りであることがわかる文字ばかりが並んだモノクロのA4用紙。カラーの騒々しいごてごて模様の氾濫から、そこだけしんとなって浮き上がるセピアがかった紙の世界に見られた。そこに、ふてぶてと、これみよがしに書かれたメッセージがあった。〈「覚えてますかあの時代を。憶い出してくださいあのマチのあのヒトを」〉。オレの中で、どす黒い郷愁のようなものがめくれあがる感じが起こった。感情の由来はわからない。

それが劇団「クジャ」の芝居公演パンフレットだったのだ。公演の日付けは200×年○月△日。今日だ。午後一時に七、八分前。その四十分後くらいにオレは薄暗い公演会場の玄関入り口に立っていた。開場三十分前だというのに全く人気のない会場だった。セメント粉とカビ臭がつんと鼻を突く場内入り口の真正面に、うっすらと埃の張った焦げ茶のソファが白い綿の綻びを見せて置かれてあった。

今ではすっかり寂れ果てた路地のど真ん中。そこに、むっそりと立つアダルト専門の元映画館があった。もう何年も以前に倒産したまま引取り手もなく、取り壊すにも手のつけようがないと放置された、というような、見るからに傾斜のかかった、危ういブツだ。見上げると、セメント壁の綻びから錆《さび》くった鉄筋の骨がむきだしになっている。その内部にオレの観ている「クジャ」の公演会場は嵌《はま》りこんでいるのだった。捨て置かれたガラクタの中に侵入してセットされたというような芝居小屋だった。

陣取った席は、会場全体がほぼ見渡せる入り口ドア近く左手端最後部。

考えてみると、会場受け付けも奇異といえば奇異であったと改めて思い返す。ご自由に、と青マジックのつたない丸っこい文字をつらねた紙が貼られた長テーブル。その上に、入場料金五ドル円換算五百円也、とアメリカの客人を当てにしたのかふざけただけなのか判然とせぬ文句が挟まれた、料金入れの小箱。案内パンフを表表紙にしたうすっぺらな冊子。それらが無防備に置かれた無人の受け付けだった。非常識にも貧弱なそんな状況設定を、あの時、オカシイともタカリだともオレが思わなかったのは変であったが。

人目に隠れてこっそりアダルトものを見るというような、ぽつぽつとした観客の数であった。

それにしても、女の煙草を咥《くわ》えるまが性急だ。煙草の煙を吐き出す合間あいまに苦りきった表情をしてみせる。からからの胃袋から突き上げてくるものを堪えているというふう。由来の語られぬ感情の沸騰を抱え込んで女はただそこにいる。

幕開けからゲーム台の上にはアイスコーヒーのグラスが置かれてあった。ライトの熱で舞台は相当に熱しているのだろう。無言劇の二十分のうちに角氷はすっかり溶けきっている。白と黒褐色に分離したグラスの中の液体が女のぎくしゃく動きに合わせて、どろんどろんと揺れた。

——きぶんは、さぁいあくッ。

やっとここで科白が入る。が、はすっぱなひと言だけ。あとは、例のすぱーすぱーと貧乏ゆすり、時折、ぐるっ、にギッコン。さぁいあくっ、という発声のうわずりがざらりと耳の奥をくすぐりつづける。どうにもまだ役にハマりきらないというふうにも聞こえ、さぁいあくっ、と吐《は》き棄《す》てた後も、女の所作は、ゲーム台を抱えこんだ格好から意味不明の、ぐるっ、ギッコン、を繰り返しているだけ。途切れとぎれの、ぐるっギッコン、のリズムが、そのうち奇妙な具合に迫力を帯びてきた。頑なに科白を禁じ所作だけで空間をブツ切りにする女のパフォーマンスは、じつは、演出の妙だった、とオレは強迫的に感じ始める。なんたること、女の貧乏ゆすりに合わせてオレの下半身がガタ、ガタガタッとゆれだしているではないか。くそ、引っ掛けられたか。ワケも判らず呟《つぶや》き、舞台から目を逸《そ》らそうとしたときだ。ずっと揺すり続けていた足首を、女の方がピタと止めた。すっくと立ち上がる。「スットコどっこいワッシズム」の背表紙が壁になった棚とゲーム台を背に、女は立っている。

舞台のほぼ中央。肩まで垂らしたボサボサの髪を掻き払い、意志的な気迫をこめ、濃い輪郭をぐいぐいと押し出してきた。客席ぎりぎりの線までやって来て、両足を広げて立ちはだかり、両手をさあっと広げた。

――サッても、サッても、皆々様《グスーヨー》。

おや、と思わず身を乗り出してしまった。いきなりな異国語で目晦ましを喰らわす、というようなとっぷりと方言訛《なま》りに染まった口上なのだ。グスーヨー、という響きがなぜかオレの胸を衝《つ》く。

――今日《チュー》やー、早々《ヘーベー》とからメンソーチうたびみソーチ（早々とおいでくださり）、真《マ》ックトゥ、ニフェーデービル（誠に、おありがとうござーい）。

そう切り出しておいて、女は、客席の反応（数えてみるとたったの十三名）を確認するようにぐるーりと目を巡らした。ふーと息を抜く。両手を腰に当て、堰《せき》を切ったように声を発し始めた。それは、これまでひっきりなしに吹かし続けていた煙草の代わりに吐き出すのだ、とでもいわんばかりに吐かれだした、女の一人語りの前奏だった。

――サッてもサッても、グスーヨー。

あっちの兄《ティ》ニーもこっちの姉《ネエ》ネーも、ちょいと肥りぎみにそっちの席で反り返っている小母《アバ》グァも。アネッ、ついさき居眠《ニーブィ》りカーブイから覚めたばかりの、あっちの端《ハタ》でガタガターしている小父《ヤッチー》か兄《ティ》ニーかはっきりしないやつ（といって女の指先は真ッ直ぐにオレの顔を差している）も、さあさあさ、おめめをパッチリ開けてくださあい。ついでに耳の穴もほじくってねーなぜアタシがここでこうしてムカついているか、せっかくここにメンソーチャル（おいでくださった）皆々様《グスーヨー》に、そろそろ聞いてもらってもいい頃ですからー。これからアタシは勝手に独り言《ドウチユイムニ》をしまーす。だからぁ、さあさあさ、よぉくきいてくださーいよおく見てくださいようこのアタシを。そんなしょぼしょぼのおめめではなーんにも見えませーんパぁッチリあけないとぉ。

ばらばらばらッとむやみやたらに投げつけられる鬼やらいのマメ。突然降り出して止む気配のない夏の夕立。高揚したまま途切れなく続けられるラップのリズム。女の声は、そのようなぶり方で前方から降ってくる。

——そ、パぁッチリ開けたあなたのおめめに映ったとおり、アタシはピナー。ああ、そんなこむずかしい顔しないしない。そんな顔されるとアタシとっても困るってば。なーんてことないんだからぁピナーなんて言ったり言われたりしたってさ、そう簡単に傷つくヤワじゃないってアタシは。そ、ピナーっていうのはフィリピナーってことだってば。ホーラ見てくださーいこのくろぐろのみぐし。くるくるくるりんぱッのまーるいおめめ。世間のオジサンたちが特別にセックスアピールを感じてしまうらしいキッスの上手そうなぽってりのこの唇。ホーラね、この引き締まったお尻(くいっと捻《ひね》って尻を横につきだす)。なによりさあこの肌の色ったらきれーいに焦げついちゃってるしー。あ、でも断っとくけど、今あなたが想像してる、昔あなたがあこがれたじゃぱゆきさん、それ、ぜーんぜんちがうんですう。ざーんねんッでしたッはーいはいはいはいッ(両手をパンパンパンッ)。

で、アタシの生まれる前の事情で、ということは、アタシ自身では責任のとりようのない理由で、こうゆう見かけに生まれついてはおりますがー、じっつはアタシ、生まれも育ちもこのマチってば悪いけど。そ、あなたもいるこのマチ。ハァッサ、あなたさ、なんといってもこのマチは、何を隠そういえいえ隠しんかくさらん、今も昔も、相も変わらずアメリカー達《ター》が入れかわり立ちかわり行き交うマチさねはっきり言って。

アタシが生まれ育ったマチ、と舞台の女が語ってみせるそのマチに、オレは今迷い込んでいるのだった。真ッ昼間だというのにどんよりと暗く、陰気で、カビ臭と殺気ムードに土のにおいが混濁した腐臭がどこからともなく漂ってくるマチ。

それがクジャ。

戦後まもない占領時代のドサクサ、周辺の集落や離島やらからやって来て、半島の窪《くぼ》みに居着いたヒトビトが寄せ集まって出来上がった市《マチ》。歴史の折々に表層に漂ったにおいのさまざまがそっくりマチの体臭となって底にこもり、路地や屋根や壁からも吹いてくる裏マチだ。

その裏マチ、クジャ、と劇団「クジャ」とは名付けのとおり深いインネンがあるらしい。「クジャ」はクジャの体臭をその身体に引きずった者達で結成された劇団だというから。あの頃、ゆったりのったりと流れるシマジマの歴史の記憶を、暴力的に剝がされて成り上がったマチで、「クジャ」の舞台は演《や》るたびにかなりの評判をとっていたらしいこと。それも、バブル景気に浮いた時代の風が陰気に土臭いクジャのマチにも「明るい闇」を運んでくる頃には、役者の身体そのものが暗く光る「クジャ」の舞台は、これもまあ時代の風だ、とソッポを向かれるようになっていったこと。以上が、開場までに手にした冊子パンフから仕入れた「クジャ」についての情報だ。

今舞台の上で祝祭じみた一人芝居を演じてみせるのは、高江洲《たかえす》マリヤ。パンフレットに載せられた役者の名前は彼女一人。スタッフの名前さえ載らないパンフだった。

高江洲マリヤ。本名か芸名か。名前そのものがいかにも基地のマチ、クジャのにおいを漂わせる役者だ。もしや彼女は最後の「クジャ」の団員ということかもしれない。時代から見放され食い扶持《ぶち》に見捨てられた団員らが、一人抜け二人抜けし、とうとう一人きりになったマリヤは、追い詰められた孤立感のうちにこの一人芝居を思いついたのかもしれない。最後の花火を、というように。そういう気がする。半ば破れかぶれの発想で演りだしたとも想像される高江洲マリヤのドゥチュイムニは、いよいよ気合のはいった調子を帯びていた。

――ヒーヤーサアサ、ハ、イヤッ、ってなもんさね人生ってやつはよ。どうゆー意味かって? それはあんた、ヒトそれぞれで想像するしかないでしょ。

それよかあんた知ってる。ホラ、世界最強の帝国《テーコク》と貧乏《ヒンスー》アジアのゲリラ戦士が闘った泥沼のイクサがあった時代をさ。そおですそーです。あの、にっちもさっちもゆかなかったドブドロブッチャーのゲリラ戦ですよ。ああ、今でもあれと同じイクサがまたも懲りもせず西の方でやられているらしいけど。ね、あんた、あのイクサもこのイクサも、このしなびたマチとふかーいインネンがあるって、知ってた。そ、あのイクサへもこのイクサへ行くのも、テーコクの兵隊達《ヒータイター》は、あーのあたり（両手をいっぱいに広げてぐるーりと一回転。あーのあたりを示すふう）から、さっそうと飛び立って行ったってことをです。あ、そんなことあまり興味ないし関係ない？　いや、でもですね、あんたの興味ない関係ないはそれはそれとして、アタシはアタシの事情があってですねこのあたりのコトをすこうしだけしゃべりたいのですハイ。

で、聞いてくださあいグスーヨー、ってなことになるんですハイ。

あの時代というのはですね、この路地裏《スージグァ》は、戦場《イクサバ》を行ったり来たりするアメリカーのヒータイターが、マチ中に溢《あふ》れかえっていたです。昼間はマチ中をムッサイムッサイしていたかと思うと、夜になれば、女《イナグ》ンチャーとタックァイムックァイする休憩地だったですココは。国家の指令を受けたヒト殺しの請負人たちがですよ、ハァヤぁ、逃《ヒン》ギ場所もなく、殺ることと殺られることの狂気ザタを、マチの闇明かりに曝してですね、何と言ったらいいか、ま、しいていうなら、ハァイーヤーイーヤー、ってなシザマでですね、毎晩のように奇声を放っていたです。夜のマチに群がる蛾《ガ》の集団みたいに。

そんなことでさ、巷《ちまた》ではこんな事件がしょっちゅうだったです。ひとりのイナグを奪い合ったりうさばらしやらでヒータイターが乱闘をやらかすっていう事件ですよ。夜中といわず明け方といわず、ピーポーピーポーと鳴らされるサイレンにとびだしたら、黒ヒョウみたいなイキガたちが血みどろ格闘をする場面に出くわす、ってことが、数え切れないくらい、あったです。あ、どうしてアタシがそーゆうことを知ってるかって。だってさアタシは、そのアメリカーのヒータイターを相手にイナグを調達する店の裏にあった貸家で住んでいた子供《ワラビ》だったから。物心ついたばかりの頃だったけど。そんな事件のあれこれは夢うつつにアタシの身体《からだ》に染み付いてしまっていたってわけ。あ、よくよく憶いだしてみると、こんなこともあったです。たしかあれは蒸し暑い夏の夕方だった気がする。ワラビのくせにアタシはいつも日が暮れてから帰るくせがあってね、あの日、裏の路地《スージ》でぶるぶるふるえて蹲《うずくま》っている中学生くらいの姉《ネエ》ネーを見つけたことがあった。よく見ると、服がビリビリに引き裂かれていて、顔が真っ青で、唇もまっさおに震えていて、アタシが何を聞いても口を利かないから、四つか五つだったアタシには何をどう考えたらいいか判らなかったけど、でも、口ではいうこともできないヒッドイ目に遭ったのだろうってことだけは判った。アタシね、ただ震えているだけのネェネーの傍で一緒に座っていた。ネェネーと同じ格好をしてずーっと。なんでそーしてたかって、どうしてもそうしなければならない気がしたからさ。今でも時々想うんだよね。あのネエネーあの後どーなったんだろうって。ネェネーの遭ったひどい目ってのがどんな目かっていうのを想像できるようになったのは、大分後になってからだけどね。

でも、でもですね、あんなこんなが毎日《メーニチ》メーニチ起こっていても、ヒータイターとマチのイナグンチャーがタックァイムックァイする夜の騒ぎは、少しも止《や》まなかったです。そ、あのドロ沼のイクサが終わるまでは。そうやってですねこのマチは、ヒータイターとイナグン達《チャー》が、イクサの吐き出す糞《クソ》ゴミにどっぷりまみれてですねクソゴミの吹き溜まりから生きるカテを吸い取っていたです。ハイ、そーゆーマチだったですココは恥ずかしながら。

どろりとした黒い水のゆらめきが眼をよぎる。

咽返《むせかえ》る暑気の中を泥水に足を捕られムッサイムッサイと湿地帯を渡る影。枯葉の積もる澱《よど》みをうごめく影の行列だ。ゆらめきは地を這い、空を泳ぎ、黒緑に濡れる塊となって圧迫感でオレを責め立てる。息苦しさに身を捩《よじ》って振り仰いだ頭上には、奇怪な積乱雲が。みるみる黒雲と化し、突如として降ってくるのは、大量の精液の雨。強烈な腐臭にウッと唸《うな》りむやみに肩を揺する。影のうねりは背中を這い出し、死臭の漂う泥水の上を滑ってゆく。視つづけていると、滑りつつ、びちょびちょと黒い水を飲み込む音を立てて膨れ上がる。眼の向こうを、大蛇のうねりとなって、くねくねくねくね。そこへ、ゴゴゴゴゴーッ、というくたびれたキャタピラーの走行音が。同時に、噴きあがるおびただしい砂埃の渦巻き。眼を塞がれる――。

マリヤの語りのスキから湧いてくる、うつつながらの妄想だ。この場所に入り込んでから時々オレを襲うドロの夢。クジャには、あの時代に野戦場で闘った兵士たちの、死にきらない記憶が漂っているとでもいうような、その因果の記憶に引きずられた者たちの、泥を呑《の》み砂を噛む想いがオレに絡みつくというような、或いは、ヒトビトの記憶の埒外《らちがい》からもそろっそろっと噴きあがってくる闇のにおいが、終わりのないドブドロブッチャーの夢をつむぐ。

目を起こす。マリヤの声が天気雨の明るさで降ってきた。

――ピンポーンピンポーン。そ、そ、そーでえす。あなたが今想像しているのは、ご名答でぇす。何を隠そうアタシは、フィリピン系米国軍人の落トゥシン子《グアウ》だってば。あなたのお見かけどおりアタシはピナー。あ、でもピナーは見かけと出自だけでアタシの中身はそうじゃないって言っておかなければコトは正しくないのですハイ。

だってホラあなたさアタシのこのニッポン語のしゃべくり、いちおう理解できるでしょ。それがなによりの証拠だってばアタシがニッポン人であるっていう。ニッポン語をしゃべるからニッポン人？　ああ、なんかスカスカな感じするねこの定義。ま、それはそれとして。

サッてもサッても、グスーヨー。

このマチが、アメリカさんのでもニッポンさまのでもなかった時代ってのがあったの、あんた知ってる？　ひたすらビンボーばっかでそれなりには平穏無事だった時代ってのが昔あったわけよこのマチの周辺シマジマには。その時代にさ食うに困ってこの裏マチに流れてきて、アタシのハハオヤってヒトを生んでくれたオバァがいたわけ今生きていたら百歳なんかゆうに超えるチョウ長生きオバァなんだけどだーいぶ前に死んじゃったヨもう。このオバァというのがさ、また、マチに出てきたばかりの頃に、ヤクザ男に摑まって男親のいない娘をひとり生んだってヒトで、生まれた娘ってのが、まあアタシの母親ってことになるんだけど、そのひとり娘がこれまたヒータイとタックァッて生んだ子供《ワラビ》が、ま、これがアタシ、ってことになるわけだけど、どんないきさつがあったかアタシはその親に捨《シ》てィホーリされた赤子だったらしいから、そのモノみたいに捨てィホーリされたその孫のアタシを、オバァはそれこそ自分の命《ヌチ》よりも大切に扱ってくれたわけ。ホラ、アタシはこのとおりの生まれだから、気がついた頃から世間の冷たい目ってのに晒《さら》されていてさ、虐待がなかったのは幸いだったけど。なんとなく生きてこれたのは、そ、オバァがいたから。でもま、その世間の冷たい目ってのが今のメゲないアタシを育ててくれたって気はしてるけど。で、そのオバァがさ、このクジャのマチで、誰ぁれもやりたがらないツライ仕事のあれこれをやってアタシを育ててくれたわけアタシが十三になるまで。だからさアタシ、たったひとりの恩あるオバァが、赤信号の横断歩道を渡って車に轢《ひ》かれて死んだとき、号泣したね、オンナの子になったばかりの体が干からびてしまうぐらいに泣きに泣きまくったってば。志辛《シカラ》さぬヨー、シカラさぬヨー、オバァって、しょっぱい涙《ナダ》垂らしっぱなしにしてからに泣きに泣きまくったってば。なんでオバァが死ななければならないか、アタシにはぜんぜんわからなかった。オバァはただ道を渡ろうとしただけだったのに。世替わりとかなんとかで道を渡るルールなんかを突然強制されても、のんびりシマ育ちのオバァには赤信号なんか意味が判らなかったんだよね。信号守らなかったオバァがバカだったってことになってさ。オバァは死に損ってわけよ。そんなわけでさたったひとりのオバァをわけもわからず奪われてしまって、アタシどうしたらいいか分からなくなって、泣くしかなかったってば。で、さ、アタシがアホみたいに、毎日《メーニチ》メーニチ、飯米《ハンメー》も喉を通らないくらいに泣きまくるもんだから、親戚でもない近所のヒトに、ハァもお何如《チャー》ならんさ此《ク》ぬ子供《ワラバァ》や、寂《サビ》さるあまり気の狂《フ》りたがやぁ、って言われて、フラー扱いされてもうちょっとでビョウインに入れられるところだったってば。だからさ、あれからアタシ、どんな目に遭っても涙《ナダ》一滴垂らせなくなって。

　あれからもいろいろあって、どうにか生きていたら芝居をする羽目になってさ、こうして役者になったというのに、芝居の愁嘆場ってのが、演るのも観るのもなにより苦手ってば、おかげさまで。ほんとにもうスッカラカンに涸れてしまったみたいでさアタシの涙《ナダ》タンク――。

舞台から降ってくるマリヤの声がオレに届いていたのは、このあたりまで。

水の音だ。

酷薄に時を刻む音を聴いている。澱んだ感覚の壁を、とん、とんとんとととととと、低くたたき続ける水の滴り。聴き続けていると、サンシンの男弦《ウージル》の開放弦をいたずらに弾きつづけている、というようにも聴こえてくる。鈍いリズムの連鎖が鼓膜を打ちつづけ、リズムの単調さが、無防備な意識をずんずんと下降させるので、微《かす》かな光を求めて外界へ向かおうとする気力を萎縮させる。やがて意識下まで降りてきた水の滴りは、眠りの芯をくすぐりだすのだ。こそこそ、こそこそこそこそこそ。こそばゆさのあまり笑いがふきだしそう。堪《こら》えていると、いつのまにか滴りつづける水の膜にすっぽりと包まれている。透明なガラスボウルの半球体の中。その底面に、オレはいる。水の天球はそのうち少しずつ膨らんでいき、と、ぽあん、と浮き上がった。ぽあぽあと上昇していき、数メートルほどの宙空で、弾《はじ》け、同時におびただしい水飛沫《みずしぶき》が、眼の上で、散った……。一粒の水滴が頬に垂れかかった、というようなべしゃっとした目覚め。

またもや、つかのまの居眠りに入っていたもよう。

自分の仕掛けた一人芝居にやっとノリ始めたというようなマリヤの表情に、不思議な陰影が漂いだしたあたりで、オレの瞼《まぶた》は抗いがたい睡魔の侵入にどうにもならなかったのだ。どこかでくりかえし語らされてきたという我が身の不幸話をつづける高江洲マリヤのドゥチュイムニの調子が、たいくつになった、というのではなかった。

この突然の睡魔と、マリヤへ向けて思わずカメラを構えていたオレの動きとは関係がある、と気づいたのは、眠りに落ちる寸前のこと。しゃべくりが調子づくにつれ何に対してか意志的な反抗心をあらわにしていたマリヤの眼が、時折こちらを刺すように光った。その眼に反射したオレの手先は、習慣的な動きでカメラのキャップを外していた。ファインダーに頰を押しつけ、そこから覗かれるマリヤの、絶え間なく移ろいつづける表情の、ある瞬間を、捕らえた、と思ったときだ。指先に震えが走った。ビリッとした電光に当てられたような痺《しび》れの感覚。焦点はすでにズレ、レンズからマリヤの姿が消えた直後だった。ふわりと脳天から背筋に向かって降りてきた、黒い光のゆらめきのようななまあたたかいモノに全身をからめとられたと感じたのは。突然に降りてきた黒い幕の世界にオレはくらくらと沈んでいった。

気がついてみると、舞台の幕も下りていた。観客もいない。一人も。つかのまの居眠りのうちに高江洲マリヤの一人芝居は終わってしまったのか。コトともせぬ静けさ。まるで「クジャ」の芝居公演など初めっからなかったといわんばかりの物気のなさなのだ。

オレはといえば、なんたるザマ。薄闇と埃の張っただだ広い建物の内部に転がっている。ソファや座席に、というのではない。会場内部に入り込んだすぐそこの、舞台をかなり向こうに見る、壁を背にした場所だ。リュックを枕にセメント床に直接体を投げ出している。世界の淵に放り込まれた我が身を、発見。孤独感とものうさに、しばらくは状況を確認する気も起きない。
リュックを背にもそもそとそこを出た。入り口の様子は、入って来たときのまま。長テーブルの上に置かれた料金入れの小箱と冊子パンフレットがまだそこに放り出されてあった。

辺戸岬の、さらに先端の崖っぷちに立ったのは、雨上がりの夕刻だった。あれからバスを乗り継ぎ、二時間近くをかけて辿り着いた岬にも、人気はなかった。カメラをぶら下げ観光客向けのコースをぶらぶらと歩いてみたが風景にカメラを向ける気は起きない。弱りかけた陽《ひ》の下。岬の崖から海を眺めた。海の向こうに、何という名前のシマか、小さく薄く浮いているのが見える。事故防止のために立てかけられた柵に肘をもたせ「クジャ」の冊子パンフを開いた。裏表紙を眺めた。そこには、劇団が最も盛況だったという時代（解説によれば一九七五年頃）の団員十八名のモノクロの顔写真がぞろりと並べられて印刷されてあった。

古色蒼然《こしょくそうぜん》ながら不思議に動きのある表情を見せる劇団員たちだった。それぞれの面立ちに見入っていると、なんとなく生身の彼らが浮かび上がってくる。縮れ毛の丸顔はひょうきんもので三枚目だ。テカる黒褐色の肌を持つ海男ふうは、ワケありのハンパもの。目眉くろぐろと頬骨の張った顔にどこか影を引きずる女は色気のあるハスキーボイス。深い瞳が光る小作りの金髪青眼は、おしゃべりとイジワルがお好き。ずんぐりむっくりの赤ら顔は照れ隠しに肩を揺するクセがある。ワシ鼻の男はいつもガムを嚙みっぱなし。バタくさくもあるが底抜けの明るさと鉛色の暗さをウラオモテに漂わせるやつら。行き場がないので集まってみただけというふうだったが、舞台に立つと、濃い身体のオーラで観客を圧倒したであろうやつら——。

岬の風景がワサワサと揺れだした。風がでてきたのだ。陽の力を失い変色しかけた海の面が、うねりに乗って泡立ち、波の腹を見え隠れさせる。視界はいよいよ茫洋《ぼうよう》としてくる。水の匂いが立ち込めた。海からのというのでも雨のというのでもない。足許《あしもと》の割れ目から吹き出してそこらに立ちこめる闇のにおいだ。

ギンネム屋敷

又吉栄喜

ギンネム【銀合歓】熱帯アメリカ原産の常緑樹。花は白色で芳香を放つ。高さ十メートルに達する。終戦後、破壊のあとをカムフラージュするため、米軍は沖縄全土にこの木の種を撒いた。

ギンネムが密生した丘はうねりながら四方に広がっている。丘のすぐ後ろに巨大な入道雲が湧き、固まって動かず、陽《ひ》は一瞬もかげらない。ギンネムの柔らかい葉は水気を失い、なえている。私は目の前にうなだれている葉をむしった。砲弾で焼き尽くした原野をおい隠すために米軍は莫大《ばくだい》な量のギンネムの種を飛行機でまいた、と聞いている。枝が錯綜《さくそう》して茂るギンネムは防風林にもいい。

私たちはギンネムの林にはさまれた坂道をおりた。私はＨＢＴ[1]の払い下げズボンの裾についている白い石灰粉が気になった。朝鮮人を知っていた。私より五、六歳は下だろう。三十歳前後だ。米軍のエンジニアをして金もあるはずのあの朝鮮人がヨシコーを暴行したとは、まだ信じ難い。安里のおじいは松葉杖《まつばづえ》を止めた。しわだらけの小さい顔をあげた。

「ほんとにいたなぁ？」

「ほんとうさぁ、いたさぁ、何度言わすかぁ、もう」

勇吉は小さく舌うちし、クバ笠《かさ》を取り、手拭いで頭やら首すじやら脇やらを荒々しく拭いた。その朝鮮人は昼間は日曜日でも滅多にいないらしかった。九日前の金曜日の朝、事件は起きた。集落の裏のさつま芋畑でヨシコーが犯されるのを、勇吉が亀甲墓の蔭《かげ》に隠れて目撃した。勇吉はヨシコーのおじいに告げ、おじいは私に相談した。春子が酒場勤めに出て不在なのを幸いに、私のトタンぶきの平屋で内密に三日間話し合った。結局、朝鮮人から金をまきあげ、三等分する事に決めた。売春婦のヨシコーが犯されて、賠償金や慰謝料が果たして取れるか、私はあやしんだが、勇吉に押し切られた。夜は交渉に行けない。朝鮮人が住んでいる家は幽霊が出るという噂《うわさ》があった。先の住人は一年程前、朝鮮人に家を売り、南米に移住した。その家には誰も一年以上は住みつかなかった。しかし、私達は何より、朝鮮人がカービン銃やピストルを所持していて、夜訪れる者は米軍人の習慣に倣い、発砲するという噂が気になった。

「……おどしたら、戦車で集落潰されんかな？」

私はわざと大げさにつぶやいた。おじいの上腿部《じようたいぶ》から切断されている右足を見て、自分が情けなくなった。

「まさかぁ、今更言わんでよぅ、警察につき出しても、すぐ釈放されるだけだとあんたは言ったでしょう」

勇吉は振り返った。汗の吹き出たあばた顔が私を見た。

「……だが、あれやぁ、ピストル持ってるぞぉ」

おじいが勇吉を見つめて言った。おとといの夜、まきあげた金で女を買うのかとおじいが勇吉に聞いたのを、私はふと思い出した。冗談とも本気ともつかなかった。孫娘を勇吉に買われるのは複雑な心境に違いない。この集落の近くで売春をやっている女はヨシコーだけなのだ。勇吉は妙な含み笑いをしながら、酒を飲み続けた。

「ピストルだすなら、俺が腹、突くさぁ」

勇吉はこぶしを固め、腕を突きのばした。勇吉は背丈は低いが、上半身に筋肉が固まり、空手は〈段〉を持っている。なぜ、勇吉はあの時、ヨシコーを助けなかったのだろう？　楽しんでいたのだろうか。目撃者は勇吉だけだ。証拠もない。ヨシコーはぼんやり者だが、今日連れてくればよかった……。赤木や梅檀《せんだん》の枯木、電柱が道沿いに立ち、その周辺にはえた若木に熊蟬《くまぜみ》がくっつき、鳴きわめいている。

アカバナー（ハイビスカス）の茂った固まりが屋敷の垣根だった。垣根の裏手は竹林で、その向こうにギンネムが盛りあがっていた。庭に入った。手入れのされていないカンナの朱色の花の間に犬の首がのぞいた。私達は立ち止まった。犬は立ちあがった。大きなシェパードだ。私達はあとずさった。おじいがよろめいた。シェパードは太い鎖で柱の土台につながれていた。やっと声が出た。

「ごめんください」

返答がない。犬が唸《うな》った。私は声を張りあげた。カーテンが開き、男が顔を出した。男は立ちつくしたまま、私を見つめた。やがて、かすかに笑い、小さくうなずいた。私は犬を指さした。男はゴム草履をつっかけ、出て来た。犬の頭をなで、東側の雨戸を全部開けた。私達の用件をすでに察している、と私は感じた。背丈が百七十五糎《センチ》はある、肩幅の広い朝鮮人の体軀《たいく》はあの頃とたいして変わっていない。しかし、若白髪が混じっている。大きい木製の椅子に私は腰かけた。おじいと勇吉は朝鮮人のすすめを断わり、戸道に座った。向かいに座っている朝鮮人の目はまばたきがほとんどない。朝鮮人はアロハシャツのポケットから取り出した〈鹿グワァ〉(キャメル)を私に差しのばした。私は一本ぬきとった。朝鮮人がライターで火をつけた。

「……どのような事でしょうか?」

朝鮮人は煙をはき出した。

「率直に言いますが」

私は吸い込んだ煙草《たばこ》に少しむせんだ。

「……ええ、あそこの」おじいを目でさし示し、「おじいさんの孫娘があなたに乱暴されたと言っているのです」

　朝鮮人は私をみつめた。驚きをためた目だ。私は目をそらした。やがて朝鮮人は煙草を灰皿に置いた。

「……それで、どうすればいいのですか？」

　意外だった。あっさりと認めすぎる。

「……事実なんですね」

　私は朝鮮人をみつめた。朝鮮人は小さくうなずいた。

「ウヌヒャーヤ！（この野郎）」

　おじいが松葉杖をふりあげた。私は大げさだと感じたが、手で制した。勇吉もおじいの肩をたたいて、なだめた。朝鮮人はまず否定すると私は決めつけていた。あなたの暴行現場を村の青年が見た、あなたの家に放火すると騒いで手に負えない、と私は頭の中でくり返ししゃべってきた。私は二の句がつげなくなってしまった。

「……お金で解決がつきますか？」

　朝鮮人の目は相変わらずまばたきしない。

「あなたは反省してますか」

　私は語気を強くした。朝鮮人の妙なとりすましが気にさわった。

「……お金でうまく解決できればいいですね」

朝鮮人の声は冷静だ。おじいと勇吉が私に目でうなずいてみせた。

「……起きてしまった事はどうしようもないし……それしかないでしょうな」

私はわざとゆっくりと言った。

「いかほど用意すればいいのでしょう?」

朝鮮人は灰皿に灰を落とした。

「あなたの気持ちはどんなもんですか」

私は言い、おじいと勇吉をそっと見た。彼らは顔をこわばらせて、朝鮮人をみつめている。

「一万五千(B)円[2]ほどでは少ないでしょうか?」

朝鮮人は私達を見回した。思いもよらない高額だった。私は煙草をくわえ、考えるそぶりをした。しかし、二人は大きく何度もうなずいた。

「いいでしょうか?」

朝鮮人は私を見た。おじいが私に目くばせした。私は朝鮮人にうなずいた。

「だが、今手持ちがないので、次の日曜日の今頃、そうですね、二時に来ていただけませんか」

朝鮮人は言った。急におじいと勇吉は目元をくもらし、唇をゆがめた。二人が暴言を吐かないか気になる。私はあわてて言った。

「確かですか」

「まちがいなく」

「じゃあ、よろしいです、その時で」

私は立ち上がった。二人をせきたてた。

「また、日曜にこよう」

二人は私の勢いにおされ、庭に出た。朝鮮人は私達を門まで送った。

「お待ちしております」

朝鮮人は深くおじぎをした。私はふと気味悪くなった。

おじいは湯呑《ゆの》み茶碗《ちゃわん》を持った手を振りはらった。また、中の泡盛がこぼれた。私はふきんで卓袱台《ちゃぶだい》をふいた。もう注意する気はない。さばの缶詰の汁もたれている。生臭い。

「ヤナ、イクサワァー（いやな戦さめ）」

おじいは吐き出すように言う。

「ウリッ、飲みなさい」

勇吉が一升壜《いっしょうびん》を片手でかかえ、つぐ。おじいの湯呑みは傾き、酒がゴザにしみ込む。おじいは酒を飲みほし、松葉杖にいざり寄った。

「どこにですかぁ？　おじい」

私は言った。おじいは立ちあがった。汗の臭いがした。松葉杖が固い板床をすべった。おじいは尻もちをついた。勇吉が脇をかかえ、おこした。

「どこにかぁ？　おじい」

勇吉も聞いた。

「死んじまえ」

おじいは左の松葉杖で何回も床をたたいた。

「小便。今晩は朝まで帰らんどぉ」

おじいは勇吉にささえられて、戸口を出た。窓のカーテンがそよいでいる。小さい花柄の桃色のカーテンだ。先程、勇吉が、色っぽいねぇ、と薄笑いをした。裸電球に羽虫が群がっている。私は窓わくに座った。五、六個の野ざらしにされたドラム缶に子供達がまたがったり、かけおりたりして遊んでいる。

向かいのバラックの軒下で三人の女が乳《ち》のみ児《ご》をあやしている。星明りがおちていた。雑草の動きもわかる。蛍がその中で光っている。

ツルがどなり込んで来た日曜日の夜も蛍がいた。春子は勤めに出ていた。私はつまようじをくわえ、この窓に腰かけていた。二週間前にツルが顔を見せさえしなければ、いくら勇吉やおじいに頼まれても朝鮮人から金をせびり取る計画には参加しなかったはずだ。あの時、ツルは酒を飲んでいた。酒を飲んでいるツルを私は初めて見た。大声は出さないで、みんな夕涼みしてるんだから、な、な。私は窓の外をしきりに目配せしながら、首と手を振り、制した。ところが、ツルは窓から首を出して、わめいた。私は頭をかかえこんだ。幾分、ツルも落ち着いた。私はね、あの女の顔を切り刻まんと死んでも死にきれんよ。……ここの家は包丁はあるかね？　ツルは台所を見回した。ほんとだよ。私は顔をあげた。あの壕《ごう》に、私やお前が入っていた壕に私はほんとにまい戻ったんだよ、すぐ、だが、あとかたもなく潰されていたじゃないか、そうでしょう、それでも私は石や土をかきわけてあなた達を探したんだよ。ツルは前かがみになり、顔を私の顔に近づけてきた。目が異様に見開いていた。もう何も信用できんよ、昔の話はやめてちょうだいな。ツルは唇をとじたまま歯ぎしりをした。昔？　まだ八年にしかならないよ。しかし、私は黙っていた。あそこで死んだのは弘一人よ、残念ながらね、あんたには都合がいいんだろ、一人息子が死んでさ、物乞いみたいな女ともすぐくっつかれたんだからね、私がくだらん女だからなのかい？　私が悪いのかい？　そうなんだね、正直に言ったらいいじゃないか！　ツルはつやのないパーマの髪をかきむしり、私を、春子を、自分自身をののしった。紫色のワンピースを着けていた。多分一張羅の服に違いない。春子に負けないようにせいいっぱいのおしゃれをして来たんだ、と私は感じ、ツルがいとおしくなった。しかし、すぐ、窓を見た。近所の人が気になった。私は日頃もツルを気にしていた。春子とのセックスの時だけはツルを忘れる事ができた。私より十五歳も若い春子の肉体に私は酔いしれるように努めた。ツルは一人でスクラップや空壜の売り買いをしていた。私は春子にもらう小遣いを節約し、内緒で毎月百円をツルに与えている。勇吉に手間賃をやって、持たせている。すでに十ヵ月になる。しかし、ツルは一言もふれなかった。勇吉が全額使い果たしているのではないだろうか、と今までにも私はたびたび疑ったが、一度も追及はしていない。

あの朝鮮人からせしめる金をツルにやろう。そうすれば、ツルは一人でもやっていける、罪ほろぼしもできる。私は酒をあおった。

ツルは長い間うつむいていた。私は寝入ったと思い、顔をのぞき込んだ。すると、ツルは急に顔を上げ、立ちあがった。すぐ、足がもつれ、抱きついた柱に顔を打った。大丈夫か？　もっと座っておけよ。私はツルの背中をさすった。思わず手を引っ込めた。あの女が帰って来るんだろ、あんなものの顔なんか、見るもんか。ツルは戸や壁にぶつかりながら戸口を出た。あの女はどうしたのよ、はるばる会いに来たんだよ、早く出してよ、出さなければ何日でも帰らんよ、とその戸口を入って来た時はわめいていた。ツルが憐《あわ》れに思えた。雑草だらけの道をよろめいて遠ざかるツルにかけ寄り、肩を貸し、送り届けたかった。しかし、春子の肌の白さや柔らかさを思いおこし、こらえた。

今日も日曜日だ。私は身ぶるいがした。壁に貼ってある油紙が剝がれ、二つ三つの節穴が現われている。あの日、ツルがこの写真は誰ね！　とわめきながら剝いでしまった。

油紙の上に貼ってあった名も知らないアメリカ女優の色付写真は細かくひきちぎられた。春子は日頃はこまめに室内をかたづけるが、この壁紙だけは張り替えようとしない。春子はその夜、勤め帰りに付近の女に聞き、何もかも知っていたにもかかわらず終始黙っていた。私は何も言わなかった。すぐ町に出て油紙を買って来なければいけないと強く感じたが、日が経《た》つに従い、めんどうくさくなった。板にぶつかる音がした。

「アリッ、また」

勇吉の声がした。「しょっちゅう頭打って、ノーテンファイラーになるよ、もう」

勇吉はおじいを後ろからはがいじめにしたまま、入って来た。おじいは片足をけって草履をぬごうとするがなかなかぬげない。勇吉がぬがせてやった。私は立ちあがった。勇吉が気合いをかけて、私の腹を拳で突いた。上着すれすれに手は止まった。勇吉は巻《マチ》藁《ワリ》を毎夕、突いている。拳はつぶれて固まり、丸石のようだ。

「片足で小便させたり、もの吐かせたりするのはしんどうだぁ」

勇吉は卓袱台の前に座った。もしかすると、あの蛙《かえる》の鳴き声と感じたのはおじいの嘔《おう》吐《と》の音かもしれない。おじいはよろめきながら、勝手に水屋を開け、三合壜をつかんだ。勇吉が歯で栓をあけた。腕時計を見た。春子がフィリピン人から飲み代の代わりにもらった男物の高級時計は狂わない。十一時を過ぎている。二人を帰して眠りたい。しかし、座った。おじいはのばした足をクバ扇でたたいている。

「……情けなくなるよ」

おじいは私の顔をのぞき込む。鋭い光をためている目だ。朝鮮人から金をまきあげる決心をした時も私達は酒を飲んだ。あの時もおじいは今のような目で私をみつめ、私の手を両手で握りしめ、あんたを信用しているよ、あんたは間違いないよ、と何度もくり返した。

「あれの親さえ生きておれば……なんで、わしなんかを生きのびさせて……どうするつもりなんだ」

私は目をそらせた。ヨシコーの父親は尋常小学校の教師だった。しかし、ヨシコーが生まれつき〈ぼんやり者〉だったので田舎の父に、このおじいに預け、世間に気づかれないようにした。

「あの孫娘を殺して死のうとも思うよ、まったく、情けなくなるよ」

おじいは湯呑みにあふれる酒を一気に飲みほした。少しむせんだ。勇吉が背中をさすった。

「おじい」

勇吉はおじいの耳元で囁《ささや》く。しかし、太い声は私にも聞こえた。「なぁ、おじい、ヨシコーを俺の嫁にくれぇ、女にはニービチ（結婚）が一番さぁ」

「お前にはやらん」

おじいは胸をそり返した。

「どうして？　なぜ？」

「お前はろくでなしだ、みんな軍作業に行っているのに……あんなに儲《もう》けられる仕事もせんで……怠け者が……」

勇吉は〈戦果〉をあげるのはうまかった。しかし、何度もＭＰ(3)やＣＰ(4)につかまり、要注意人物になった。勇吉と組む仲間はいなくなった。大金も幾晩かで使い果たす癖もあった。しかし、私は勇吉のようにスクラップ拾いさえもしていない。適当な仕事がみつかれば働く気ではいる。しかし、貧弱な体には軍作業は勤まらない。

「じゃあ、仕事するさぁ、スクラップも不発弾が多くて、もう足、洗うよ、何も死ぬのが恐いからじゃないがね。あの、まとまった金が入れば……」

勇吉は壜をかかげ、おじいに酒をすすめる。おじいは茶碗を持とうとしない。

「まとまった金が入れば、遊ぶんだろ、何もせんで……」

「どうしてもニービチさせんか」

勇吉はおじいをにらみつける。

「あたりまえだ」

おじいもにらみ返す。勇吉は壜の底で卓袱台をたたいた。

「じゃあ、いい！　そのかわり、ヨシコーを買ってもいいだろうな、あの金で」

おじいは上半身をねじって勇吉に向いた。

「なにぃ！」

「もう一度言ってみい」

勇吉はゆっくりと酒をつぎ、飲んだ。

「おい」

おじいは勇吉の肩をつかんだ。が、すぐ振り払われた。

「どうして悪いんだ」

勇吉は手に持った茶碗をみつめたまま、言う。「ヨシコーはウチナーンチュの女だろ、どうしてウチナーンチュの男とやったらいけないんだ、なぜアメリカーやチョーセナー（朝鮮人）ならいいんだ、逆じゃないか、逆なのが当然じゃないか」

「なにぃ！　お前はいつからそんなに醜くなり果てたんだ。そういうもんは畜生と同じだぞ」

おじいは勇吉の横つらを強く押した。勇吉はほとんど動かない。

「おじいはヨシコーと抱き合って寝てるというじゃないか、噂は広がっているんだ」

勇吉は唇をかみしめた。私は動悸《どうき》がした。初耳だった。

「ヤナ、ワラバー（悪たれ）！」

おじいは勇吉の肩と頭をつかんで立ちあがった。しかし、すぐ、よろめき、床にひっくりかえった。

「お前、わしの孫娘に手を出したらただじゃすまさんぞ」

おじいは強いて、起きあがろうとはせず、両手を広げて寝そべった。片足で勇吉の腰をけったりする。勇吉はふり向いて、おじいを見た。

「じゃあ、また、あのチョーセナーにヨシコーをさせて儲けようじゃないか、金取ってからさ、そんなにチョーセナーがいいならさ、けしかけたらすぐやるよ、チョーセナーなら」

「おい、勇吉！」

私は思わず、どなった。たまらなかった。「お前は誰にものを言ってるんだ」

勇吉は私に向いた。唇をかんでいる。何か言いたげだ。

「……私はもともと反対だったんだ、沖縄人の恥だ」

「じゃあ」

勇吉は低く押さえた声をだした。まだ、落ち着いている。「沖縄の女をけがしたチョーセナーは恥じゃないんだなぁ、沖縄の女だよ、馬鹿にされてたまるか、警察に訴えると、あれはおしまいだったんだ、情けをかけたんだ」

「いや」

私は言った。舌がもつれた。「警察は何もできんよ。逆に公にすれば、あれが兵隊を連れて襲ってこないとも限らん。それも考えられる」

勇吉は寝そべっているおじいを見おろした。

「おじいはアメリカーが恐いか？　まだ命が惜しいか？　六十五なっても欲張ってもっと長生きしたいか？　それとも食いぶちがなくなるのが恐いのか？　おじい」

「おい！」

私は卓袱台を拳でたたいた。「お前は誰にものを言っているつもりだ」

勇吉は湯呑みに酒をついだ。

「うらやましいなぁ、あんな若い女を囲ってさ、囲われてるのかな」

勇吉のほほを張りとばしたい衝動が湧いた。が、神妙な勇吉の顔つきに気づいた。うっすらと涙がたまっている。私と春子のセックスを勇吉が覗《のぞ》き見《み》した、という噂もあった。今、問《と》い質《ただ》したかったが、口をつぐんだ。だいぶ前の話だ。あの頃は勇吉も若気のいたりだったんだ。

勇吉は立ち上がった。

「あのチョーセナーが夜逃げんか、見張りに行って来るよ」

「待て、待て」

私は思わず立ちあがりかけた。

「あれから取るのは親兄弟を殺された弁償金でもあるんだ」

勇吉は振り向きざま早口で言った。

「朝鮮人が殺したんじゃないだろ、むしろ、味方だったんだろ」

私は意気込んで、言った。

「味方？　今はアメリカーの味方じゃないか」

勇吉は米軍払い下げの軍靴に足をとおした。

「勇吉」

おじいが寝そべったまま目を開いた。勇吉は立ちつくした。「わしはあれがいとおしいから、添い寝をしているだけだ」

おじいは天井をじっとみつめている。勇吉は黙ったまま出ていった。私はおじいを見た。視線があった。すぐ、そらせた。窓から身をのり出して外を見た。おじいにすぐ帰って欲しくもあるし、一晩中、語りあかしたくもある。風がでている。雑草が騒いでいる。子供達も女達もいない。蛍はまだいる。汗ばんだ脇にふいに冷気が走った。小さく身ぶるいした。物音がした。振り返った。おじいはピョンピョンとんで、松葉杖を拾い、出ていった。

頭が重い。目を閉じても軽い目まいがする。両のこめかみを指で強く押す。半開きの窓にさし込む日光に無数のごみが浮遊している。首すじや腕に汗が湧き、ゴザのあと形ができ、落花生の皮がくっついている。一時間前に目は覚めた。また寝返りをうった。ネッカチーフをかぶった春子が窓の外に見えた。洗濯をしているようだ。先程、味噌汁《みそしる》のにおいもした。時々、春子が姉さん女房のような気がする。しかし、飲み屋の〈トミコ〉に勤めだした頃はよく泣いていた。嗚咽《おえつ》をシーツで押さえた。私は夜は眠りが浅かった。春子の背中が小さくけいれんするのを幾晩も感じた。知らんふりをした。しかし、心苦しかった。春子が寝入っても目はさえ、明け方まで眠れなかった。私は幾晩か経ったあとで初めて気づいたふりをして、慰めた。春子は私にしがみつき、大丈夫よ、と鼻をすすった。座ったまま、長い間抱き合った。その夜以来、滅多に泣かなくなった。しかし、私にしがみついて寝る癖がついた。客が春子に抱きついたりしていると思うと、しゃくにさわる。米陸軍病院は良かった。春子が十七、八歳の時、知り合いを通じて三年も勤めさせた。しかし、解雇されてしまったのだからどうしようもない。どうせ看護婦の免許もなかったんだ。かえって、長くいると、アメリカーのハーニーにされてしまう。春子は妙にもの静かだ。私は春子のハンドバッグの中や服装や洗濯物入れに入っている下着まで注意する。しかし、春子がはめをはずした様子は発見できない。酔わないし、服も乱れない。戦争末期、与那原《よなばる》の原野の小さい壕から黒く汚れた顔を出していた時、すでに春子は悟りきったようにもの静かだった。私がやったさつま芋も変にゆっくりと食べた。春子は後ろ向きに台所をふいている。強い日光に春子の両足のうぶ毛がゆらぐ。お前、いい男ができたら結婚しろよ、そうすれば私も妻の所に帰れるよ、と言ってやりたい。今までも何度も言いたかった。しかし、言えなかった、言えない。

私は立ち、春子に寄った。春子は振り向いて、ほほえんだ。

「起きたの、おはよう」

私はうなずき、春子の肩に手をおいた。

「味噌汁、あたためましょうね」

春子は石油コンロにマッチをつけようとした。私は制した。

「二日酔いしてしまった。……少し、用事をすましてきてからな」

春子はうなずいた。私は春子の髪をなで、歯ブラシと石鹸《せっけん》を取って庭に出た。一瞬、目がくらみ、痛んだ。水タンクの蛇口をあけっぱなしにして天水を飲んでいた子供があわてて逃げた。子供達は竹や木の棒を持って追いかけっこをしている。一人がドラム缶に飛び上がった。と、次の瞬間、飛びはねた。子供達は裸足《はだし》だった。ドラム缶は陽に焼けているようだ。

私は茶を飲んだだけで外に出た。春子に散髪代を多めにもらった。朝鮮人に今度の日曜日には会う、そして金をもらう。見下されてはならない。厚目のタオルで汗を拭きながら歩いた。入道雲が地表にどっかとのっかっていた。熱気がずりおち、草木も電線もしおれていた。麦わら帽子で顔を隠した。知った人に会うのはいやだった。瓦礫《がれき》は隅に片付けられていた。だだっ広い雑草の広場が多かった。戦前の道もはっきりと残っていた。ほこりっぽい白い道におちる影は短い。大小の銃弾の穴があいている古い二階建てのコンクリート造りの空家を陽よけに、合同バスを待った。斜め向かいの破壊されたコンクリート造りの建物から曲がった鉄筋が何本も突き出て、そのうちの一本の先にコンクリート製の十字架がゆがんでひっついていた。あの教会のガジュマルの木蔭のブランコにヨシコーがよくのっていた。戦前、ヨシコーはキリスト教信者であった若い両親によく連れられて来た。葉がそよぎ、白いワンピースの裾もまくれた。つやのある黒髪は長かった。隣りに歯科医院があった。私は治療に通っていた。ヨシコーはあの頃、小学五、六年の頃、色が白く、肉付きがよかった。真夏の或《あ》る午後、私の家の裏庭のサヤインゲンの棚の傍らで、近所の腕白小僧にパンツをおろされた。私は制止はしなかった。まん丸いお尻が妙に色っぽかった。アカバナーの垣根越しに見た、陽光にさらされたヨシコーのお尻を私は今でも鮮やかに思いおこせる。腕白小僧は戦争で死んだ。私は一人息子を失った憎悪や悲しみは不思議と薄らいでいる。ツルを忘れようとしているために違いない。おじいの家に行ってみよう、と思った。

半時間ほどたった。五トントラックにホロをかけた合同バスが来た。私は手をあげ、土煙りに目を細めて、短いはしごを登った。長椅子に座った。排気ガスが舞い込んだ。見知らぬ老人や子供連れの中年女やGI帽をかぶりサングラスをかけた若い男がいた。

人達だ。米軍施設は一様に白いペンキがぬられ、目を刺す。市内の各バス停留所に〈ストリップ来沖、世界劇場にて〉の看板が立っている。

　バスを降りた。露店でタライの水にひたされていたバヤリースオレンジジュースを飲んだ。市場通りを裏路地に入った。おじいの家は古い木切れをはりあわせ、米軍払い下げのテントカバーで低い屋根をおおっていた。すぐ傍らのどぶ川はゴミが溜《たま》り、ほとんど流れがない。戸は閉まっていた。裏にまわった。井戸端でヨシコーが洗濯をしていた。太腿《ふともも》が目についた。白く、柔らかげだ。格子縞《こうしじま》のブラウスのボタンがはずれ、肉づきのいい胸元がのぞけた。私は目をそらせた。ヨシコーは昔の私を覚えてはいないだろうがじっと見るのは気がひける。長い黒髪は濡《ぬ》れていた。

「おじい、いる?」と私は聞いた。やっと、ヨシコーは顔をあげた。柔和な目は赤ん坊のもののようだ。私は近づき、もう一度聞いた。ヨシコーは立ちあがり、指をさし、指をさした裏口に小走りに去った。私は窓に寄り、中を覗いた。薄暗い台所だった。一本足のおじいが裸の体をふいていた。板壁の裂目から入った光がおじいの下半身を浮かびあがらせていた。私はすぐ目をそむけた。……ヨシコーは風呂あがりのようだった。おじいはヨシコーの全身を洗ってやったに違いない。……勇吉が言うようにほんとに寝ているかもしれない。……勇吉はおじいにも私にも嫉妬している。私には春子がいる。ヨシコーは片足の老軀《ろうく》のおじいに少しも反撥《はんぱつ》しないのだろうか? ……ヨシコーは売春婦になってしまったんだ、昔とは変わったんだ……。

おじいは戸を開け、私を呼んだ。おじいの後ろにヨシコーは立っている。私はゴザに座った。四畳半の隅に空《から》の一升壜があった。茶をすすめられた。私は確かに喉もかわいていたが、親しみを示すために、三杯たてつづけに飲んだ。

「町に用があったのかな？」

おじいは湯呑みをしわだらけの節くれだった両手でしきりにさする。

「散髪でもしようと思いましてね」

私は何気ないふうに言った。しかし、ヨシコーの裸身がこのようにさすられていると思うと、息苦しくなる。……ヨシコーは少女のまま死んでしまえば良かったんだ……。勇吉なら私の幾倍も頭にくるはずだと思えば気も楽になる。ヨシコーはおじいの後ろにひざまずき、細い指でスカートをつまんでいる。

「ゆっくりしろな」

おじいが言った。しばらく黙った。茶をすする音だけがした。気まずいふんいきになった。おじいは這《は》って戸棚を開け、泡盛の三合壜をつかみだした。半分程残っていた。

「少し飲んでいけ」

おじいは私を見た。私は首を振った。おじいは茶を飲みほし、酒をつぎ、飲んだ。私は手持ちぶさたになった。クバ扇で首すじをあおいだ。おじいは四、五杯は飲んだ。

「ウリッ、一杯は飲め、わしの酒は飲めんのか、わしの酒は腐っているというのか」

酔っているはずはない、と私は感じた。酔ったふりだ。

「じゃあ、一杯、散髪行かんといかんから」

私はつき出された酒壜の口に湯呑みを近づけた。

「茶かすは窓から捨てろ」

おじいの手はふるえている。私は我慢して、茶かすを喉に流し込み、湯呑みを強くふった。酒はあふれた。私はすばやくすすった。

「チョーセナーの馬鹿者は！」

おじいは強く舌うちをした。私はヨシコーを見た。相変わらずスカートをつまんでいる。唇が閉まり、目もすわっている。おじいは私の視線を追った。

「馬鹿者て、ヨシコーじゃないぞ」

私はあわてて目をそらし、酒を飲んだ。

「ヨシコーがむりやりやられたなんて……まだムシャムシャがおさまらんよ、あんなチョーセナーに……馬鹿にされてたまるか、そうじゃないかぁ？」

私はたてつづけにうなずいた。だが、おじいの本音じゃないと思った。ヨシコーは売春婦じゃないか、売春婦にしたのはあんたじゃないか。

「……あれは、うらみがあるんだ。わしらの仲間が銛《もり》で刺したからな。執念深いというから……わしらも友軍におどされてやったのだが……」

おじいは酒を持ったまま、つぶやく。湯呑みが傾き、酒がこぼれる。

「刺したんですか？　あの男を」

「あれじゃない、別のだ。……あれらは人間じゃないって軍人に何度も言われたんだ……いくら金を取ってもいいんだ」

「損害賠償金を取るのは法律でも認められていますよ」

私は言った。しかし、うしろめたさがあった。金を三等分しようと私が提案した。その時、おじいは意外そうに私をみつめた。おじいのあの目の色は今でも薄らいではいない。あの朝鮮人を殺したら……と一瞬、私は考えた。すべてが払拭されるような気がする……あの家具だけでもかなりの額になる。幽霊屋敷に一人で住んでいる朝鮮人を殺しても誰にもわかりやしまい。私は身震いした。

「……金出さんければ、あれを殺して、わしもヨシコーも死のう」

おじいがつぶやいた。私は顔をあげた。

「払いますよ、払わないはずはないですよ」

おじいが死んだらヨシコーを引き取ってもいいとふと思った。……もしかしたら、勇吉が強奪して売春宿に売りとばさないとも限らない。……私がおじいなら、やっぱり、ヨシコーを殺して自殺するかもしれない。

「お前、ヨシコーを勇吉の嫁にやった方がいいと思うか？　……わしのような奴《やつ》の孫娘なんか、まともなとこには行けんだろうな……わしが死んだら、お前、勇吉がちゃんとヨシコーをみてくれると保証してくれるか？」

このおじいは私の内心を読みとっている気がする。薄気味悪くなる。

「おじいは長生きしますよ、しなければならんよ」

「足さえあればフルガニコーヤー（古金属買い）でもビンコーヤー（壜買い）でも何でもする、まだ年はとってない」

両足がちゃんとある私を責めている、とそのギラつく目に感じた。

「せめて、おばあさえ生きておれば……」

愚痴になる、私は思わず立ちあがった。

「もう、散髪に行かなければ、おじい」

「もっと飲んで行け、ウリィ、散髪屋は隣りにある」

おじいは酒をつきだした。

「いや、知り合いがやっている所がありますから」

私は嘘《うそ》をつき、からんでくるおじいをかわして、すばやく下駄《げた》をはいた。

「じゃあ、日曜ですね」

私は言ったが、おじいはふり返らなかった。茶色のやせた犬が吠《ほ》えた。私はふり向いた。戸口に立っているヨシコーが泣きだした。身を縮めている。私はレンガのかけらを犬に投げつけた。犬は逃げた。ヨシコーはあわてて家の中に入った。私は散髪屋を探して町をさまよった。

太陽も入道雲も固まっていた。梅檀の木蔭に座っていても一瞬、目がくらんだ。道端の白く汚れた雑草や雑木が風にそよいでいる。私はズボンの裾のほこりを強くはたいた。約束の二時にはまだ十五分ほどある。時間前に訪問するのは気がひけ、私は、はやる勇吉をおさえた。梅檀の白い木肌にくっついた熊蟬がわめいている。朝鮮人の家の中に入らざるをえないと感じ、足をタオルでふいた。やはり、靴下と靴をはいてくれば良かった。

「一円もまけんでよ、今日は必ず取ってよ、な、な」

あたりをうかがっていた勇吉が身をかがめた。

「みっともないから座っておれ」

私は勇吉を睨《にら》んだ。しかし、すぐ目をそらした。

「金がなければ、荷物取るよ、売るところは俺がいくらでも知っているよ、な、おじい」

勇吉は腰をのばして、梅檀の小枝を折った。二つ三つの蟬が飛びたった。

「……大事な孫娘をだいなしにしやがって……」

おじいは独り言のようにつぶやいた。金を取るのは正当だと自分自身に言いきかせている。……すでにだいなしになっていたんだ。おじいは少し酒気をおび、目玉が充血している。

「そうだよ、おじい」

勇吉はかみ切った栴檀の葉を吐き出した。

「あのチョーセナーは貧乏人の女を人間とは思っていないんだ。……まとまった金取らんといかんよ、そうすれば、ヨシコーを飲み客相手にさせんでもいいからな」

「…………」

「まきあげた金でいいもの買って、いいもの食わせるさ、ヨシコーに。おじいが一生にできるのはこれしかないさ」

「ばかたれ！」

おじいは松葉杖をつかみ、勇吉に殴りかかろうとした。「わしはヨシコーに代わってやるだけだ。自分のためじゃない。まきあげるとはなんだ」

「ばかたれとは何だよ。誰があれを教えたんだよ」

「黙って！」

私は麦わら帽子をかぶり、下駄に足を通し、立ちあがった。

「行こう」

勇吉もおじいもクバ笠をかぶった。

私達は門の前で立ち止まった。アカバナーが咲き乱れていた。

「あれの他は誰もいないんだろうな？」

おじいが私を見た。私はうなずいた。私達は門を入った。

「アメリカー兵な？」

勇吉が言った。「おじいはまだ、命が大切な？　それより、あれがちゃんといるかが問題だよ」

おじいは何か言いかけた。が、犬が吠えた。カーテンが引かれ、朝鮮人が現われ、犬を制した。朝鮮人は長髪の前髪が額にたれていた。心なしか、やつれて見えた。白い開襟シャツを着ているせいかもしれない。

「お入り下さい、どうぞ」

朝鮮人は口元を動かした。

「失礼します」

私は下駄をぬいだ。二人にも朝鮮人は入るようにすすめた。二人は迷い、身をよじった。私は目配せをして、首を横にふった。二人は戸道に腰をおろした。私は勇吉の汚れた足や、おじいの一本足を見せたくなかった。私は大きなソファに座らされた。家具は思ったよりは少ないが、外国製の高級品だ。朝鮮人はコーラやアメリカ菓子やくるみをすすめた。私は喉がかわいていたが、コーラをグラスにつぎ、一口飲み、少し間をおいて、また一口飲んだ。勇吉は一気に飲みほした。朝鮮人は煙草をふかしだした。いやに静かな顔だ。目元は一重で切れあがっているが、涼しげな瞳を私は盗み見た。朝鮮人は顔を少し傾け、庭を見ている。竹藪《たけやぶ》の葉のこすれあう音が蟬の声に混じって騒がしい。この朝鮮人は復讐《ふくしゅう》を考えているのではないだろうか。朝鮮人は話を切り出さない。息苦しくなってくる。あなたはなぜ金を取りに来たのだ、あなたとは関係ないじゃないか。朝鮮人に見下されている気がする。二人の手前、堂々としなければならない。私は背すじをのばした。勇吉も落ちつかない。こぶしを握りしめたり、開いたりしている。朝鮮人は一言もおじいに謝らない。ヨシコーを本当に犯したのだろうか？　スカートや下着の乱れがあったとおじいは言っていた。しかし、未遂だったのかもしれない。そのあと、本当に犯したのは勇吉かもしれない。最初に三人が集まった夜、勇吉が犯行の様子をまくしたてた時も私は信用できなかった。しかし、信じ込もうとした。今も私は、この朝鮮人がヨシコーの体をくまなくなめまわし、いじりまわしたと考えた、すると、不思議に落ちつけた。私はコーラを唾液と一緒に飲み込んだ。こんなかわいそうな女を犯して……。私はヨシコーの子供の頃のいろいろななつかしい思い出を思いおこして、朝鮮人を軽蔑しようと努めた。しかし、ヨシコーの白い肉体がちぎれて、浮かび、まとまった像は形成されない。思い切って聞いてみようと思った。なぜ、あなたはヨシコーを犯したのだ、と。勇吉がふいに立ちあがり、庭に歩いた。竹藪の手前に丸いコンクリートふちの井戸があった。雑草に囲まれた、幾条《いくすじ》もひび割れがしている古い井戸だ。勇吉はその周りでつるべを探した。

「その水は飲めません」

朝鮮人が座ったまま、声をかけた。「同じものでよろしければ、どうぞ……」

朝鮮人はコーラを三本出して来た。私は勇吉をいまいましく思った。しかし、おかげで緊張は切れた。

「どうして、飲めないんですか？」

私は聞いた。ちょうど立ちあがった朝鮮人は答えず、机の引き出しを開け、横書き用の封筒を出した。

「お約束のものです」

封筒をテーブルの上に置いた。おじいと勇吉が瞬間、目を見合わせた。勇吉のニヤッと動いた口元が朝鮮人に気づかれなかったか、私は気になった。私は札を取り出して数えるべきかどうか迷った。指で何気なく厚さを計った。

「じゃあ、あの娘の祖父にちゃんとあげます。あの祖父は標準語がよく話せませんので、私が一緒に来ました。家が近くですから」

私は朝鮮人の顔をまともには見なかった。

「そうですか、ごくろうさま」

朝鮮人は煙をはいた。内心をみすかされているような気がした。すぐ帰りたい。はるばる沖縄くんだりまでひっぱられて来たチョーセナーじゃないか、お前は！　私は内心でくり返した。

「……じゃあ、失礼します」

私は声に力をこめた。

「そうですか」

朝鮮人は小さくうなずいた。私は下駄に足をおろした。おじいと勇吉は先を歩いている。ふり返らない。朝鮮人が私の耳元で言った。

「次の日曜、あなた一人で来てくれませんか、お話があるんですが……」

私は呆然《ぼうぜん》として朝鮮人を見た。

「お願いしますね。今日の時間で……」

朝鮮人はささやく。おじいと勇吉がふり向く気配もある。私はうなずいた。犬を避けて、小走りに二人に追いついた。彼の意図は呑みこめない。

勇吉はおじいの先を歩いては、すぐまた、おじいの方に戻って来る、と思うと、また足がはやまり、先になる。松葉杖をささえているおじいの両腕の筋肉に太い血管が浮き出ている。勇吉は石をけった。まいあがったほこりが私の顔にとんできた。勇吉がふり向いた。

「もっと金は取れたんじゃないか」

「もう、言うな！」

私は勇吉を睨んだ。

「俺が見たんだ、俺が見たから、あんたもちゃんと金がもらえるんだ」

「………………」

「あんたがいなくても、俺だけでかけあえたんだ」

「じゃあ、なぜ頼みに来たんだ、頭を下げて頼んだんだろ」

私は胸がむかついた。

「おじいが行こうと言ってきかなかったのさ」

勇吉はおじいを見た。おじいは地面を見つめたまま、先に行く。

「お前はなぜ、ヨシコーを助けなかったんだ？　お前は空手はやっていないのか？」

「あのチョーセナーがピストル持っていると思ったからさ」

勇吉はおじいのすぐうしろを歩いた。おじいのねずみ色のズボンの後ろポケットにねじ込まれた封筒の先を勇吉は見ている。わざとおじいは金を無造作に扱っている、と私は感じた。私は足をふいたタオルで顔や首すじの汗をふいた。みじめになった。ため息をついた。ギンネムの葉裏に蟬のぬけがらがくっついている。おじいは何度も立ち止まって息を整えた。なんでこんな片足の年寄りまで連れて来なければならなかったのだろう。いや、おじいが承知しなかったのだ、金をくすねられるのが心配だったのだ。おじいは相思樹の幹に寄りかかった。私は手を貸した。おじいは座った。私達も座った。地に落ちた黒い葉影がざわめいた。

「分けよう」

おじいは封筒を取り出した。私達は札が風にとばされないように心持ち、くっついた。おじいは札を数えた。勇吉がつばを飲み込んだ。……ツルにも春子にも楽をさせてやれる。ツルは急にふけこんだようなのだ。毛髪はつやがなくなった。手は荒れ、女の手とは信じがたかった。……ヨシコーの復讐もやってあげた。……朝鮮人は金を払って、さっぱりしたはずだ。おじいは金を三等分した。五千円ずつ分け前があった。私は札を数えずにポケット深く押し込んだ。勇吉は指につばをつけて札を数えた。

「あのチョーセナーがしらを切るなら、俺が黙っていなかったんだが……」

私達はしばらく黙った。次第に涼しさを感じた。ぬれた脇や背中が気持ち悪くなってきた。

「やっぱり少ないよ、今度はヨシコーも連れて行こう。どうせ、あのチョーセナーは悪事をやって金を貯《た》めているんだ」

「お前もちゃんとした仕事につけよ、若いんだから」

私は思わず言ってしまった。お前はどうなのか？　と反論される気がする。

「あんな馬鹿者達に命令されてたまるか、たった五百円ぐらいの給料のために」

「……お前達、先に帰れ」

おじいの顔は変にゆがんでいる。何か言うとすぐ泣きわめきだしそうだ。私はうなずき、立ちあがった。勇吉は何か言いたげだったが、ギンネムの小枝を折って、手のひらをたたきながら歩き出した。私は足を遅くした。勇吉と離れたかった。おじいを振り返らなかった。

私は坂の途中で自転車を降りた。押して登った。汗が急ににじみ出た。脇に鼻をあてた。ふりかけた春子の香水はまだ消えていない。ギンネムの林にさえぎられて風は弱い。私は朝鮮人の意図を未《いま》だに図りかねる。春子にはうち明けたかった。あの朝鮮人に殺されるのではないだろうか……と思うと、春子がむしょうになつかしくなる。

戦争の時に見た光景はまだ生々しい。中年の朝鮮人は泣きわめきながら、両手と両足を後ろからつかまえている四人の沖縄人の手をふりほどこうと暴れていた。朝鮮人の痩せた裸の胸を銃剣でゆっくりとさすっていた日本兵は急に薄笑いを消し、スパイ、と歯ぎしりをした。その直後に朝鮮人の胸深く銃剣は刺し込まれ、心臓がえぐられた。私は固く目をつぶったが、あの機械の軋《きし》むような朝鮮人の声は今でも耳の底によみがえる。

　私は頭を振った。顎の汗が散った。いや、もう一回は金が取れるのかもしれない。おじいや勇吉には秘密にしよう。あの朝鮮人は他言はしないだろう。わけもなく自転車のベルを鳴らした。ヨシコー？　あの安里のおじいのお孫さんでしょ、あの人、最近、お店出ないみたいよ、どこか悪いんじゃないかしらね。春子は床のぞうきんがけの手を止め、私を見上げた。春子の勤める店とヨシコーの勤める店は隣り合わせになっている。おとといの事だ。その前日には勇吉と家の近くの雑貨屋で会った。私達はコカコーラを飲みほす時間だけ、立ち話をした。私はおじいの様子を聞いた。会いに行ったがね、俺をどうしても中に入れんよ、あんたも入れんてさ、だが近所の噂によると、人前でわざと金遣いを荒くしてるんだって……めしもレストランで食ってさ、洋服も高いもん買ってさ……でも、顔は変えようがないね、俺は窓から大声で言ってやったよ、ぜいたく者、少しはヨシコーのニービチの金も考えろってな、実際に貯めるなら、俺がニービチしてやってもいいがね……すると、おじいは、窓ごしに俺にくっついて来てよ、わしは世間から後ろ指をさされたくないんだ、と歯ぎしりするように言うんだな、わけもわからんし、目つきもいやだったので、俺は帰ったがね……。私はおじいにはさほど関心がないそぶりで、お前も身を固めろよと勇吉に言い、別れた。数歩行かないうちに勇吉に呼び止められた。ヨシコーはおじいに店やすまされているんだってさ。ヨシコーは夜になると店に出たがって、化粧をしたまま泣いているんだってさ。勇吉は肩を左右に振りながら立ち去った。

勇吉は那覇《なは》の飲み屋の若い女と同棲を始めたようだ。奄美大島《あまみおおしま》出身の背の高いやせた女だと、春子は言う。ツルと結婚させる機会を失ってしまった。今なら私があり金を積んでも勇吉は承知しないだろう。私はちゅうちょし過ぎた。何をどのようにすれば、言えば、効果があるか考えすぎた。私は朝鮮人から金を受け取った日以来、ずっと考えていた。妻と別れさせてくれと単刀直入に言い、妻はかなりの金も貯めている、体も柔らかくて抱き心地もいい、と匂わそうと考えていた。ツルにあの金を全部やったら籍をぬいてくれるかもしれない。しかし、勇吉は持っていってくれるだろうか？　喜んでオーケーはするだろう、しかし、あの大島の女と一緒に持ち逃げするかもしれない。

私は自転車を立て、ギンネムの幹に小便をひっかけた。ふと、根元に砲弾の破片をみつけた。掘り出してみると、こぶしの四倍の大きさがあった。自転車に運びかけたが、元の場所に埋め、小石を積んで隠した。朝鮮人に見られるのがいやだった。場所を間違わないように二本のギンネムを折った。

やっと坂を登りきった。風が全身をかすめる。ヨシコーと勇吉を結婚させ、おじいとツルを結婚させたら、とふと考えた。不可能ではない。私は思わず自転車にまたがり、ベルを四、五回鳴らした。すると、子供達が、わきのギンネムをかきわけて出て来た。

小学生のようだが足どりは重たげだ。男が三人、女が一人だ。みんな、カシガー（麻袋）をしょっている。兎《うさぎ》の餌か、スクラップを、あるいは両方を拾っているようだ。誰もものを言わず、一様にとろんとした目玉で私を見上げ、そのまま坂を降りだした。女の子の短いスカートからはみだしただぶだぶのパンツは汚れている。あそこのギンネムの木を折らなければ良かった。あまりにも目立ちすぎる。坂の急な曲がり角に子供達は消えた。私は自転車を走らせた。麦わら帽子がふっとびそうになる。

　昨夜は寝苦しかった。むし暑かった。私は何回も起き、蚊帳《かや》を出て、茶を飲んだ、朝鮮人は昔の私を覚えていそうな気がした。昔のあの朝鮮人の顔が天井にうかんだりした。どのようにして出世したのだろうか？　……朝鮮人に面と向かって、私は昔のあなたを知っていると言った方が得をするかもしれない……。誰も助けなかったのだ。……なぜ、ヨシコーを襲ったのだろう？　あとからあとから、いろいろな邪念がうずまきそうな予感が強まった。私は春子をゆすって、寝巻きの胸元を開けた。春子の乳房は汗ばんでいて、私の手はすべった。春子は眠いよと一言いったが、応じて、私の首すじや背中を撫でた。金を全額持って那覇に出、春子と二人で小料理屋をはじめようかとも思った。

　朝鮮人は庭先で待っていた。私は会釈をした。朝鮮人は会釈を返し、カンナの群生に目をうつした。

「この花は、暑いのにやけに赤いですね、赤すぎますよ」

私はあいまいにうなずいた。

「三ヵ月前から咲いているんですよ、小雨に濡れて……私はよく覚えていますよ……どうぞ」

シェパード犬はいなかった。私は前に座った位置に座った。風が通りぬけた。朝鮮人の長い髪が顔をおおった。私は違った人を見ているような気がした。朝鮮人は柔らかそうな、少し赤みがかった髪を両手でかきあげ、私に煙草をすすめた。私は受け取り、ライターで火をつけてもらった。私は普段、煙草を吸わない。生つばを飲み込んだ。出ぎわにお茶をたっぷり飲んで、喉がかわかないように注意したが、冷えたコーラが欲しい。煙はすぐ、風で外に飛び、散った。朝鮮人は私をじっと見ている。

「……今日は気楽にビールでも飲んでいいでしょう?」

私は思わずうなずいてしまった。朝鮮人は立ちあがった。内心を見すかされた。しかし、飲めば緊張もほぐれるのだ。

「あの竹藪は夜は、やけにざわめくんですよ」

私が庭に顔を向けていると、朝鮮人は二個のアメリカ製缶ビールをテーブルに置き、栓を開けた。

「うるさくて、私はこの三ヵ月間、夜中に目覚めなかった事は一日たりともないんですよ……どうぞ」

朝鮮人が一口飲むのを見て、私は三分の一ほどを一気に飲んだ。朝鮮人のまぶたは赤みがかり、はれあがっているようだ。

「……お一人でお住まいですか？」

私は言った。何も言わないのは息苦しい。

「そうです」

朝鮮人は煙草を灰皿にもみ消し、別の煙草に火をつけた。

「大丈夫ですか？」

あいまいに聞いてしまい、何が？　と聞き返されないか気になった。朝鮮人は唇の端をゆがめた。

「この家に幽霊が出るという噂でしょう？　大丈夫ですよ、多分朝鮮人には化けて出ないでしょう。この床下に埋められているらしいですよ、二人の日本兵は……。あなた、泊っていってみませんか、出るかもしれませんよ……沖縄人に鍬《くわ》や鎌で切りきざまれたというんですから」

私は返す言葉がなく、ビールに口をつけた。泊ると、むしろこの朝鮮人に殺されかねない。米軍エンジニアにはピストルを持っている者も多い。私は誰にもこの家に来ることは言わなかった。……あの子供達は知っているだろうか……。テーブルに置いてある朝鮮人の腕は毛が少なく、筋肉はひきしまっていた。しかし、どことなく、物腰はやわらかい。

「たいてい、米軍のエンジニアは金網の中の米軍ハウジングに住んでいるんでしょう?」

私は言った。朝鮮人が目を閉じているのは不気味だ。朝鮮人はすぐ目をあけた。

「私には、ああいう所は似合いません。……だが、この家も土地も自分の物という感じはしないんですよ、買うには買ったんですが……庭も草がのび放題でしょう」

私は庭を見た。雑木の葉に白い光がはじけて、まぶしい。屋内の弱い明るさに目が慣れたようだ。私はふと、片足のおじいを二度も連れて来たのを悔いた。傷ついた者を憐れげにみせつけなくても、この朝鮮人はすなおに金を払ったはずなのだ……。しかし、この朝鮮人は私に何が言いたいのだろうか、何の用事があるのだろうか。

「……あなたは御結婚はなさっていますか?」

私は聞いた。ヨシコーの事件に発展していくかもしれない。

「どうぞ」

朝鮮人は私に煙草をすすめた。私はまた、断わりきれずに一本抜き取った。朝鮮人もくわえた。

「私は煙草がないと、やっていけないんですよ……多すぎるせいか、よく目まいをおこしますが……ゆっくりと気が遠くなるんですよ、でも、まだ、気を失った事はありません。以前は仕事に夢中になるように努めたんですが、近頃では仕事の途中でも夢みたいになるんです」

煙草をふかしすぎるせいか、いつになくしゃべりすぎるせいか、朝鮮人の声はしゃがれ気味になっている。

「恋人はいました。結婚はしていません」

朝鮮人は背すじを伸ばし、両手を重ねて、テーブルの上に置いたまま、私の目を見た。

「私の話を気軽に聞いてくれませんか、半時間ばかりでけっこうです」

私はあいまいにうなずき、朝鮮人が話しやすいように、彼の口元をみつめた。

なぜ小莉《シャーリー》が、恋人の名は江小莉《コーシャーリー》といったのですが……あのようになったのかは見当がつきませんでした。小莉は国にいる時は貧乏に慣れていましたから、耐えようと思えば耐えられたはずです。売春宿に入った時、四人の娼婦は後ろ向きに座っていました。私は名を呼ぶのが恐かった。すると、案内した背の低い二重顎の女が右端の女の顔をはさんで振り向かせました。その女は長い髪が顔半分をおおっていました。土色の顔に厚いおしろいをぬっているようでした。ぬり残した首すじはまだら状でした。ちがう、と私は首をふりました。すると、その女将《おかみ》は片手で女の髪をかきわけ、別の手で女の顎をあげて、何か沖縄方言でわめくのです。私は二、三歩近づき、よく見ました。私は小莉の体の特徴はほとんど思い出せませんでした。しかし、小さい癖がありました。静かに笑いかける時は必ず、右の耳たぶを親指と人さし指で軽くはさみ、顔を少しかしげる妙なしぐさですが……その時、その女はそのしぐさをしているではありませんか。赤っぽい着物の裾からはみでた太腿に紫色の注射のあとが幾つも広がっていました。目はくぼみ……人間がああも変われるものでしょうか。私は気を取り戻し、彼女の名を呼びました。だが、女は、女将にたどたどしい沖縄方言で何か言い、うさんくさそうに私を見るのです。しかし、私は、小莉がまだ人をみつめる力を失っていないのを知ってほっとしました。しかし、その間にも指を三本立てたり、四本立てたりして、女将の顔色をうかがうのです。値ぶみをしていたのでしょう。私はこの女の身受けをしたいと女将に言い、多分、常識の十倍の金額を示しました。女将はしばらく私をみつめていました。やがて、小さくため息をついて、金は持っているかと聞きます。一緒についてくれれば、すぐやると私は言い、女将も立ちあがりかけましたが、村はずれの幽霊屋敷に住んでいると聞いて、急に不審げな顔になり、腰をおろし、明日の朝、金と交換に女を渡すと言いだしました。私は明日になると借金する人が来て、今言った金額全部は用立てできなくなるなどと女将の心をそそるような嘘も言いましたが、女将はかけひきに慣れていて、金があれば渡す、なんなら、この話はなかったと考えてくれてもいい、別の買い手が全くいないわけでもないなどと言うのです。私はようやく妥協しました。翌朝来る、この女を準備させておくように、戸をたたいたらすぐ開けるようにと念を押しました。女将を殺そうとする衝動も何回かおきました。二人目の殺意です。一人目の殺意はまもなくお話しします。その夜は一睡もしませんでした。普段は戸棚に入れておく金が、強盗に奪われる気がして、たまらず、じゅうたんの下に隠しました。

私達は結婚の口約束はしていました。しかし、私は小莉の唇にも触れませんでした。徴用の日本兵は突然、来たんです。いや、触れる機会はありました。小莉はあの時、私たちの運命を予見したのかもしれません。徴用の数日前でしたが、小莉は私に体を与えようとしたに違いありません。外は大雪でしたが、彼女の一人っきりの肉親だった母は用事で出かけていました。私は肉親は一人もいませんが……。体を微妙にくねらしながらも、こわばった顔は赤味がかっていました。しかし、私は体を硬直させたままでした。結婚していないのですから。……私がのうのうと生き残っているのはですね、小莉をみたからですよ。日本軍にかりだされ、読谷《よみたん》で沖縄人や台湾人と一緒に飛行場建設の強制労働をさせられていた時です。私は直射日光と目に入る汗で目がくらんではいましたが、十数メートル先に止まった軍用トラックから隊長と連れだって降りた女は小莉だ、とすぐ、わかりました。私はつるはしを捨て、走り出しました。だが、すぐさま近くにいた日本兵につかまり、かけよって来た担当班長にしたたか殴られ、けられ、うずくまったまま、元の持ち場にひきずられました。小莉はこの騒ぎを一瞥《いちべつ》しただけで幕舎の方に去りました。私はしかし、たのもしく感じましたよ。十九の娘が遠い異国の兵隊達のまっただ中で平然としているのですからね。私は笑みを浮かべたのかもしれません。私の顔の血をタオルでふき、水筒の残り少ない水を飲ませてくれた若い沖縄人も妙な顔で私を見たのですから……。私達朝鮮人は毎晩集まって北の方角、朝鮮の方角を見て、慰め合いました。しかし、その夜はあの女は間違いなく朝鮮人だと私が主張しても、ちがうとか、見なかったとかで誰もとりあわないのです。あの仲間もその後、いっせいに洞窟に閉じ込められて虐殺され、もう証人はいないんですが……。確かに小莉は二重瞼《ふたえまぶた》の黒目がちの目が沖縄人に似ていたので私以外は気づきようもなかったのかもしれない、と今では考えもしますが……。私は女の正体を確かめてくる、と我を張り、何回か夢見心地のまま幕舎を出て、そのつど仲間に引き戻されました。昼間の労働で体は動けないほど疲れましたが、すぐさま銃殺されるのを忘れていました。夜、隊長の幕舎に近づくと、異常に目が冴《さ》えて、幕舎の中で宙をみつめる夜が続きました。小莉は看護婦として徴用されたのだから、ただの看護婦なんだ、と何十回も呟《つぶや》きました。……従軍看護婦なんてみんな慰安婦じゃないですか、そうでしょう？　沖縄の女だってそうですよね、あなたの妹さんは徴用されませんでした？　妹さんはいませんか、そうですか。でもですね、沖縄人は戦争のないところに疎開する、朝鮮人は激戦地にやってくる、何かおかしいとは思いませんか。いや、あなたの責任ではありません。気を悪くしないで下さい。……

一時はあなた方が玉砕しなかったのが悔しかった。三十万人も生き残るのは卑怯《ひきよう》だ、一人残らずスパイだったんだと思いましたよ。しかし、私は沖縄人を恨みません。米軍も恨みません。私達をひっぱってきた人間を恨みます。さもなければ、心臓や脳に弾があたらなかったのをうらみます。いや、私は死ぬのが恐かったに違いありません。私は、やっと何日かぶりに小莉の姿を見ても隊長が傍らにいると小さい合図一つ送れませんでした。……小莉の名を大声で呼んで抱きつけばよかった……切り殺されても……。生きている限り悔やまなければなりません。隊長に殺意を抱いてはいました。一人目の殺意というのはこれですが、抱いていただけです。この飛行場ができあがったら、小莉と一緒に国に飛んで行けるなどと、まさに夢を見て、私は飛行場造りに精を出しました。ところが、飛行場がようやく完成して祝賀会をやるかやらないうちに、とり壊す作業にかりたてられました。米軍に使用されないためにです。戦局は追いつめられていたのです。壊し終わらないうちに本隊は小莉を連れて、南部の方に移動しました。私は小莉を追って、逃走を図り、つかまり、銃尾で足を砕かれました。まもなく、その基地は米軍に空襲され、艦砲射撃され、残留の日本兵は死滅しました。私は米軍の捕虜になりました。しばらくのち、私は米軍艦に乗って、海岸沿いに隠れている日本兵達にマイクで降伏を呼びかけました。戦争も完全に末期でした。朝鮮人が日本軍に大量虐殺された事実も確かめられていました。降伏させるより潰滅させたい、のが私の本心でした。ぼろきれを着て、クバ笠をかぶり、地元民になりすまして生きのびている日本軍の将校も少なくありませんでした。しかし、幾ら注意深く探しまわってもあの隊長はみつかりませんでした。……あの隊長も南部に逃げる直前は血迷っていました。死んだら、靖国神社に入れてやると言いだしたんですよ、朝鮮人をですよ、俺達に殺されるのは犬死にだが、米軍と戦って死ねば靖国神社で神になる、とですね。……米軍とは説得力が違います。米軍はすぐ金と地位を与えました。……金も地位も意味を持ちませんが……。異国では支配者にならなければ生きていけないのは確かです。私は支配者になる気力も資格もありませんでした。ただ、この小さい島に小莉がいるという確信だけがささえでした。それから、八年間、どんなに探しても小莉はみつかりませんでした。……朝鮮人というのをひたかくしにして生きていたのでしょう。ポンビキの子供に連れていかれた暗い部屋で発見したのは、つい三ヵ月ほど前なんですよ。退屈ですか？　もう少し辛抱して下さい。急いで話し終わりますから……。

私は金をつんで小莉をひきとりました。私は小莉を精液でめちゃくちゃにした男達に殺意が生じませんでした。誰を殺していいのかわかりませんから。日本兵、米兵、沖縄人……朝鮮人の男は一人もいなかったに違いありません。いや、本当はただ、死ぬのが恐くて殺意が生じなかったのかもしれません。戦時中も私は、したたかに殴りつける日本兵にひとかけらの憎悪も抱かず、ただ、殺さないでくれとすがりつくだけでした。

……勇気のない者が勇気を出したのがそもそもの間違いだったのでしょうね。私は国では小莉の手も握れなかったのに、その時はもがいて逃げ帰ろうとする小莉を両手で抱きかかえました。小莉は長年あのような部屋に閉じこもりっぱなしのようでしたから、朝の白さにとまどったのかもしれません。私も必死でした。あの女将の背後に、多分私を威嚇するつもりで立っていた上半身裸の坊主頭の中年男が追っかけて来やしないか、気が気でなかったのです。私はやっとタクシーでこの家に小莉を連れ込みました。小莉は一言ものを言いませんでした。その縁側に腰かけて、もう逃げるそぶりはみせませんでしたが、その時は五月の小雨が降っていましたので、私は中に入るように何度もうながしました。だが、身動きしません。私は小莉の腕をつかみました。激しく振り払われました。私はじっと小莉の目を見ましたが、小莉はじっと竹藪の方をみつめていました。ものを隠している目ではありませんでした。ほんとに私を忘れてしまったのかもしれません。私を憶《おぼ》えていてくれたら、私はもはや米軍に媚《こ》びなくてもいいのに、とその時、思いました。私は米軍のパーティにはよく出ましたが、アメリカ人の女は好きになれませんでした。私がそっと肩に手をおくと、小莉は突然、立ち、逃げました。私は裸足でかけおり、竹林の土手を這いあがろうとしていた小莉の上着の端をつかみました。すると、小莉は濡れた土に足をすべらし、つかんでいた竹が大きくはね、私の目をしたたか打ちました。私は痛みをこらえましたが、涙があふれて、視界がぼやけ、肩をつかんだつもりが長い髪をひっぱっていました。私はそれをゆり動かし、一言いってくれ！と哀願しました。小莉はつぶれたような悲鳴をあげ、振り返りざま、私の顔につばを吐きかけました。私は小莉をひきずりおろしました。両手に異常な力が出ました。小莉は全身の力を抜いて、私にもたれかかっていましたが、私は長い間、首を絞め続けていました。小莉は激しく暴れましたが、あれは逃げるためではなく、私の狂気の力にびっくりしただけかもしれません。私が手をゆるめても、小莉は逃げなかったのかもしれない。

しかし、私もただ、小莉を落ち着かせるために力を入れたんだ。……いや、殺意は多分あったでしょう。生まれてこのかた、三人の人間に殺意を持ち、三人目でやっと実現できたわけです。でも、おかしなものですね、私はいつでも死ぬ機会のあった戦争の最中は小莉を思い浮かべて、苦しくなればなるほど、より鮮やかに思い浮かべて、それを糧《かて》にして生き続けた。ところが、戦争が終わって死ぬ心配がなくなると私は小莉を簡単に殺してしまった。ほんとに、おかしいほど簡単に……。小莉はどうして変わってしまったのだろう。……今も信じられません。……いや、私の気がふれたんでしょう。私は戦争で何一つ変わらないのですよ、変わらないのはおかしいでしょう？　生きていけないんじゃないですか？　あ、死体は、あそこの竹藪の下、……土が少し盛りあがっているでしょう、わきからカンナがのびてきていますが……あそこに埋めてあるんですよ……あそこで殺されたのですから……。私は一晩中、小莉をこのじゅうたんに横たえていましたが、裸にする気はありませんでした。小莉が性病にかかって米兵にもすてられ、物乞いのような沖縄人が寄ってくる売春宿にうごめいて、いたからではありません。理由はわかりません。まだ見ぬ乳房も腐敗し、骨になり、土くれになるとわかっていても私は思いきれませんでした。屍姦というのが恐いわけでもありません。裸にして、きれいに洗って、髪をすかして、箱に入れて、しっかりした墓に納めて……というかわりに、闇が白じろとしてきた頃、穴を掘って埋めました。白目をむいて、舌を思いきり出して、よだれをたらした顔のままの小莉を……しかし、埋め終わると、昔の陽気で恥かしがりやの小莉のおもかげを私は思い浮かべたのですよ。もうすでに、穴の中の小莉は白骨になっているはずです。しかし、私は純粋に悲しめません。骨たちはどうしても純粋に死んだとは思えません。同じ仲間さえも殺した犯人のような気がします。……あの井戸の中にも二体ほどの白骨が沈んでいるのですよ。雨の少ない季節には底が透けて見えます。……あなた方は骨といえば、沖縄住民のか、米兵のか、日本兵のか、としか考えませんね、じゃあ、何百何千という朝鮮人は骨まで腐ってしまったのでしょうかね。……だが、考えようによっては、朝鮮人の骨は幸福かもしれません。正体がわからなくなるんですから。ちゃんと慰霊の塔、近頃つくられはじめているようですが、その塔に納骨してくれるんですからね。ただ、中で、朝鮮人の骨と日本兵や沖縄人の骨がけんかをしていても、将来、この塔を訪れる人達は日本兵と沖縄人の骨に花束を、黙禱《もくとう》を捧《ささ》げるでしょうね、永久に……。もう三ヵ月になります。前に言いましたか？　……警察は一度も来ません。多分、被害者が朝鮮人の売春婦だからでしょう。それとも、加害者が米軍エンジニアの朝鮮人だからでしょうか？　いや、どうでもいい。ただ、私は、あの穴の骨がほんとに小莉なのかと疑いだしてきたんですよ、近頃からですが……。今更掘り返してみたってどうしようもありません。月の明るい晩にはあの盛り土の上に女の姿が見える気もしますが、錯覚でしょうか、小莉とは違うようなんですよ。私はこの屋敷の亡霊達にたたられてしまったのでしょうかね、でも亡霊は弱いのが強いのにたたるというじゃありませんか。どうして、私のような弱虫に……。小莉は、ほんとにあの骨ですよね、ね。

暑さを感じない。ペダルを踏む足の疲れを感じない。たかが朝鮮人のたわごとなんだと一蹴できる気もする。しかし、なかなか頭を離れない。なぜ、私に朝鮮人は話したのだろうか。戦争中、怪我《けが》の血をふいてやったからか。いや、私は正体をあかそうと思いながらもあかせなかった。私はあの時、なぜ、彼をかかえおこしたのだろうか？　朝鮮人が我々と同じ量の労働しかさせられないのには不満を持っていたはずなのに……。ヨシコーをなぜ暴行したのか、とうとう聞けなかった。……恋人をめちゃくちゃにされたうらみつらみをぶちあてたにしては声が静かすぎた。竹藪のざわめきや熊蟬の声もはっきり聞こえたんだ。しかし、わずかに朝鮮人はとり乱した。アカバナーの生垣の外側でふいに私の右手を両手で握り、「私は夢を見ているんじゃないでしょうね！　気がふれているんじゃないでしょうね！」とふるえた。血走った目がみつめていた。私は思わず首を横にふった。朝鮮人は二度大きく息をして、すぐ落ち着いた。私はわざとゆっくりと自転車に乗った。すると、朝鮮人は荷台をつかみ、私の住所と名前を聞いた。私は不気味さを感じ、口元が固くなった。しかし、正直に答えた。朝鮮人は金をくれなかった。「あの慰謝料は少ないとおじいが不満をもらしていた」と一言でも私が言えば、くれたかもしれない。しかし、しまいまで言えなかった。あの時、出血を止めてやったのも、一人分の労働力を失えば、その分の負担が私にかかると、感じていたためではなかったか。朝鮮人は私の目の色を読みとらなかっただろうか。私はかぶりをふった。自転車がゆれ、大きく蛇行した。朝鮮人は戦争の話をした。私は忘れようとしているのに……。朝鮮人の罪悪はこれだ。おかげで私は朝鮮人の話を聞きながら、息子を思いおこしてしまい、顔中の血の気がひいた。朝鮮人の恋人の幽霊はわずか一メートル足らずの土の下に埋まっているにすぎない。私の息子は六歳のまま、一つの岩山の下敷きになっている。私はあの時めまいがした。立ちあがると倒れたにちがいない。あの防空壕の出入口はわからずじまいだ。山そのものの形が無惨に崩れ、所在もはっきりしない。私は終戦まもなく宜野湾《ぎのわん》の親戚の家にいた。ツルは放心したまま倒れ込んできた。私は役場や政府や米軍にまで奔走した。ひとときも気が休まらなかった。骨を掘り出し、骨壺に入れなければ気がふれそうな強迫観念が私をさいなんだ。私は早朝も真昼も夜中もツルの肉体にむさぶりつき、手を尽くしたんだ、全力を尽くしたのだと気持ちを落ち着かせた。しかし、ツルは目はくぼみ、まぶたをはらし、髪を乱し、夢遊病者のように徘徊《はいかい》した。山原《やんばる》の私の両親にツルを預け、私は何もかも忘れるために春子を探し歩いた。その後、ツルは回復し、那覇に出て自活を始めたとの連絡を親から受けたが、春子と生活を続けた。しかし、ほどなくツルにみつかった。ツルは声をふるわし、手を握りしめて私達を何時間も責めた。私は病気が再発するんじゃないかと恐れた。しかし、春子に「この人がいなければ生きていけないのは私も同じよ、あなたは長い間一緒にいたんだから、私に比べればはるかに満足なはずよ」と泣きわめかれ、「近いうちに出直して来るよ、きっと来るよ」と、ふんぎりのつかないまま出て行ったきり、私達がひんぱんに転居したせいでもあるが、つい、四週間前までツルは現われなかった。二、三年前に一度ツルは北部の漁港町にいる私の両親に訴え、両親も同情はしたようだが、その頃は私は両親にも居場所を隠していた。ツルの親兄弟が戦争で全滅してしまったのは私も気にはなったが、そのつど、身内がいないのは春子も同じだ、と自分を慰めた。ところが夢にはツルが出た。鮮烈な夢だった。いつまでも忘れられない。ふっとんだ息子の首は父ちゃん、痛いようと叫びながら、どこまでもころがり、私も何か叫びながら懸命にその首を追うのだが、足が動かない。後ろをふり向くとツルの顔が私の肩ごしにニュッと出て、ニヤッと笑った。私におぶさっていたのだ。もう一つの夢。土に埋まってもがいている息子を私は必死にスコップで掘り出そうとするが、掘れば掘る程、土は盛られていくのだ。よく見ると、すぐ向かいでツルが大声で笑いながら（声は聞こえなかったが）手で土をすくって、かぶせているではないか。私は強く頭をふり、ペダルを踏みこむ速度をあげた。

　あのギンネムの根元に隠したスクラップを掘り出し、ツルの家にこのまま行こうと決めた。朝鮮人の話は嘘っぱちじゃない、苦しんでいるんだ、と考えた。土に埋まっているのは息子だけじゃない。若い娘もいる。無数にいる……。ツルに会えば、私とよりを戻そうとわめくのではないだろうか？　春子のいる六畳間に寝ころがっているのが身のためかもしれない。……しかし、あのゴザのゴミが汗で濡れた背中にくっつく、それよりは、全身に汗を吹き出させたまま、自転車を懸命にこいだ方がまだしも気持ちはいい。……朝鮮人は金をめぐんだと思っているかもしれない。私は勇吉やおじいとは違う。ツルの元に帰り、仕事に就けば、世間にもかおむけができる……しかし、春子を誰がみる？　春子は私がいないと生きてはいけないのだ。一度は公務員になろうと決心した。琉球《りゅうきゅう》政府の課長だった前田某を首里の役所まで訪ねた。ところが夕方まで待っても不在だった。公務員になればツルに居場所が知れるという危惧もあったが、ようやく息子の悪夢も遠ざかりかけ、決心はまもなく薄らいだ。……確かに私はツルどころか、春子にも殺意をいだいた覚えはない。飲み屋で雑多の男達に弄《もてあそ》ばれても何一つ行動しない私を朝鮮人は侮辱している。いや、考えすぎだ。また、かぶりを振った。ハンドルをとられ、自転車はさつま芋畑につっこみかけ、ブレーキを握りしめた。その拍子に倒れかかった。すばやく足をつけ、自転車をささえた。被害妄想をうち消すために、私が頭中血だらけの朝鮮人を助けているあの軍飛行場建設の状況を思いおこした。

だだっ広い軍用一号線のアスファルト道路は白いほこりをかぶっている。時々、米軍用車両が通るだけだ。しかし、私の足は自転車のペダルを思い切ってはこがない。葉の少ない街路樹の影が道に落ちている。反対方向に行けば、おじいのいる町だ。町中の通りに入った。アスファルトは切れたが道幅は広い。金物屋、雑貨屋、食堂などがひしめきあっている。ま新しいトタン屋根は強い陽射《ひざ》しに白くぼけている。薄い長スカートを着た女達ははでな色の日傘をさしている。GI帽をかぶった若者と腕を組んで歩いている女の白い袖なしのブラウスが汗で背中にくっつき、シュミーズの線がすけて見える。

自転車屋はすぐみつかった。薄暗い天井にチューブやらスポークやらがぶらさがっていた。GIカットの氷屋らしい男が顔を赤らめて、氷を積んだ自転車のタイヤにポンプで空気を入れている。隣りに三階建てのコンクリート建物がなかばできあがっていた。ブロックや砂や足場の木材のまわりで大工達は茶を飲んだり、寝ころがったりしていた。比嘉《ひが》自転車店のま向かいの、半分は赤瓦で半分は古いトタンぶきの家だ、と勇吉に聞いていた。まちがいない。私は溜息《ためいき》をついた。しばらく、自転車にまたがったままでいた。ふろしき包みを持ち、下駄をはいた若い女が日傘をかたむけ、私を見て、通り過ぎた。荷車を引いたクバ笠の男が近づき、私は道をあけた。私は深呼吸をして、竹を編んだ小さい囲いの中に自転車を押して、入った。家の裏側はさつま芋や野菜の畑になっていた。その向こうは雑草がのび広がり、そのまた向こうにトタンや板ぶきの小さい家があった。私は自転車を立て、ほしてある洗濯物をくぐり、入口に寄った。女が腰をのばして、私を見た。一瞬、ツル、と思った。なかなか動悸が消えない。白髪が乱れている女はカシガーにつめようとした野ざらしの壜を片手に持ったまま、目を見開き、体を硬直させていたが、やがて、壜を置き、弓形に曲がった背にカシガーをかつぎ、あわてて家の角を曲がった。私はのぞいてみた。老婆は立ち尽くして様子をうかがっていた。私と目が合った。すると、はじかれたように板塀の陰に消えた。雨戸は開いているが、中は薄暗い。ツルは寝そべっていた。私は、ツル、と言いかけ、声をのみこんだ。黒く汚れている足裏は小さいが、男のものだ。うつむいているので顔はわからない。老人のようだ。おじい？　一瞬、はっとしたが、二本足だ。溜息をついた。これでふんぎりがつく気がした。しかし、ただの親戚の老人ではないだろうか。私は自転車にもどり、荷台のゴムをはずし、紙袋のスクラップを出し、古バケツに投げ入れた。スクラップとスクラップがぶつかる重い音がした。まさか、あの男は勇吉じゃあるまい、ふと、思った。二人はすでにできているんじゃないだろうか。いや、小さい足だった。小さい体だった。難儀して勇吉とツルを結びつけても仕方がないかもしれない。「俺はお前の前の夫から金をもらい、お前の前の夫の命令でお前と結婚した」などと、勇吉は私の口止めを破るに違いない。……いや、それでもいい、少なくとも金がある間はおとなしくするだろう。その間には、ツルは私と無縁になるだろう。

自転車にまたがり、通りに出た。すると、先の方にツルが見えた。私はあわてて元の場所にひき返した。ツルは一瞬、立ち止まって、ふくれたカシガーをしょったまま私を見つめた。形で中身はわかる。ツルは袋をおろした。

「よく、わかったね。……壜を買い集めてきたんだよ。ずいぶん待った?」

「いや、つい、さっき」

「ここも」

ツルは家を顎でしゃくった。「やがてこわされるよ、新しいのが建つのさ、家主に追い出されそうだよ」

一緒に住もうと言われないか、気になった。そして、断わるとあの男がおきだし、金をせびるのではないだろうか。

「中、入る?」

ツルは首すじをタオルでふく。私は曖昧に首をふった。

「……じゃあ、あそこ」

ツルはてごろな石に座った。私も似たような石に座った。束ねられた古い材木の影が落ちている。ツルはまだ首すじや顔をふいている。

「元気か？」

私もハンカチで首すじをふいた。

「ああ、……あんた、年とってないね、私は、おばあになってるだろ？」

ツルの太い足は昔のままだが、色が黒くなり、薄毛もはえている。

「でも、あんた、やせたんじゃない？　病気はしてないだろうね」

私は首を振った。ツルは変わった。昔は無口だった。今の春子のようだった。

「……あんた、あの女とは子供はつくらんのかい？　……できないのかい」

「いや、つくらん」

私は嘘を言った。ツルの同情を得たかった。しかし、すぐ、ツルに私なら子供をつくれる、と言われやしないか、気になった。

「どうしてさ、つくっておいた方がいいんじゃないの、私はもう子供も産めん年になってしまったよ。あんたがおいてきぼりにしなければ、子供も産めたのに……あんたが欲しいわけじゃないよ、子供が欲しいのよ、そうじゃないとあまりにも淋《さび》しいじゃないか」

ツルは足元の雑草を根こそぎ抜いた。土が私の足の指にかかったが、はらいのけない。ツルは私より八歳も年上だが、まだ生理はあるはずだ。

「あの女の店にも行ったよ。正直、もうだめだと思ったね、あかぬけしている女だね、女はしわがよったり、皮膚がたるんだりしちゃならんのだね」

私は何か言ってやりたい。しかし、思いうかばない。ただ、ツルの乳房はもう張りをなくしただろう、とぼんやり思った。

「いつか、あんたとこ、酒飲んで暴れ込んだけどね、なにも、あんたにおんぶされようというわけじゃなかったよ、あのチュラカーギー（美人）女が許せなかっただけさ。あの女はなぜ私に、あのようにやさしい顔しておれたんかね、どうして平気なんだ、ゆとりがあるんだ」

「………」

「あさはかだね、もう、あんたとはどうにもならんとわかりながらもさ、この世の中に心のつながるのがあんた一人はいると思い込んで生き長らえたんだからね、勝手なもんだよ」

ツルは汚れたエプロンのポケットに手をつっこみ、とり出した輪ゴムで白髪の混じった薄い髪を後ろにゆわえた。ほお骨が露骨に出た。

「女って馬鹿だよ、張本人のあんたは恨まないで同じ女を憎むんだからね」

ツルは〈女〉には似つかわしくない、もはや女じゃないとふと私は感じた。

「私はあの女への憎しみみたいなもんで生き長らえてきたのかもしれないね、このまま死んだらもの笑いだからね。だが、あの女を見返すものはいつまでも見つからないんだよ。早く見つけんと……どろぼう猫に夫をとられたみじめな女と陰口をたたかれっぱなしだからね。私は開き直ったよ……やっぱり、ちがう、私も男の一人ぐらいはいるさと自分に言い聞かせて、心を晴らしてきたんだからね……」

ツルは私の顔をのぞきこむ。私は思わず目をふせた。

「戦争で死んだのにさ、夫は、……それなのに、あんたは夫がいない、カビがはえてるなんて、馬鹿にする馬鹿な人間がウジャウジャいるんだからね、国のために死んだのにさ」

私は顔をあげない。

「女も適当に殺せばいいのにさ、女をあまらすもんだから、私みたいな若いもんはあふれるよ」

ツルがにが笑いしたのを私は横目で見た。

「あの女は戦争ばんざいと思ってるんじゃない？　私のいい男をうばってさ」

ツルは声をたてて笑った。しかし、すぐ唇をむすんだ。

「心配いらんよ」

内心をみすかされた、と私は感じた。

「よりをもどしたくて、くどくどしゃべったわけじゃないからね、きっぱり別れてやりますよ、あんたなんかより百倍もいい男をみつけたんだから……近頃、あれがあがり込んで来てね」

ツルは家を顎でしゃくった。「見たでしょ、あんたみたいに立派な男ではないけど……男にはちがいないよ」

「…………」

「あの男、一日中ぶらぶらしてるよ。だが、変な気持ちをまぎらわすのにはもってこいよ。私はしゃべりすぎるかい？」

私は首をふった。

「こう暑いとやりきれんね、まったく、体中のものを吐き出したいよ。……でもね、女というのは、男ができれば別の女に嫉妬しなくてもいいらしいね。なんで早く気がつかなかったのかね、もしかすると、このあいだ、あんたの家に別れようと言いに行ったのかもしれないよ。あんたが裏切ったのもあの女のせいじゃないと考えきれるようになったんだよ。あの女も身寄りがいないいんだろ」

ツルの視線を感じ、うなずいた。

「気持ちわかるよ、誰かに抱きつかんとさ、夜なんかとても眠れたもんじゃないよ……

あんたはわからんかもしれないね……ちゃんと両親もいるしさ」

私は顔をあげた。わかるよ、昔、お前に抱きついたじゃないか。しかし、黙っていた。

ツルは、よいしょと声をかけ、立ちあがった。

「やがて、壜を受け取りに来るからね」

ツルは目の前に積まれた、陽光にあたって鈍く光る壜を顎で示した。「わけておかなくちゃ……中に入っていかんかい？」

「もう帰るよ」

私は尻をはたいた。

「そうかい、もっとゆっくりしていいんだよ」

コーラやビールやジュースの壜を選《よ》りわけながらツルは私を見あげた。泥水が底にたまっている壜、煙草の吸いがらがつっ込まれた壜、緑の藻がはえている壜もある。

「手伝うか？」

私は聞いた。

「いいよ、すぐすむよ」

「……帰ろうな」

「せっかく来たのに、茶も出さんで悪いね」

私は首をふった。

「それはそうと、あんた、子供の写真一枚でも持ってない？　やがて顔まで忘れてしまいそうなんだよ」

ツルはじっと私を見た。私は強く首をふった。

「そう、じゃあ、気をつけてね」

私は自転車にまたがった。なぜ今日、私が来たのか、ツルは聞かなかった。ツルに見捨てられたと感じた。そして、勇吉はツルと会っていない、金をやっていないと信じた。


戸をたたく音が聞こえた。夢だ、とぼんやり思った。寝返りをうった。今しがたの夢が切れ切れによみがえった。ツルは勇吉に背後から犯されていた。ツルは私をにらみ、売春婦になったから、あんたの世話にはならないよ、と言った。ツルは笑ったが、歯は一本もなかった。御免下さいという大声を聞いた。汗が不快だ。こめかみが重い。この不意の訪問客の頭をまきでたたき割りたい。

あわてて入って来た春子に肩をゆすられた。

「大変よ、アメリカーと二世がジープで来ているよ、あなたを連れに」

私はとっさに上半身をおこした。窓から逃げよう、と思った。いや、だめだ、すぐ射殺されてしまう。

「どうするの、悪いことしたの」

春子の目は見開き、落ち着かない。立ちあがった。めまいがした。夢であってくれと願った。寄りそっている春子に思いきり抱きつきたい。白光の中に立っている二世の黄色いワイシャツにしめた赤いネクタイが目にしみた。

「あなた、宮城富夫さんですね」

二世が言った。のっぺらぼうの細長い顔だ。ナイチャー（内地人）二世だ、と私は感じ、力がぬけた。もうだめだ。

「宮城富夫さんでしょう」

また、聞かれた。私はうなずいた。二世は近づき、手をのばした。やっと、握手のしぐさだとわかった。握手をした。七・三に分けた髪のポマードのにおいがした。カーキー色の軍服を着け、兵隊帽をかぶった米兵がハンドルを握ったまま、私をにらみつけている。赤らんだ馬のような長い顔に汗のつぶがくっついている。

「あなた、集落はずれの朝鮮人のエンジニア知っているでしょう?」

二世が聞いた。私は思わず首を横にふった。

「知らない?　あの、あそこのギンネムに囲まれた一軒家の朝鮮人ですよ、知っているでしょ?」

二世は指をさした。私はうなずいた。春子と目が合った。私はつばを飲み、春子の肩を押した。

た。

「中に入っていなさい」

春子はちゅうちょしたが、入った。

「あの人、死にましたよ」

二世は何気ないふうに言い、私の顔をのぞき込んだ。私は一瞬おいて、ため息をつい

「あなた、原因わかりませんか?」

「私が知っているわけはないでしょう」

私は早口で言った。人を試そうとする二世の薄笑いを浮かべた目が気にさわった。

「あなたに財産をやると遺書に書いてあるんですよ」

二世は薄笑いを消さず、また私の顔色をうかがう。しかし、急に二世が気にならなくなった。……彼は、朝鮮人は私を、戦時中の私の恩を忘れてはいなかったのだ。たったあれだけの事を……大変な事だったのだ……。

「我々と一緒にあの家まで行ってもらわねばなりません。五分間ですぐしたくをしなさい」

二世は家の中を指さした。私はうわの空のまま、顔を洗い、アイロンをかけた開襟シャツとズボンを着け、春子があわててふいた革靴をはき、ジープの後部座席に乗りこんだ。春子は両手でジープをつかんでいる。

「心配いりません、奥さん」

二世が目を細めて笑った。私は春子にうなずいてみせた。

ジープはかなりのスピードで走った。見慣れている風景が変わって見えた。あんな幽霊屋敷に住むからだ、とぼんやり思った。誰かの魂に迷わされたんだ。まさか私をみくだすための最後の一撃じゃあるまい……復讐じゃあるまい。私は激しく動悸がした。いや、ちがう。朝鮮人はあの屋敷で、あの日、私にほほえんだ、なつかしそうに、柔和な目で……。

「なぜ、死んだのかは大きな謎です。遺書には書いてないんです」

助手席の二世がふり返った。「あなた、知りませんか?」

私は首をふった。

「あなたは、高嶺勇吉という若い人と、安里という老人は知っているでしょう?」

二世は身をよじって、私を向いた。私はちゅうちょした。しかし、うなずいた。

「あの二人が死体を発見したのですよ。朝早くですよ、おかしいね。民間の警察の連絡を受けて私達もとばして行ってみたんだがね、あの二人は妙におびえていましたよ」

「……死人を見たからでしょう」

私は言った。……だが、二人は私に内緒で再び金をまきあげようとしたのか。

「そうでもないみたいでしたな」

二世は唇をゆがめて笑う。「あなた達はそんなに朝早くなぜ、こんな所に来たんだね、と私は聞いてみたんですよ、するとね、草刈りの途中、水を飲みに寄ったと言うんですよ、変じゃないですか?」

二世は私の顔をのぞき込む。なぜ二人は警察に届けたのだろう、一円の得にもならないのに……。

「単刀直入にいうとですね」

二世は続けた。「彼らは何かないかと物色に来たんじゃないでしょうかね。一本、足のない年寄りが草なんか刈りますか?」

「一本、足のない年寄りはどろぼうもできませんよ」

私は二人を弁護しなければならない。

「彼らが殺したとは断定しません。遺書のサインも本物かどうか、まだわかりませんよ。あなたはできるだけ早くこの件を落ち着かせた方がいいですよ。私の所に来なさい、悪いようにはしませんよ、ここです」

二世は名刺を差し出した。日本語と英語で書かれていた。米軍の通訳のようだ。

「そこに電話しなさい、いいですか」

二世は言った。

「……よく考えておきます」

私はポケットに名刺をしまった。二世はじっと私をみつめたが、姿勢を直し、前を向いた。

ジープの両側にギンネムの茂みが続いた。ジープは登り坂でも速度がおちない。すでに遺書のサインは本物だと解明しているはずだ。私は振動で揺れる二世の後頭部をみつめた。この二世にまかせれば、だまされて、半分以上の遺産を奪われる。おじいと勇吉と協力して沖縄人の弁護士を探しだそう、三人で分けよう、そして私の分け前は二等分して、春子とツルにやろう。……いや、私と春子だけのものだ、すべて……あのような片足のおじいや、不良の青二才と長くつきあうべきではない、だめになってしまう、こんな生活は変えなければならない。……米軍のエンジニアだ、かなりの財産だろう、見当もつかない。……半分は春子にやって、残りの半分はツルにやろうかな、二人の喜ぶ様が目に浮かぶ。……しばらく、おちつくまでは銀行預金にするほうが無難だ。二世と米兵は何か英語で話し合っている。二人とも一片の笑みもない。ふと息苦しくなった。早く着いてくれと願った。

ジープは庭に入った。別のジープが一台止まっていた。花園のふちどりの松葉ぼたんが車輪の下敷になった。私達は降りた。二世は家の中に入っていった。おじいは縁側に腰をおろしている。私は近づき、会釈をした。おじいは会釈を返さず、「お前は果報者だよ」と一言いい、すぐうつむき、松葉杖で地面をこきざみにたたきはじめた。勇吉を探した。ホルトの根元に座っている勇吉と目が合った。勇吉は立ちあがり、ホルトの枝を折り、葉をむしり取り、一本の棒にし、それをいまいましげにふりおろしながら近づいて来た。ジープに寄りかかって立っている米兵が幾分身構えた。あやまちででもこの米兵を殴ると、腰のピストルで射殺されてしまう。

「おじいがいらない、いらな（草刈り鎌）なんか、腰にさしているから、しつこく聞かれたよ」

勇吉は私のわきに腰をおろした。三人とも黙った。蟬の声が騒がしいのに気づいた。

「おじいは誰から弁償金を取ったらいいんだ。あれは死んでしまったんだ」

勇吉が言った。顔はおじいを向いている。しかし、私に言っているんだ。じゃあ、あんた達二人は私に黙ってなぜ、ここに来たんだ、と私は聞きたくなる。だが、あんたも一人でこの間来たじゃないかと反論されそうだ。……黙っていた方が威圧感はかえって強いだろう。

「あれは、わずかな金だったな、おじい、もう何もないよ。おじいはあるかい？　あの時、もっと取るんだったよ」

勇吉は私の目の前を横切っておじいを見る。おじいはうつむいたままだ。

「おじいには分け前があるべきだがなぁ、このままじゃヨシコーがかわいそうだよ」

その時、おじいは顔をあげ、私をうかがったが、すぐ、あらぬ方を見た。

「入りなさい」

二世の声がした。私は二人の顔をみないようにして、革靴を脱いだ。初めての部屋だった。黒皮のソファに座っていた軍服の米兵が立ちあがって、握手を求めた。

「チャンドラーキャプテン（大尉）です」

二世が言った。私は握手をした。柔らかい大きい手だった。額の金髪がはげあがっているがサングラスをはずさないので不気味だ。唇もさけているように細く長い。キャプテンはテーブルの上の書類に目を通した。黙りこんでしまった。二世が心強く感じられたりする。十二畳はある広さだ。米国製の冷蔵庫、洋酒がつまったかざり棚、整理タンス、ぶ厚いベッドが目につく。蓄音機やラジオはほこりをかぶっているのがわかる。壁にかかった大きな油絵はマリアがキリストらしき赤ん坊を抱いている暗い作風だ。

キャプテンがソファにそりかえり、私に英語で何か言った。二世が通訳した。

「なぜ、あなた宛の遺言状があるのかと聞いておられる」

「……友人だからです」

私は断言した。

朝鮮人の命をあの時救ったんだと自分に強く言い聞かせた。

二世はキャプテンに耳うちし、キャプテンは何か言った。

「朝鮮人と？　あなたも朝鮮人？」

「私は沖縄人です」

二世はもっと聞きたいようにキャプテンと私の顔を交互に見た。朝鮮人の名前をきかれないか、気が気でない。私は知らない。キャプテンは書類を私の前においた。二世は一つずつ指でさし示して説明した。預金通帳が三冊あった。二つは沖縄の市中銀行、一つはアメリカ銀行のものだった。土地、建物の権利証、登記証もあった。印鑑もあった。遺言状は簡単な内容だった。私の全財産を浦添村《うらそえそん》字当山《とうやま》八班の宮城富夫氏に贈与しますと日本文字と英語で書かれていた。それぞれに押印とサインがしてあった。

キャプテンは早口で二世に何か言いつけ、帽子を取って立ちあがり、私に握手を求めた。私は座ったまま握手をした。二世はキャプテンのあとについて部屋を出ながら振り向いた。

「キャプテンはランチタイムだから帰ります。私はいるから、待っていなさい」

私は深くうなずいた。私は預金額を見てみた。おとぎ話のように莫大ではないが、一生何もしないですごせる額だ。勇吉達が入って来る予感がした。大きな封筒にテーブルの上のものをつめこんだ。鍵束だけはポケットに入れた。部屋の中をまた見まわした。引き出しや小物入れは鍵がかかって、あかない。封筒を持って部屋を出た。朝鮮人と話をした時のソファに座った。庭の、あの盛り土に生えていたカンナがあの時よりも少なくなっている感じだ。そのかわり、隣りにもう一つ土が新しく盛られているような気がする。……あのシェパードが埋まっているかもしれない。……あの土に恋人が埋められていないとすると、朝鮮人の気をふれさせた三ヵ月前の事件というのは何だったのだろう？　……朝鮮人はあの飛行場の炎天下で気がふれたのかもしれない。地から熱が湧いた。監視の童顔の日本兵も日射病で倒れた……恋人の幻があの白日にゆらめいていたのかもしれない。まさか、私まで幻を見たわけではあるまい。私が朝鮮人を助けたのは事実なんだ。で、なければ、なんで私に財産を残すか説明がつかないじゃないか。

家の回りをまわっていた勇吉が井戸をのぞき込みだした。今年の梅雨は雨が少なかった。底の白骨がすけて見えるかもしれない。もし、あのジープの座席に腰かけて、二世がしゃべっているのを大きなノートにメモしているGIか、二世にあやしまれ、井戸をさらわれ、ひきあげられた骨が米人のものだとわかったらキャプテンの気も変わるのだ。あの若いGIの軍服のわきは丸く濡れている。今でさえ不快感を感じているはずなんだ。虻《あぶ》が私の目の前を飛びまわる。追い払ってもなかなか出ていかない。勇吉はようやくジープに近寄り、後部タイヤを足で二、三回けったが、やがて、赤木の蔭にしゃがみ、そばのおじいに何やら話しかけた。……あ、と私は息をのんだ。信頼していた私に金を脅し取られた衝撃が自殺のはずみになったのではないだろうか。ただ一人気を許せた私に恐喝され、朝鮮人はすべての心の張りを失ったのではないだろうか？　朝鮮人はもともと私に全遺産をくれる気だったんだ……。私は目障りな虻に殴りかかった。空振りした。

私はおじいのために恥を忍んで交渉役をひき受けただけなのだ。私は自分に言いきかせた。私が自殺の原因なら、なぜ私に遺産を残すのだ。この廊下に立って、暗闇に目だけを異様に光らせてあの土の盛りあがりを毎晩みつめているうちに気がふれてしまったんだ。それだけだ。私は深くため息をついた。

二世が歩み寄って来た。それを見て勇吉も立ちあがった。二世は私の向かいのソファに座った。勇吉は縁側に腰かけた。

「本当はあの人の財産は朝鮮にいる身内に送るのが当然です。そうでなければ軍属ですから米軍に没収されるべきです。しかし、米国は民主主義国です。本人の意志を優先します。すなわち、あなたのものになります」

二世は赤味がかった細い唇をなめる。

「全部？　おかしいよ、俺たちには……おじい！　この人だけが朝鮮人の財産もらうって、全部」

勇吉が身をのりだした。おじいが近づいて来た。私は胸騒ぎがする。

「あなた方は帰っていいですよ、許可がでました。だが、あとで取り調べがあるかもしれません」

二世が言った。しかし、勇吉もおじいも動かない。二世は私に向いた。

「遺体は軍が外人墓地に埋葬します。葬祭費はあなたに出してもらいますよ。あとで請求書を送ります」

　私はすぐうなずいた。二世に早く帰って欲しい。このままだと勇吉が何をしゃべりだすか、気が気でない。

「遺体は陸軍病院の地下の死体安置所にあります。それとも、あなたが引き取りますか？」

　二世が言った。くどい。私の内心を見透しているようだ。

「いや、そちらでお願いします」

　私ははっきりと言った。

「あなた、うれしそうじゃないですね、財産もらってうれしくないんですか？」

「いや、うれしいです」

　二世は立ちあがった。

「あなた、帰ってもいいですが、二週間ぐらいは家にいなさい。……私に相談に来なさい。いいですね」

　あんたの真意はわかりますよ、と言ってやりたい。しかし、黙ったまま二、三回うなずいた。二世は出ていった。すぐ、ジープは排気ガスをまきちらし、去った。

「あの野郎にいろいろ聞かれたが、ばれなかったよ、何も心配ないよ、な、おじい」

　勇吉はジープの見えなくなった方角をみつめている。

「おじいは」

勇吉が続けた。「ヨシコーをここに毎晩通わせれば遺産が全部ころがりこんだのに……俺が言っただろう、きかんからだよ」

「……孫娘に何もないとは……よく調べてくれなぁ、富夫」

おじいは私をみつめた。私は目をそらせた。

「どうして、もらったんだ？　おどしたのかぁ？」

勇吉は私をのぞきこむように首を曲げた。

「お前なら、充分おどせただろうな、空手が四段だからな」

私は顔をあげ、勇吉を見、おじいを見た。

「戦時中、この朝鮮人を命がけで助けてやったんですよ……あの二世に聞けばわかるが……」

「でも」

勇吉が口をとがらせた。「俺が知らせたのがきっかけだろ、俺が知らさなければ、あんたもチョーセナーと会えなかったんだ」

勇吉のランニングシャツから脇毛がはみ出ている。嫌悪感が湧いた。

「……男のくせに、女みたいに毒を飲むんだから……ピストルで頭もうてないんだから」

勇吉は舌うちした。

「お前は私がツルに持たせた金をねこばばしたってな」

私は思いきって言った。勇吉は呆然と顔をあげたが、すぐ、目をそらせた。

「あれ、返せよ、ツルに、ちゃんと」

私は声を太くした。勇吉はおじいを向いて、舌うちした。

「金なんか持ちたくないね、こんなに人間が変わるんだから、な、おじい」

「なに！」

私は立ちあがった。「お前は自分をよく考えてみろ」

勇吉は私をにらんだまま腰をうかしている。私を殴りたがっているようだ。私は庭を見た。わざとゆっくりと立ちあがった。

「今日は帰ろう」

私はおじいと勇吉を立たせ、雨戸を閉め、外鍵をかけた。私は庭を横切りながら、盛り土に寄った。アフリカマイマイやカタツムリの白い殻が表層に散らばっている。掘ってみる勇気はない。知らんふりをして勇吉に掘らそうか？　いや、事が面倒になりそうだ。この幽霊屋敷を売ろう。買い手は勇吉に探させてもよい。競売にしてもよい。新聞に広告を出そう。坊さんを呼んで焼き払おうとも、ついさっき考えたが、やはりもったいない。……働こう、騒がしい音楽の中で、酒の中で、女達や米兵達の中で……春子と一緒に、春子をマダムにして……。この集落を出よう、基地の近くの街に行こう。居場所は誰にも教えない。ツルにも金はやらない。どうせ、あの男が巻きあげるにちがいないのだ。米兵相手の店が成功してからやっても遅くはない。米兵はバーではありったけの金を使うと聞いている。英語を覚えよう。……「あなたに助けられた朝鮮人ですよ、おぼえていますか?」となぜ、一言いってくれなかったのだ。二人は黙ったまま私のあとをついてくる。何を考えているのだろう。松葉杖でおじいの脇ははげているかもしれない。ヨシコーを私の店で使ってやってもいいよ、高い手間賃で、おじい、と言ってやりたい。坂を登りかけたところで私は振り返った。すると、すぐ、おじいが言った。

「わしゃ、生きていく自信を失ったよ」

「あのチョーセナーをすぐ殺せばよかったな、おじい、ウチナーンチュに生恥《いきはじ》かかせてよう」

勇吉が言った。

「わしゃ、いつまで憐れをせにゃ、ならんのだ」

おじいは首をうなだれた。わざとらしかった。私は早足で坂を登った。

「長い間の仲間だったのに、俺達を裏切るのか! 同じウチナーンチュだのに」

ギンネムの葉、枝が風に騒ぐ音にきこえよがしの勇吉の声が混じった。私はさらに足をはやめた。しばらくすると、勇吉が走ってくる凄《すご》い勢いを感じた。私は振り向いて身がまえた。勇吉は私に並んだ。

「ほんとは俺はあの男が恐かったよ。だから、すぐ逃げ出せるように家の中に入らなかったんだ。……あの男がわけのわからん朝鮮語でしきりにヨシコーに話しかけているのを見て俺はぞっとしたよ。どうみても尋常じゃない顔だった。……急に泣き出したかと思うと、ヨシコーの首に抱きついたりさ。首をしめてヨシコーを殺すのかと俺は思ったよ。地面に倒れたヨシコーがどこか打ったのか、悲鳴をあげたら、あの男はすぐ顔をあげたよ。長い間、両手で頭をかかえこんだまま身動きしなかったが、やっとヨシコーをおこして、ごみを払いながら何度も頭をさげてあやまっていたよ。……あの男がみえなくなってから、実際にやったのは俺だが、だが、ヨシコーが俺に抱きついてきたんだ、ほんとだよ、ウチナーンチュどうし好きになって悪くないだろ？　金で抱くというのがよっぽどきたないじゃないか」

勇吉は声をださずに笑った。私は握りこぶしで勇吉の横顔を殴った。勇吉はよろめいた。

「……俺はほんとにヨシコーが好きだよ」

勇吉は私を見ず、ほほを手でおさえたまま、おじいが登ってくるのを待った。私は躊躇《ちゅうちょ》したが、歩きだした。

註

1　HBT……Herringbone Blouse and Trousers（矢筈《やはず》模様織りの上衣とズボン）の略称。アメリカの軍服。沖縄の住民に放出され、仕立て直すなどして戦後の一時期多く着用された。

2　一万五千（B）円……B円とは円表示B型軍票のことで、一九四八（昭和二十三）年七月から、ドル通貨制に移行する五八年九月まで、沖縄で唯一の法定通貨として使用された。

3　MP……Military Policeの略称。アメリカ陸軍の憲兵のこと。交通整理などにあたった。

4　CP……Civilian Policeの略称。終戦直後、アメリカ軍によって任命された沖縄側の治安維持組織。

編者のことば――沖縄で暮らして、十年が過ぎた。

森本浩平

　青い海、澄んだ空、華やかに風景を彩る花や木々。それらにアクセントをつけるようなスローな三線《さんしん》の音色も心地良い。世界でも有数の澄んだ海を持つ、それはまさに南国の楽園・沖縄である。暖かい気候に吹き抜ける海風が空気を穏やかにし、すべての生命体がここ沖縄ではゆるやかに生きているよう。街のあちこちにいる野良猫たちは人を怖がらず、蝶《ちょう》や虫までもが、人に興味を示すかのように寄ってくる気配で、島全体の生き物が共存している感覚がある。内地にはない、沖縄での〝癒し〟を求めて毎日のように多くの観光客が押し寄せる。

　一方で、沖縄本島の面積の十五％を占める米軍基地、貧困、暴力の問題が影を落とす。アメリカ文化が入り混ざった沖縄は、その独特の雰囲気が異国情緒を感じさせるのだが、本来は基地がなければ、「アメリカ」はまったく存在し得なかったはずである。先に挙げた問題は、多くの観光客にとっては目にしたくないものであり、裏側に追いやられてしまうことが多いが、いざ内側に立つとそれは隣り合わせにあり、沖縄の風景が違って見えてくる。

おそらく、観光で訪れる多くの方は、表側の沖縄だけを期待して沖縄観光を楽しまれることだろう。もちろん以前に観光で訪れた際の自分もその一人だった。

沖縄に基地がなかったら、戦争が起こっていなければ、沖縄はどんな表情になっていたのか度々想像する。しかしながら、現実は戦争が招いた米軍統治に翻弄され、常に基地と米兵と対峙《たいじ》し、いまもそれは続いている。

沖縄を深く知ろうと、関わろうとすれば、基地問題は切り離せない。それほど密接であるからだ。

そんな沖縄が放つ情愛。

海、緑、音楽、人。笑い、怒り、悲しみ、涙。

沖縄のエネルギーを体感し、新しい沖縄への価値観がきっと生まれるだろうと、本書の編者を務めさせて頂いた。県内外の様々な角度から沖縄を描き、それぞれの立つ位置から見る沖縄の多面性、多面体のストーリーを堪能《たんのう》して頂ければ幸いである。きっと沖縄への理解が深まるとともに、沖縄への思いがより強くなっていくことであろう。

まずは県内の方々には、沖縄を牽引《けんいん》してきた沖縄を代表する作家の作品を、書店人として全国に広く届けなければ、との思いがあることをご理解頂きたい。

本書は、集英社より刊行された沖縄を舞台にした作品の中から、沖縄県出身の作家が描く小説を三作品、県外の有名作家による小説を四作品、そしてノンフィクションを三作品、計十作品を収録した。沖縄作品を通じ、文学が持つ力を感じて頂ければ、書店人として本望である。

◆川上健一「ハアーイーヤア」は沖縄の夏祭りが舞台の、思い返される切ない記憶の物語。短編集『祭り囃子《ばやし》がきこえる』に収録。沖縄に癒しを求めて移住した女性・美和と、沖縄の伝統芸能〝エイサー〟を踊る青年・武史との十数年前の恋。当時その青年に憧れていた真紀恵は過去の真実を知る。

エイサーは県外の盆踊りにあたるものだが、その演舞は盆踊りとは全く異なるもので、太鼓を片手に躍動的で力強く、勇ましい。沖縄ではお祭りだけでなく、式典などで景気付けに踊られることも多い。本編ではエイサーの祭り囃子の高揚感と、美和と真紀恵のセンチメンタルな出会いとのコントラストが心を揺さぶる。

◆吉田修一「小さな恋のメロディ」はＡＮＡの機内誌「翼の王国」での連載からの作品。

二十年ぶりに再会した、高校の先輩後輩である男女。当時部活で訪れた沖縄での淡い恋のお話。

沖縄は人を引き寄せ、そして繋《つな》ぐ不思議な場所でもある。会うことのないはずの知り合いの県外者とばったり、など頻繁にあるような感覚だ。作中の一瞬の恋心も、そんな沖縄だからこそ、その後のエピソードがきっとあるに違いないと、想像力を掻《か》き立《た》てられる作品である。

沖縄の旅にはストーリーがある。

ちなみに吉田は、二〇一六年に渡辺謙主演で映画にもなった小説「怒り」で、沖縄が舞台のミステリードラマを描いた。

◆花村萬月「金城米子さん」は、霊的な能力を持ち、悩める人を良い方向へと導くための判断をするという「ユタ」を描いた。古くは「医者半分、ユタ半分」ということわざがあるほど、沖縄の人間には密接な存在であった。県外の祈禱《きとう》師《し》や占い師のような役割で、基本的に女性であり、東北地方のイタコが最も近い存在といえる。鑑定料などのお布施が発生するため、沖縄ではユタさんにも本物と偽物がいるといわれ、何かの度にユタさんに物事の判断を委ねる人もいれば、そもそも沖縄でも端《はな》から信じていない人もいる。現代の沖縄では様々なユタさんがいて、そんな摩訶不思議《まかふしぎ》な存在を描いている。

前半、金城米子に会いに行くところから、金城家の家の中の様子、そして祈禱が始まるまで、「私」の視点から見聞きしたものの描写が延々と句点がない文体でこれでもかと続いていくのだが、この独得の文体により、沖縄の熱い日差しの中の、混沌《こんとん》とした異質な〝トンデモ〟状態が巧妙に表現されている。後半は文体が句点のある既存の文体に転換し、人はなぜ洗脳されるのか、人間の持つ信仰心を紐《ひも》解《と》いていく。

◆椎名誠「珊瑚礁《さんごしょう》の女」は一九八八年に刊行された、著者が訪れた旅先で出会った女と海をテーマにした短編集『さよなら、海の女たち』収録。空港建設に伴って、美しい沖縄の海が破壊されていくことを危惧する、石垣島で暮らす女性との出会い。死滅していく珊瑚礁の実態を著者へ見せるために、突然目の前に現れた女性との交流を描く。三十年も前の沖縄が舞台であるが、今の沖縄とそう変わらない風景がある。開放的な気候が警戒心も解くのか、予想しない出会いも沖縄ではしばしば訪れる。またその出会いがドラマチックに色づくのも沖縄ならではである。

◆佐野眞一「スーパースター・瀬長亀次郎」は、二〇〇八年に出版された『沖縄　だれにも書かれたくなかった戦後史』からの一篇《ぺん》を抜粋。本書は沖縄のヤクザ、政財界、密貿易、芸能界など、決して表には出なかった、知られざる沖縄の裏側に迫った一冊。沖縄への移住者にとっても、〝沖縄を知るバイブル〟として未《いま》だに読まれ続けており、沖縄本の大ベストセラーとなった。

瀬長亀次郎は、米軍占領下の沖縄で、理不尽な統治をするアメリカに屈せず、堂々と闘った〝不屈〟の英雄として、二〇一九年には映画にもなり、今も沖縄では知らない人がいないほどの伝説の政治家である。
◆松永多佳倫「背中の傷と差別」は、二〇一六年に文庫化された『沖縄を変えた男』からの抜粋。本書は第三回沖縄書店大賞受賞作。二〇一七年公開の、ガレッジセール・ゴリ主演の同名映画の原作本でもある。高校野球の監督として甲子園に十七回出場し、沖縄水産高校を二度準優勝させた、栽弘義監督の生涯を描いた作品。沖縄ではもちろんのこと、名物監督の一人として全国でも名を馳《は》せた。
沖縄復帰前の時代は県外強豪校との練習試合は限られ、トレーニング器具などの練習環境も儘《まま》ならず、沖縄県の高校野球は他府県より相当なハンデを背負った状況であった。混沌とした戦中戦後を生き抜いた栽の少年期、県外への大学進学で受けた沖縄への差別が、栽の原動力の一つとなったに違いない。その後の沖縄野球では一九九九年に沖縄尚学高校が県勢初の全国制覇を成し遂げ、悲願を達成した。その時の監督である金城孝夫は栽の教え子である。栽の功績は計り知れない。

余談ではあるが、高校野球での沖縄県勢への県民の応援は、明らかに他県とは違う熱量であり盛り上がりをみせる。そこには、沖縄のこれまでの歴史的背景が少なからずとも影響しているのではないだろうか。

◆藤井誠二「消し去られた街、生の痕跡」は『沖縄アンダーグラウンド』からの抜粋。第五回沖縄書店大賞受賞作。沖縄県宜野湾市・真栄原新町に二〇一〇年ごろまで存在した「特飲街」と呼ばれた売春の街に迫るノンフィクション。そこに働く人々、ヤクザ、警察などへの圧倒的な取材力から、沖縄の戦後史が浮かび上がってくる。

　本編は沖縄県内では大ベストセラーとなり、地元紙やテレビで特集が組まれるなど、大きな話題となった。藤井は東京の出版社から数々の著書を上梓《じょうし》してきたが、そんな県外の力ある著者としては珍しく、地元・琉球《りゅうきゅう》新報社より『沖縄ひとモノガタリ』を刊行した。沖縄を描く県外の作家として、現在沖縄で最も有名な一人である。

◆「レールの向こう」は、一九六七年に「カクテル・パーティー」で沖縄初の芥川賞を受賞、以後沖縄の出版界を牽引し、二〇二〇年に九十五歳で亡くなるまで、「文学こそが人間教育として大事なものである」とし、沖縄の文化や歴史に向き合って小説を書き続けた大城立裕の作品。第四十一回川端康成文学賞受賞作。

脳梗塞で倒れて入院した妻に付き添い、その看病生活で、妻と真摯に向き合う一個人の自分と、これまで表現者として対峙してきた自分との心の葛藤。妻を想《おも》う一途《いちず》な思いと、真謝志津夫への追悼文の依頼、「書く」ことへの心の揺らぎが描かれる。病棟から見えるモノレールの「南側」を目の前の現実世界とし、「むこう側」を急逝した真謝志津夫の魂が宿る深い森、すなわち自らが戦ってきた創作の世界と表現したのだろう。そのレール越しに隔たる両方の思いが重なり合って妻の快癒を願う。

◆「孤島夢ドゥチュイムニ」は、これまで二度の芥川賞候補に選出され、沖縄を代表する作家・崎山多美の二〇〇六年に雑誌「すばる」に掲載された作品。「淵《ふち》の風景」なるものを撮る県外のフリーの写真家が、その写真集の仕上げとして、沖縄の北の端・辺戸岬を撮ろうと沖縄にやってきたのだが、誤って基地のマチ「クジャ」に辿《たど》り着く。そこで立ち寄った芝居小屋での奇妙な一人芝居を演ずる高江洲マリヤの独り語り。

タイトルにある「ドゥチュイムニ」とはその「ひとりごと」という意味で、戦後間もない占領下の沖縄での暴力、差別が語られていく。そんなマリヤを撮ろうとした瞬間に写真家は急激な睡魔に襲われ、撮ることができずに眠ってしまう。「撮れなかった」ことは、沖縄の人たちが声を上げているにもかかわらず、数々の沖縄の不条理に目を背けてきた県外者を象徴したのではないか。写真家が撮る「淵」とは〝風景と風景が折り合わぬまま切り立つ場所〟であり、青い海と、全体を通して描かれる薄暗い闇に包まれた沖縄、そのものが「淵」である。

◆「ギンネム屋敷」は一九九六年に「豚の報い」で芥川賞を受賞した、沖縄県出身の作家・又吉栄喜の初期代表作品。第四回すばる文学賞受賞作。終戦から一九七二年まで続く、米軍による占領下の沖縄が舞台。戦時中に沖縄へ強制労働に駆り出され、米軍の捕虜となったが、その後に米軍のエンジニアとなってギンネムに囲まれた屋敷に住む朝鮮人男性が、沖縄女性に暴行を働いたとして、沖縄の男たちが慰謝料を取ろうと動き出す。この暴行事件の引き金となる、裕福であるはずの朝鮮人男性が犯した、過去の同じ朝鮮人女性への過ちが明かされる。絶望の末に狂わされる人間の凶暴性を炙《あぶ》り出す。仲間であるはずの男たちから、金や欲望で動かされてしまう人間の私情を描写する。

ギンネムとはアメリカ軍が破壊の後を隠すために種をまいた常緑樹であり、最後の勇吉のセリフから語られる真実は、そのギンネムと、不都合を隠匿する人間の愚かな本質を重ね合わせたのであろう。

はじめて沖縄を訪れたのは二十年ほど前だったと思う。観光客として冬の季節に二日間だけ訪れた沖縄。目の前に広がるすべてが新鮮で、飛行機を降りたつと二月にもかかわらず、もやっとした熱帯の空気に包まれ、これまで見たこともないレベルで透き通る海や、するりとそびえ立つヤシの木、一般車道に行き交うアメリカ人の車両、まさに非日常を体感した気分に浸ったのだった。それこそ何をしても許されそうなほどの解放感があった。

沖縄に魅了され、それからというもの、関西に戻ってからも、自分の魂はそもそも沖縄にあった、と信じるくらいの思い入れを「自分は沖縄に〝先祖返り〟をしたのだ」と称して、勝手な意味を持たせ、しばらく携帯電話の天気予報は沖縄に設定し、意味もないのにしばらく毎日天気をチェックしていたほどだ。

沖縄のことを何一つ理解すらしていないのに、たった二日滞在しただけで、沖縄は自分の第二の故郷だ、というほどの勢いで、沖縄からみれば甚だしい迷惑な話である。

それから数年後のことになるが、当時大阪の店舗で写真家・荒木経惟《あらきのぶよし》さんのサイン会を開催した。そのときの写真集が沖縄を撮った『荒木センチメンタル沖縄』。またここで観光以来の沖縄との再会だ。サイン会を盛り上げるべく、大阪駅前ビルにあった沖縄観光協会を訪れ、特大シーサーをお借りして会場を沖縄色いっぱいに華やかにした。意気揚々に盛り上げた。やはり自分は沖縄とは縁があるのだ、これは必然だと。人間の思い込みとは本当に勝手なものである。

そのときに、どうしても腑《ふ》に落ちなかったことが一つだけあった。この天才・アラーキーの写真集、表紙には「荒木が並べた沖縄の色と体臭と、死、現実。」と書かれていて、開いてみると寂《さび》れた路地裏に、青空を覆い隠すような雲の空、いつまでもグレーな雰囲気の沖縄ばかりが綴《つづ》られている。色鮮やかな沖縄の写真はほとんど出てこない内容であったことだ。まさに崎山多美さんのクジャの世界である。

今思えば浅はかにもほどがあるが、こんな素晴らしい沖縄なのに、なにもそんなところばかりを撮らなくても、と少々の憤りを感じたのであった。

いま見返すと、幻想ではなくリアリティに迫る沖縄があり、写真一枚一枚に島の地面から湧き上がるパワーと、そこに情念が入り乱れてきたであろう哀愁がただよい、地を這《は》うような息遣いを感じる名作である。


やがて二〇〇九年に、ジュンク堂の開業とともに沖縄に移り住むことになった。最初の沖縄で〝先祖返り〟したと言っておいて、正直、当時は素直に喜べず、それまで神戸や梅田でずっと過ごし、都会かぶれしていた自分にとって、そこからは遥《はる》か遠い南の果ての島であり、これまでのキャリアを、第一の故郷を捨てる、そのくらいの心境にさえなって悩んだ。

その年の四月に開業したのだが、一月末のスタッフ面接に合わせて沖縄へ降り立った。一番に、夕方頃だったか、その店舗となる沖映通りに向かったが、右も左も店舗のシャッターが閉まっていて、人がまるでいない。その荒んだ状態に輪をかけ、泊港からの強い風がまるで木枯らしのよう。まさにセンチメンタル沖縄である。

ここでこれから毎日過ごすのかと思うと、絶望的に気が重くなった。それがその先十年以上を暮らすことになる、第一日目の感想である。

沖縄は気候が魅力的で、自然が豊潤である。それらを求めて人は沖縄を訪れる。しかしながら、人を〝癒す〟のはそれらではなく、一番は沖縄で生まれ育った人々のパワーであり、この沖縄の人間社会、世間である。どの業界についても本は存在するので、書店の立場として、識者の方々、マスコミ、芸能、スポーツ、政治、行政、経済、ありとあらゆる業界の方々と関わり、触れ合い、沖縄社会を垣間見てきた。結果として、生きていく上での重要なことをたくさん教わり、学ぶことができた。新しい、人としての価値観だ。

県外、特に都会は、都合よく人が生きる社会を構築するために、自然を切り崩し、利便性を追求し、人との繋がりが置き去りのまま発展してきてしまったのではないだろうか。人としての本質よりも稼ぎや社会的地位が優先され、本音と建前を使い分けて生きていく。そうであった自分にもいま思うと気づく。

小さな話だが、沖縄では他人の車や時計の話をすることがほとんどない。というか私に至ってはこの十年以上まるでない。県外では高級車や高級時計を持つことが往々にしてステータスと見なされることが多く、当然それを確かめるように雑談の中で話が出ることが多かった（もう十年以上沖縄以外で暮らしていないので、今はそんなことも変わっているかもしれないが、個人的見解が故ご容赦願いたい）。

この十年、本当に色々なことがあった。そして様々なことを目の当たりにした。理解が深まるとともに、沖縄への思いがより強くなっている。自分が沖縄にいる意味は何だろう。やはり〝先祖返り〟なのだろうか。いや、そんなことはもはやどうでもいい。自分の役割を全うするだけだ。それは沖縄が教えてくれたのだから。

本書編集にあたり、このような機会をくださった集英社文庫・江口さん、ならびに何度も心強くやり取りしてくださった半澤さん、文芸編集部・田島さん、心より感謝申し上げます。そして本書へ作品をご提供くださった作家の皆様、誠にありがとうございました。厚く御礼申し上げます。

大城先生とは二〇一一年にサイン会を開催して以来、数えるほどではありますが、光栄にも交流させて頂きました。お話しする度に沖縄の出版文化の発展と、若手作家が数多く誕生することを願っておられ、その際の熱い語り口と、ときおり垣間見せる鋭い目力が印象的で、書店への期待が相当に大きいものであると感じました。沖縄戦をご経験し、その後の不条理と筆一つで戦ってきた、大城先生の思いは私ごときの想像にも及びません。ほんの一端ではありますが、書店としての責務を引き続き果たす覚悟です。この場を借りてご冥福をお祈りいたします。

本書カバーは沖縄を長く撮り続けてきた、写真家・岡本尚文さんにご協力頂きました。これは今から二十年近く前に撮影された写真で、戦後にアメリカ軍人が住むために、海を一望できる高台に建てられた、通称外人住宅の風景です。すでに日本人へ所有権が引き継がれたようですが、海を望む景観と、クラシックカーに色褪《あ》せた住宅の壁、地面に散るハイビスカスのコントラストが印象的。

今なおたくさんの外人住宅が残っていますが、当時はモダンな住宅への憧れもあって今より多く存在していたようで、米国統治下の複雑な時代背景を感じます。

最後に、本書を手にしてくださったすべての皆様へ、私は編集をさせて頂いただけではありますが、厚く御礼申し上げます。

ありがとうございました。

（もりもと・こうへい　ジュンク堂書店那覇店店長）

著者紹介

川上健一（かわかみ・けんいち）

一九四九年青森県生まれ。県立十和田工業高校卒業。七七年『跳べ、ジョー！　Ｂ・Ｂの魂が見てるぞ』で第二十八回小説現代新人賞を受賞し作家デビュー。九〇年『雨鱒の川』刊行後休筆。二〇〇一年『翼はいつまでも』が「本の雑誌」年間ベスト１に選ばれ、翌年、第十七回坪田譲治文学賞を受賞。他に『祭り囃子が聞こえる』『ライバル』『トッピング』など。

吉田修一（よしだ・しゅういち）

一九六八年長崎県生まれ。九七年「最期の息子」で第八十四回文學界新人賞を受賞しデビュー。二〇〇二年『パレード』で第十五回山本周五郎賞、「パーク・ライフ」で第百二十七回芥川賞、〇七年『悪人』で第六十一回毎日出版文化賞と第三十四回大佛次郎賞、一〇年『横道世之介』で第二十三回柴田錬三郎賞、一九年『国宝』で第六十九回芸術選奨文部科学大臣賞、第十四回中央公論文芸賞を受賞。

花村萬月（はなむら・まんげつ）

一九五五年東京都生まれ。八九年『ゴッド・ブレイス物語』で第二回小説すばる新人賞を受賞しデビュー。九八年『皆月』で第十九回吉川英治文学新人賞、「ゲルマニウムの夜」で第百十九回芥川賞、二〇一七年『日蝕えつきる』で第三十回柴田錬三郎賞を受賞。『花折』『対になる人』など著書多数。

椎名　誠（しいな・まこと）

一九四四年東京都生まれ。東京写真大学中退。世界の辺境地区への旅をライフワークにしている。七九年、エッセイ『さらば国分寺書店のオババ』でデビュー。八八年『犬の系譜』で第十回吉川英治文学新人賞、九〇年『アド・バード』で第十一回日本ＳＦ大賞を受賞。『岳物語』『大きな約束』など著書多数。

佐野眞一（さの・しんいち）

一九四七年東京生まれ。早稲田大学文学部を卒業後、出版社勤務を経てノンフィクション作家に。九七年、『旅する巨人　宮本常一と渋沢敬三』で第二十八回大宅壮一ノンフィクション賞、二〇〇九年、『甘粕正彦乱心の曠野』で第三十一回講談社ノンフィクション賞を受賞。著書に『巨怪伝』『東電ＯＬ殺人事件』『だれが「本」を殺すのか』『枢密院議長の日記』『津波と原発』『あんぽん　孫正義伝』など。

松永多佳倫（まつなが・たかりん）

一九六八年岐阜県生まれ。琉球大学卒業。出版社勤務を経て、二〇〇九年八月より沖縄在住。著書に『偏差値70からの甲子園』『善と悪　江夏豊ラストメッセージ』『史上最速の甲子園　創部1年目の奇跡　創志学園野球部』『最後の黄金世代　遠藤保仁』『日本で最も暑い夏　半世紀の時を超え、二松学舎悲願の甲子園へ――』『まかちょーけ　興南　甲子園春夏連覇のその後』など。

藤井誠二（ふじい・せいじ）

一九六五年愛知県生まれ。愛知淑徳大学非常勤講師。教育問題、少年犯罪、犯罪被害者の問題などの社会